中国当代杂文精品大系

1949—2013

朱铁志 主编

“十二五”国家重点图书出版规划项目

拟谏官文化

牛撇捺杂文自选集

牛撇捺／著

金城出版社
GOLD WALL PRESS

图书在版编目(CIP)数据

拟谏官文化 : 牛撇捺杂文自选集 / 牛撇捺著. —北京 : 金城出版社, 2014.6

ISBN 978-7-5155-0987-7

Ⅰ. ①拟… Ⅱ. ①牛… Ⅲ. ①杂文集－中国－当代

Ⅳ. ①I267.1

中国版本图书馆CIP数据核字(2014)第006144号

拟谏官文化

作　　者　牛撇捺
主　　编　朱铁志
出 版 人　王吉胜
责任编辑　柯　湘
文字编辑　彭洪清
开　　本　880毫米×1230毫米　1/32
印　　张　11.25
字　　数　190千字
版　　次　2016年6月第1版　2016年6月第1次印刷
印　　刷　北京金瀑印刷有限责任公司
书　　号　ISBN 978-7-5155-0987-7
定　　价　49.00 元

出版发行　**金城出版社**　北京市朝阳区利泽东二路3号
　　　　　邮政编码　100102
发 行 部　(010)84254364
编 辑 部　(010)64215770
总 编 室　(010)64228516
网　　址　http://www.jccb.com.cn
电子邮箱　jinchengchuban@163.com
法律顾问　陈鹰律师事务所　(010)64970501

牛撇捺，本名朱昌平，甘肃皋兰人，生于 1957 年，毕业于兰州大学历史系。中国作家协会会员，全国杂文联谊会筹委会副主任，宁夏记协副主席，宁夏杂文学会会长。曾担任宁夏回族自治区宣传部理论处处长、宣传部副部长，宁夏新闻出版局局长、广电局局长，兼任过杂志社社长、电视台台长。著有《中国杂文百部 · 牛撇捺集》、《牛撇捺文集》（八卷）、《中国西部经济》（主编）、《中国回族文学史》（主编之一）等。

牛撇捺

目录

第一辑　政治神经

第二辑　思想栅栏

第三辑　社会民生

写在前面的话

朱铁志

选编一套全面反映当代中国杂文创作概貌的大型丛书，是我一段时间以来的愿望。

现代意义的杂文创作，肇始于五四新文化运动，以鲁迅先生为代表。新中国成立后，以中共十一届三中全会为分水岭，经历了前后两个三十年的不同阶段。从建国初到十一届三中全会前三十年，由于“反右”、“文革”等政治运动的影响，杂文创作就整体而言比较萧条，只有前后三个阶段短暂的“繁荣”期，出现了《“三家村”札记》、《燕山夜话》、《长短录》等代表性作品，就时间而言，累计不超过两年。

杂文真正的繁荣期是十一届三中全会以后。以1976年打倒“四人帮”为标志，伴随着真理标准的大讨论，新时期文学开启了狂飙突进的新时代。在文学大军浩荡前行的队伍里，杂文与小说、诗歌一道，成为引领思想解放的光荣一翼。它以睿智的眼光、坚韧的意志、不屈的姿态，傲然挺立在新时期乍暖还寒的土地上。仿佛报晓的雄鸡，又像滚动的春雷，将蛰伏的生灵唤醒，把冰冻的土地融化。于是，无数思索的目光透过“花边文学”窥见时代风云变幻，无数焦渴的灵魂在震撼中开始寻找失落的尊严。由鲁迅先生开启的“社会批评”、“文明批评”的杂文传统，在这一刻焕发出特殊的力量，启发群伦，激励民众，推动社会变革。如果说新时期以思想解放为发端，那么完全可以说，新时期文学的苏醒、奋起、繁荣，既有以“天安门诗抄”为代表的诗歌的功绩，有以《伤痕》、《班主任》为代表的“伤痕文学”的贡献，同时也有以《鬣狗的风格》、《江东子弟今犹在》、《东方红这首歌》、《切不可巴望“好皇帝”》、《华表的沧桑》、《语录考》、《万岁考》等为代表的一大批优秀杂文的贡献。思想解放运动作为新时期的发动机，是杂文复兴最重要的思想基础和推动力量；新时期杂文的繁荣是思想解放运动的必然结果和逻辑延伸。作为时代精神的特殊反映，新时期杂文以最敏感的神经感应世事变迁，以最锋利的武器对腐朽势力发起有效进攻。时代进步有它的助力，社会发展有它的功绩。作为思想解放的先驱、历史进步的先声，新时期杂文以其宏大的创作群体、优异的创作实绩、广泛的社会影响，彪炳文学史，笑对时代潮，成为杂文家足堪自豪的美好记忆。这当中，有以严秀、秦牧、何满子、章明、林放、牧惠、邵燕祥、王春瑜等为代表的前辈作家，有以陈四益、陈泽群、符号、李下、鄢烈山、王乾荣、李乔、甲乙等为代表的中年作家，有以张心阳、陆春祥、潘多拉、杨学武、杨庆春、刘洪波等为代表的青年作家。1989 年《人民日报》“风华杯”杂文征文标志着新时期杂文创作的顶峰，表现出前所未有的思想深度、艺术魅力和社会影响力，是新时期杂文创作的标志性事件。

集中反映新时期杂文创作成就的文集数量庞大，规模不等，目前被普遍关注的主要有七种，一是曾彦修（严秀）、秦牧、陶白主编的《中国新文艺大系·杂文集（1976—1982）》，1987 年由中国文联出版公司出版；二是严秀、牧惠主编的《中国当代杂文选粹》，四辑共 40 本，由湖南文艺出版社出版；三是张华、蓝翎、姚春树、牧惠、朱铁志主编的《中国杂文大观》，1989 年由天津百花文艺出版社出版；四是刘成信主编的《中国当代杂文八大家》，1997 年由时代文艺出版社出版；五是朱大路主编的《杂文 300 篇》和《世纪末杂文 200 篇》，分别于 2000 年和 2001 年由文汇出版社出版；六是刘成信主编的《中国杂文》（百部），2013 年起由吉林出版集团有限责任公司出版；七是朱铁志主编的《中国新文学大系·杂文卷（1976—2000）》，2009 年由上海文艺出版社出版。

上个世纪80年代末期，在协助牧惠先生主编《中国杂文大观》第四卷过程中，我比较系统地阅读了新时期以来的杂文作品，搜集了大量杂文集和其他杂文资料。2006年，承蒙王蒙、王元化二位先生的邀请，由王充闾先生和我主编《中国新文学大系·杂文卷（1976—2000）》（王充闾先生后因健康原因退出），再次比较系统地阅读了新时期的杂文作品。两次经历使我突出感到，新时期杂文是新中国成立以来环境最为宽松、创作最为活跃、成果最为丰厚的时期。两个大型选本虽然以时间为序，各自选编了五六十万字的杂文佳作，但限于篇幅，远不能全面反映这一时期杂文创作的全貌，迫切需要在适当时候以杂文家为线索，选编一套全景式展现新时期杂文创作整体水平的大型丛书。

《中国当代杂文精品大系（1949—2013）》就是这个设想的产物。我们拟在原来工作的基础上，选编一个更加全面、更加权威、更加开放、更大规模的选本。该丛书以时间为经，以代表性作者为纬，每人精选一本本人迄今为止全部创作的代表性作品，突出思想性、文学性、史料性，力争为后人留下一份基本能够反映当代杂文创作水平、可资信赖和检索的翔实资料。选本的时间跨度为1949年至2013年，但其重点如前所述，毫无疑问是新时期以来的杂文创作。选本不存门户之见，不论名气大小，不搞亲疏远近，不做成封闭体系，力争客观、公允、理性、包容。人选数量将从创作实际出发随时增减。近年来，随着时间的流逝，何满子、冯英子、黄秋耘、老烈、牧惠、谢云、舒展、蓝翎、李汝伦、陈泽群、王大海等杂文宿将先后离我们而去；严秀、方成、章明、刘征、虞丹、周修睦、邵燕祥、黄一龙等前辈已逾耄耋之年；而依然活跃在创作一线的王春瑜、陈四益、李下、鄢烈山、王乾荣、李乔、阮直等，也已跨越退休年龄；即便是安立志、杨学武、张心阳、陆春祥等中坚力量，也过了知天命之年；年轻如刘洪波、徐迅雷、杨庆春、潘多拉诸位，其实也已年逾“不惑”。由此看来，杂文实实在在面临一个“传”与“承”的问题。“传”，是把前辈优秀的作品整理出来，传之后世；“承”，是通过我们的选编出版，让后人特别是今天的年轻人知道中国还有杂文这样一种古已有之并由鲁迅先生完善的独特文体，还有一群为之殚精竭力、焚膏继晷的辛勤作者，还有生生不息、佳作迭出的杂文作品。杂文之火不灭，乃是思想解放的灯塔不灭，“社会批评”、“文明批评”的优良传统不灭，中国知识分子的良知不灭。从这个意义上讲，选编这套丛书无论怎样繁难艰苦，都是值得的。

感谢金城出版社以足够的远见卓识和人文关怀接受并全力支持本丛书出版。说老实话，在这个把“物”与“利”作为万物尺度的世界上，并不是随便哪个出版家都有这样的眼光，都愿意为此承担可能的风险。不过我相信，本书即便不能成为出版商所期盼的“畅销书”，也完全有可能成为具有一定价值的“长销书”；本书的编者和出版者很快都会退出历史舞台，但这套丛书一定会留在时间深处，留在人们的记忆中。

不积跬步，无以至千里；不积小流，无以成江海。“社会主义文化大发展大繁荣”、“建设社会主义文化强国”，离不开实实在在的“小事”。毋宁说，“大发展大繁荣”恰恰有赖于“小作为”，选编这套丛书，庶几近之。

感谢所有入选本丛书的杂文作者，没有他们多年来的辛勤耕耘，中国的文化园地无疑会缺少一种冷静、理性的声音。他们是“雅典的牛虻”，是“中国的良心”，是值得关注和记住的一群。

2014 年惊蛰于北京沙滩

第一辑　政治神经

胡耀邦与政治家之大小

胡耀邦是中国共产党老一辈革命家，早年爬过雪山，过过草地，“文化大革命”结束后，还当过几年中共中央总书记。说胡耀邦是政治家，任何人都不会有异议。

胡耀邦又是一个有争议的人，犯过错误的人，从总书记任上退了下来。好在时代确实变化了，中国的政治秩序正常了，政治家们可上可下了，在不当一把手后仍待在政坛上。

胡耀邦在位与活着时，还能听到对他的一些批评，诸如讲话时手势太多，不够稳重啦，接见某位外国女宾时吻手背有违中华习俗啦，等等。但胡耀邦一旦被罢免，进而死于心肌梗塞后，我们所听到的，却大多是赞美声。人们敬佩他的敬业、正派、刚直不阿、好学上进，赞美他的虚怀若谷、从善如流、同情人民、艰苦朴素，对他在平反冤假错案、清算“文化大革命”、解放邓小平等一大批老革命老干部、制定改革开放路线等方面做出的贡献给予了高度评价。胡耀邦的葬礼，成千上万的人自发地在路边、在长安街、在八宝山哭他、悼他、念他、送他，说明了人民对他的充分肯定。司马迁说过，人之死，或重于泰山，或轻于鸿毛。胡耀邦的死当然重于泰山。还有人说，群众的眼睛是雪亮的，此言大抵不差！

历史的法则就是这样，是金子就一定要闪光，不会被永远尘封。随着时间的推移，评价胡耀邦的书籍和文章逐渐多了起来。这些著述，让人们了解了胡耀邦一些鲜为人知的感人的心路历程和行为轨迹，了解了他的奋斗与他的贡献。我们应当感谢这些著述者，为历史，为人民，为未来！

在对胡耀邦的诸多评价中，有一种评价我不是太理解，也不是太赞同，或者说很不赞同。这就是有人说，胡耀邦“虽不是一个大政治家”，但他却又如何如何做了大事好事等等。我的不理解在于，这位评论者是怕不这样否定一下，直接肯定胡耀邦会犯忌呢，还是真的认为胡不是大政治家？如果是后者，那么，什么样的人才算是大政治家呢？

胡耀邦一心为党，一心为人民，这个政治家算不算“大”？胡耀邦敢于实事求是，敢于否定错误的历史，平反冤假错案，解无数人于倒悬，这个政治家算不算“大”？胡耀邦勤于并善于学习，有独立人格、独立见解，能放手工作，大胆开拓，这个政治家又算不算“大”？以健康的政治学的标准衡量，我以为胡耀邦是一个大写的人，也是一个大写的政治家。

以为胡耀邦不是大政治家的人所依据的标准，我以为是封建主义的，是《二十四史》中衡量帝王们的标准。按照这样的标准，大政治家就该察言观色，看风使舵；大政治家就该宁肯我负人民、我负历史，也不能有损自己的前程；大政治家就该一切以保护自己的位子与所有既得利益为目标，而不去探讨也不允许别人探讨社会发展的规律，不允许有半点不同于自己的声音。这样的大政治家，胡耀邦晓不晓得？我想他晓得；当不当得了？我想，他要想当也一定能当得了。问题在于胡耀邦不想当。人格第一，党格第一，事业第一，人民第一，这才是他的选择，他的遵循，他的追求。从这个意义上说，我以为他是中国历史上少有的大政治家！

1999 年 10 月 9 日

比大刀解恨的原子弹

原子弹是核武器，是个厉害的主儿。关于原子弹的文字看过不少，但总不够直观，给我留下深刻印象的是20世纪60年代末关于原子弹爆炸的新闻纪录片。那冲天的火光、恐怖的蘑菇云，让人望而生畏。原子弹等核武器从它们诞生之日起，就像一柄达摩克利斯之剑，高悬在人类头顶上。因此，关于核武器的话题很多，但最多的，是描述它的可怕，是要求全面禁止核武器。但在此问题上，白皮肤的人、黄皮肤的人、黑皮肤的人，各有各的想法，认识并不完全一致。1998年，亚洲有几条极具爆炸力的新闻，就是印度、巴基斯坦相继进行核试验的新闻。印巴所为，无疑使核竞赛升了级，使笼罩在人们头上的核阴云更加密布。

核武器是神话，核恐怖便是神话的恐怖。因为核武器具有毁灭地球和人类的威力，所以人们不敢轻易使用核武器。人类迄今用于战争的原子弹只有两颗，那是1945年，第二次世界大战行将结束时，美国人扔到日本的广岛和长崎的。核武器对人类毁灭性打击的感性材料和数据，大多出自这两个地方。

对于这两颗原子弹，日本人耿耿于怀，除了大肆讨伐外，还建立了什么纪念馆，仿佛二战受害最深的不是中国人，不是苏联人、东欧人，而是日本人。我们对日本人的这种态度，可以置之不理。别的国家的人对扔这两颗原子弹也有不同的反应。当年的毛泽东曾经谴责过此事，认为这是美国人的核讹诈。毛泽东是站在世界战略的高度看问题的，他的话自然有他一定的道理。但站在我，一个普通中国人的立场上，我以为美国人有功，这两颗原子弹扔得好，如果是四颗，而且扔在了东京，那会更好！

日本这个民族极具侵略性，近代以来，给邻国尤其是给中国人民带来了极其深重的灾难。但日本人战败后并未反省，并未走出军国主义的怪圈，仍在谋求复活军国主义，谋求新的扩张与侵略。对此，世界舆论没少谴责，中国人没少费唇舌，可基本没什么效果。我们的记者水均益到了日本，感觉到的，并不是如大多数媒体上所宣传的那样“友好”，而是来自妇孺的仇华情绪。这显然是“靖国神社”的阴魂仍在发挥主导作用。对于这样的民族、这样的国家，舆论的抨击显然不起什么作用。唯一的办法，是限制它的军备，并准备好枪弹，必要的时候，也不妨学学美国，给它两个厉害玩意儿，让它老实老实。从这个意义上说，原子弹是个好东西。我看到图片上当年那两个蘑菇云时，觉得比“大刀向鬼子们的头上砍去”更为解恨。于是私下里不讲道理地、残忍地想，原子弹还是有功劳的。当然，这可能是气话，但我们应当想方设法阻止日本军国主义之类复萌、作祟。

1999 年 9 月 20 日

向降将敬礼与其他

从一本书上看到，美国南北战争结束后，获胜的北方军官兵在接受南方军投降时，向南方军官兵敬礼。为什么要这样？北方军的官兵说，战争结束了，南方军投降了，也接受了北方军的一系列政治、经济主张，南北方的军队、民众成为一家了，他们有共同的建设国家、振兴民族的目标。美国人的思想观念、思维行为方式令我震撼。

中国历史上也有无数的战争，有许多比美国的南北战争更加持久、宏大、惨烈。不但战争中杀戮对手，对待战俘也极其残酷，极不人道。秦将白起，一次坑杀赵国战俘四十万。这在古代，在人口稀少的时代，不啻一个天文数字。这是一个典型的例子，类似的事例还有很多。

世界史上，仇视仇杀对手的事例也不老少。比如我们“同宗同祖”的老大哥苏联，在斯大林时期，就曾在一处森林一次屠杀波兰军官（是军官而不是士兵）上万人。

在中国的近现代史上，我们曾抵抗过英国的入侵，抵抗过八国联军，抵抗过日本帝国主义。但我们斩杀的外敌数量有限，倒是内战，经常是几十万几十万地歼灭，几百万几百万地报销。如果去掉冠在这些人头上的标记，仔细一看，全是同胞，全是骨肉，全是华夏子孙。这里面谁光荣谁耻辱似乎很明白，但又不是那么明白。

中华人民共和国成立之后，按照美国人的逻辑，起义的、投诚的、被俘的国民党官兵似乎都应是自己人了，是建设国家、强盛民族的重要力量。那些本无刀枪，只是有一两间厂房铺面的资本家，只有一些田地房屋的地主富农，经过改造，经过剥夺，也应成为了自己人。虽然我们不一定要向他们敬礼，但给予公民基本权利、国民同等待遇，似在情理与法理之中。遗憾的是，我们没有这样做。其中的原因，是由于蒋介石还在台湾，是由于美国等帝国主义国家敌视和封锁中国，更是由于意识形态的原因。症结在一个“阶级斗争”上。

“阶级”的划分是正确的，“阶级斗争”的理论也是科学的。问题是我们理解错了，或者说偏执了，绝对化了。我们的认识是，“只要有人群的地方就有左中右”，“阶级斗争越来越尖锐”，“一万年以后也有阶级斗争”，“阶级斗争必须年年讲，月月讲，天天讲”，要搞“无产阶级专政”，而且要进行“无产阶级专政下的继续革命”。如此一来，对立面自然永远是对立面，不是对立面的也树成了对立面，而且彼此心里都打上了死结，只能斗下去。

我们的理论错在哪里?如果按“皮之不存，毛将焉附”的学说推理，既然敌对方已放下了武器，他们便不再敌对；既然地主资本家被剥夺了生产资料甚至生活资料，他们也不再是地主资本家。那么，阶级成分就会发生重大变化，虽不能说阶级消亡，但较之以前应该是模糊了。如果我们用共同纲领团结号召引导大家，那么全中国绝大多数人都是自己人，都是建设者，结果呢，就会如美国南北战争后的情况一样。果如此，中国的现代史也许就要改写，中国的建设成就也许比现在要大得多。可喜的是，在阶级与阶级斗争问题上，中国人终于清醒了明白了，所以中国团结了进步了。这是人类历史上值得庆贺的理论成就与实践成就。

2006 年 3 月 3 日

修正主义是什么主义？

“修正主义”是个沉重的话题，它与“帝国主义”“反革命”合称“帝修反”，在中国现代史上的很长时期，是过街老鼠，是“不齿于人类的狗屎堆”。当年曾与我们对峙的苏联老大哥，后来被我们称为“苏修”。就连一种从苏联引种的很沙很甜的西瓜，原来称“友谊瓜”，后来也被改成了“反修瓜”。而且有一段时期，我们的感觉，似乎世界社会主义阵营里，除了中国，其他的都是修正主义国家，特别是意识形态上与苏联靠得较近的国家，更是如此，只是程度不同而已。因为咱们自己太正确伟大，使“原马克思主义”（类似原教旨）阵营太小，所以我都操过不该操的淡心，有过林彪般“红旗到底打多久”的顾虑。

“修正主义”是什么？这个概念似乎很简单，又似乎很复杂。说简单，是因为20世纪60年代以后，凡与我们意识形态不太一致的共产党和社会主义国家都是修正主义。理论上的解释也很简单：

"国际共产主义运动中披着马克思主义外衣的反马克思主义的思潮。"还有一种说法，说修正主义是打着马克思主义旗号的一种资产阶级思潮。当时，德国的民主党人伯恩施坦提出了对马克思主义的"修正"，故名修正主义。后为第二国际的考茨基等机会主义领袖所接受。修正主义的主要内容是：在哲学上，背弃辩证唯物主义和历史唯物主义，用庸俗进化论和诡辩论代替革命的辩证法；在政治经济学上，修改马克思主义的剩余价值学说，意图掩盖帝国主义的矛盾，否认资本主义的经济危机和政治危机；在政治上，鼓吹阶级合作和资本主义"和平长入"社会主义，传播改良主义和机会主义思想，反对马克思主义的阶级斗争学说，特别是反对无产阶级革命和无产阶级专政的学说。"修正主义"据说还有"左""右"之分。"右"的当然好理解，"左"的呢？所谓"用最革命的词句和最激进的姿态，歪曲和篡改马克思主义"。

书袋掉完了，掉得挺累。

我是学历史的，国际共运史我学过，但学习时就不深入，此时已基本还给了老师。唯有"修正主义"一词因为现实中经常接触，所以想忘也忘不掉。

自中共十一届三中全会以来，中国共产党果断停止了"以阶级斗争为纲"的口号，停止了"无产阶级专政下继续革命"的口号，宣布"资产阶级作为阶级已经消灭"，开始带领全国人民改革开放，把工作重心转移到了经济建设上来，建设社会主义现代化国家。中国出现了以真理标准问题讨论为发端的思想解放运动，出现了和谐、繁荣、奋发向上的氛围与景象。

马克思主义认为，存在决定意识。因为中国有史以来少有的大好形势（存在），所以想问题的脑袋从“文化大革命”的一个发展到了千百个、亿万个。对于“修正主义”，在下多少也有了一些思索。

首先，如果排除了强烈的意识形态属性和特定的内容，单从字面上看，“修正”是好词，“修正主义”也是个好主义。事物总是在不断发展变化的，“存在”在变，理论、观念、政策等等的“意识”也应当变化。这种变化，便是“修正”的基础，也是“修正”的结果。肯定“修正”的必要性，肯定“修正”的不可终止性，并且不断付诸实践，便是“修正主义”。

马克思主义不是理论的终结，而是发展的科学，是探索的起点。所谓发展，必然要扬弃落后于时代的内容，必然要补充新的内容。如果说这种扬弃和补充也是一种“修正”的话，似乎没什么大的不妥。事实上，马克思主义所以在世界范围内传播，并取得成就，除了它本身的科学性，与马克思主义者对其进行科学意义上的“修正”也有极大关系。马克思主义与本国实际相结合，才能取得成功。而所谓“结合”者，也可视为一种“修正”。

伯恩施坦与考茨基们修正马克思主义是对是错，需要认真研究，需要今后的实践去做进一步验证与回答。但是否可以说他们多少也有正确的成分，至少他们没把马克思主义作为死硬的教条去照抄照搬，他们在做研究和探讨，并且提出自己的见解，这种精神是科学的，或者说是接近科学的。

列宁“修正”过马克思的学说，他认为马克思所预言的社会主义革命要在世界范围内爆发的论断不十分科学，根据俄国的情况，他认为社会主义革命可以在一国或数国，在资本主义最薄弱的链条爆发。因为列宁的“修正”，十月革命成功了。

毛泽东“修正”过列宁，他认为城市中心论不适合中国，提出了“农村包围城市，最后夺取政权”的理论。因为毛泽东的“修正”，中国革命成功了。

“文化大革命”之后，中国人“修正”了“以阶级斗争为纲”的理论，特别是改革开放的总设计师，伟大的思想家与实践者邓小平，提出社会主义市场经济的理论，丰富发展了马克思主义政治经济学，也可以说“修正”了过去僵化死硬的一些东西。因为中国人的务实与“修正”，中国开始跻身世界强国。

“修正主义”是什么主义？一定意义上说，是个不错的主义。

2006 年 3 月 5 日

不要打死“机会主义”

此前写过一篇小文，为“修正主义”说了几句正面的话，以为任何理论、任何纲领在实践中随着时间的推移、情况的变化，都需要修正、补充和完善，而且要不断进行。此后，又想起一个“主义”——“机会主义”，感觉这个主义如果从字面去理解，似乎也是个不错的“主义”，至少不应当被一棍子打死。

我们的词汇中有一个叫“机遇”，二三十年前上中学大学时就知道一句名言，说机遇只会光顾那些有准备的人。这些年，关于机遇的话题更多，比如“抓住机遇，迎接挑战”，比如“机遇与挑战并存”，等等。

机遇是什么东西？窃以为就是机会的另一种说法。抓住机遇，就是抓住机会。

抓机会，就要有选择。因为机会形形色色，多种多样。你抓住了这个机会，按照机会成本原理，你必然放弃了其他的机会。所以抓机会需要决心，需要勇气，需要果决的决策，也需要科学缜密的判断。

讲机会，讲到“主义”的份儿上，则必然要涉及发现机会，寻找机会，把握机会，创造机会等等的问题。这便成了一个系统工程。

机会无时不存，无处不在。要善于寻找，善于发现。如果具备了一定的知识，一定的眼光，一定的胸怀，就可能从平常中感受奇特，从平淡处觉出奇伟，从无机会中找到机会。

机会可能是稍纵即逝的，所以需要及时准确地予以把握。如果在改革、发展等机会机遇面前显得麻木不仁或犹豫不决，不能顺应变化，因势利导，乘势而上，则会坐失良机，痛失机遇。哲人说过，人生的路很漫长，但紧要处只有几步。一步赶上了，则步步都精彩；一步赶不上，步步赶不上。一个人如此，一个地方、一个单位、一个国家、一个民族也莫不如此。

机会还需要去创造。如何创造机会？方法和途径可能很多。窃以为，提高自身的素质、技能，改善硬环境与软环境，创造和谐的人际关系，培育团结、务实、开拓的团队精神，这可能也是创造机会机遇的一种办法和途径。

一个人、一个社会，都不能轻视忽视鄙视以至敌视机会。对于“机会主义”，也需予以理性的看待和对待。

当然，在下无意于玩弄概念游戏，不是在为国际共运史上的“机会主义”平反、鸣不平，更不倡导投机主义。我们倡导的是现代意义上的机会与机会主义。不要把好词都赋予不好的内容，都糟蹋了。

2006 年 4 月 11 日

寄希望于人治

在总结历史经验时，有时人们都不知该将责任归结在哪里。讲到某个时期党和国家的失误，特别是那些重大路线方针上的给党和人民带来深重灾难的失误，人们在痛惜之余，竟不知该不该责备当事者特别是操党和国家命运之大权的当事者。因为我们的文件我们的历史教科书常常教导人们说，其错误不是个别领导人的品质和作风、能力等所致，而是制度造成的。因为制度好，才能保证好人不受气，坏人做不了坏事；制度不好，好人也难以避免做坏事。历史教科书上还列举苏联的、中国的，古代的、现代的等一大堆例子加以佐证，让人不能不信。制度带有根本性，这是客观真理。我也相信，中国历史上，尤其是现代史上所发生的一切重大失误，都是制度不健全的产物。但我有时也感到迷惘，如果把一切责任统统推给制度，那么历史岂不成了看不见社会运动主体的制度作用史和制度演变史？对于这样一个问题，根本用不着从历史、哲学、社会学、逻辑学等什么学术角度去推敲，问一个连小学生都可以提出的极朴素的问题便会使我们感到尴尬：如果没有制度，那么那些号称太阳、救星，光荣、伟大的人在那么漫长的岁月如何不制定制度？如果制度制定不全不科学，又为什么不予以及时的修改？如果制度制定了且基本科学，又为什么执行不了？这里面起根本作用的，不是制度，不是条文，而是人。如果“时代的弄潮儿”感觉“朕即是法”，那么他便相信他所做的一切都是合乎事物发展规律、合乎社会法则、合乎人民利益的，根本用不着制定什么好的制度。相反，制定了制度，有了条条框框便会束缚他的随心所欲的“神来之笔”，会限制他的才思、他的能力，会“损害”革命的事业、人民的利益。同样，即使有一些如“民主集中制”等等的制度，他违反起来也如迈过了一道低低的篱笆墙，而且是自立的自家的篱笆墙，这又有什么大不了的。因为这墙对于他或他们，是可以立也可以随时拔掉的。中国最大的悲哀恐怕就在这里，在于有资格、有能力为民族为国家立规矩定制度的人因为太相信无规矩同样可以成方圆，因为害怕定下制度在规范国人的同时也会束缚自己而不立规矩，不定制度，或不很好地建立健全党和国家的根本制度。

说到立规矩、定制度，使人不能不想起美国人华盛顿。华盛顿乃美国的国父，在他手里于200多年前定下的美国宪法，直到现在仍是美国人的根本大法。美国的子弟并非省油的灯，但从来没听说过哪一代美国人将华老头时期定下的宪法推倒重来过。变动是有的，那就是根据各个不同历史时期美国的具体情况和社会需要，做一些修订补充而已。华盛顿立下的总统任期制的规矩，也被予以自觉遵守。我想，美国之所以稳定繁荣强大，除了我们所能想到说到的许多正常、非正常的原因，根本性的，还是美国人从开国元勋开始就立下了规范国人包括规范自己的一系列可资遵循的制度，并严格地执行了这些制度。所以，美国人的历史大约比我们的好写。是制度的问题，还是人的问题，是谁的问题，责任到底有多大，都可以说得头头是道，清楚明白。而我们，却不大好说。以愚之见，不立规矩，本身就是人的问题；不执行制度，更是人的错误，怎么能将这一切推给制度（等于推给了虚无），推给不存在的东西呢？！所以，我以为我们的历史教科书不妨也大胆地实事求是地写写有关责任者的责任，这样既如实地记录了历史，总结了经验，对后世之“肉食者”也是一种警示。

在法治与人治中，只要不是桃花源中人，不是疯子傻子，都会选择前者。但牛某却敢冒天下之大不韪，在此篇小文上安一《寄希望于人治》的刺眼标题，原因何在？机理何为？我的回答是，理想的并非现实的。当前虽然我们在制度建设上在法制建设上有了很大进步，但离制度化法制化恐怕距离仍然不小。制定制度的希望在于领导人，国家的安危富强仍系于领导人之手。因此，与其大谈什么制度法制，不如面对现实，把我们的希望、我们的命运寄托在民族的决策者身上。希望我们的人治能更科学一些，也希望在人治的基础上，逐步地走向法治。果如此，今后的历史学家便好落笔矣。

1994 年 11 月 30 日

少一点变形的政治敏感

某些中国人在政治上太敏感，似乎全身所有的神经中，政治神经最发达。这不是贬损，当然也不是赞美，只是描述一种客观存在的现象而已。

敏感的表现之一，是对任何事都要用“阶级斗争”的眼光去审视，去对照，去衡量。出现新事物、新思想，便怀疑是不是“阶级斗争新动向”；出现一些事故失误之类，便怀疑是否“阶级敌人的反攻倒算，捣乱破坏”；外国人对我国的扶贫和教育捐一点钱，便怀疑是不是“黄鼠狼给鸡拜年”；改革开放中出现一些新事物，便要问一问是“姓社”还是“姓资”。总之，除了政治的阶级斗争的眼光角度标准，他们便没有其他的眼光、其他的角度、其他的标准，不会从经济发展、社会进步、世界一体化等多种角度和层面去考虑问题。他们患了一种政治眼病，叫作“左视”。他们眼睛的正面、右面、上面、下面已经没有视力，或者尚有，却只能看到颠倒变形模糊的形象。

敏感的表现之二，便是这些人搞团结、搞建设、搞改革的心思少，探消息、辨风向、测风速的心思重。他们每时每刻都在圆睁双眼，竖起双耳，倒动双腿，伸开双手到处摸情况探消息，整天琢磨某某领导的态度与倾向，某某与某某的关系，某些指示是对某人某事的，等等。有人做此事只是习惯，或用以引人注目，表现自己而已；有人却以此来确定自己的航向，校正自己的目标，制定自己的战略。投靠谁，背叛谁，出卖谁等战略便是在灵敏观察后做出的灵敏反应。多年来人们政治上的忽左忽右，不停摇摆，不断排列组合，概源于此。

敏感的第三个表现，便是公众的胆量越来越小，处事越来越谨慎，暮气越来越重，进取意识、奋发意识越来越淡薄。很多人鉴于“出头的椽子先烂”等古训和这几十年各种各样“阶级斗争”的教训，对什么都持观望怀疑态度，对改革开放亦如是。所以不了解中国的历史中国的国情，会以为中国人迟钝麻木，实际上这种外表的迟钝麻木正是部分中国人灵敏、成熟、快捷的外部表现，或曰存在形式。

部分中国人缘何政治上过于敏感，或曰害了政治过敏症？我想原因大概有以下几种：一曰夺取政权时思维和行为方式的留存与沿用，即战争时期那种阶级斗争的影响被毫无保留毫无改变地搬到了建设时期；二曰某些领导人某些错误思想以及在此思想指导下的运动，使人们感到在中国所有的事情都打着深深的阶级斗争的烙印，都是政治的运转，特别是“反右”“文化大革命”“反击右倾翻案风”等运动，给人们的这种印象和教化更深刻更生动；三曰某些时候某种情况下只有敏感才能安身立命，倘若不敏感便会说错话、举错手、走错路，就会招致大祸、丢掉帽子、砸碎饭碗、身陷囹圄，就会祸及妻子儿女；四曰某种特定的情况下，只有敏感才能有锦绣的前程、辉煌的前途，才能青云直上，出人头地。倘若上峰想说鹿是马，你先说出了，并说不但是马而且是古代之名马乃至汗血马，你想想那会有什么好事。想想这些年，某些领导想“跃进”，便有人讲粮食亩产 20 万斤；想证明“上山下乡”好，便有人几次三番地写公开信；想证明“文化大革命”中的“土飞机”正常必需，便有人说真是舒服受用。这些人得到了什么，大家不会不清楚。他们是大遂心愿了。

考察政治敏感或严格地讲叫扭曲变味的敏感，可以得出这样的结论，这种敏感在阶级斗争确实存在的年代是必须的，而在和平建设以及改革开放的年代则是不大适宜以至很不适宜的；这种敏感可以给少数人带来好处、益处、美妙处，却只会给党给国家给民族给大多数人带来不适、不快，带来灾难；这种敏感可以给某些“运动”或不叫运动的运动以推力，却只会给改革开放和建设事业以阻力和破坏力。这种敏感越多，人性就会越发扭曲，社会就会动荡，不但其他事业受损，政治现代化和社会民主化同样会受到干扰和破坏。因此，摒弃这种变形变味扭曲的“敏感”，已成社会发展的急切需要。我们的社会所需要的，是正常的政治敏感，我们的社会更需要政治之外的踏实工作和积极进取。“敏感”以致过敏可以休矣。

1994 年 12 月 10 日

离正确最近的错误危害最大

错误总是有危害的，没有危害的错误可以说没有，只是程度有所不同而已。那么，什么样的错误危害最大呢？记得一位哲人说过，离正确最近的错误危害最大。对于这个断语，我的第六感觉是：精妙！仔细琢磨此话，我深深为之折服。为什么说离正确最近的错误危害最大？我们可以从这样几个方面去认识：

其一，离正确最近的错误最像正确，所以迷惑性也最大，往往让人们误以为它就是真理，是最优方案，最佳选择，最好决策。比如中国古代“晏子使楚”的故事中，晏子关于橘生淮南淮北味道有酸甜之别，地域使然的辩词，其实不是地域使橘树橘果改变了种性，其本身就是两个不同的物种，只是外貌十分相似，让古人误以为是一种东西。比如“左”祸的不断发生，因为它们的形式、内容、指导思想、目标等均与正确相似，很有迷惑力和煽动性，因此发生得快，破坏力摧毁力大，造成的后果也极为严重。“肃反扩大化”“大跃进”“文化大革命”“无产阶级专政下继续革命”等莫不如此。

其二，离正确最近的错误对人的诱惑力很大，使人们很容易陷入其中，且难以自拔。比如“文化大革命”，抄家造反斗走资派，迎合并诱发出了青少年深藏内心的破坏欲，迅速形成了全国性的并波及世界的打砸抢的风潮。于是，打砸抢自然地成了一代青年历史的重要组成部分，以至于他们中的有些人至今不肯否定“文化大革命”，尤其不肯否定“红卫兵史”，怀恋以至夸耀“知青史”。再比如改革中有些人以改革的名义大批出卖中小企业，搞“一卖就灵”，使国有资产大量流失，等等。

其三，离正确最近的错误识别起来困难，纠正起来艰难。正确与错误有时只有一步之遥，有些错误离正确可能不到半步。这样的错误，自然不好识别。如果这些错误的口号、方针、政策、行动是由皇帝以及所谓的伟人提出、制定、发动的，那似乎比正确还正确，辨别起来就更加困难。有些错误，能拖十年二十年，有些错误的思潮以及思维行为模式和方式可能会危害几代人，甚至流传几百年几千年。

离正确最近的错误危害最大，比如以“革命”名义下的斯大林式的大清洗、集体枪杀波兰几千名军官，“红色高棉”波尔布特惨绝人寰的屠杀，“民族解放”口号下的恐怖行为，“维护人权”名义下的世界宪兵与世界霸主行径等等，均令人发指，令历史蒙羞。

正确与错误有时很难辨别，有时两者之间还可能互相转化。

因此，善良的人们应当多长几个心眼，对有些诱人迷人的东西，不妨多观察多分析，看不准的不妨等一段时间，千万不可盲从，不可“坚决响应”“雷厉风行”，不可“理解的执行，不理解的也执行”。应当始终保持一种平静、冷静与理性，只有这样，才能将某些错误尤其是事关国家民族前途与命运的错误的危害控制在最低限度。

1999年5月9日

且说主义的微妙变化

主义是个严肃的政治命题。从历史教科书、政治教科书中人们便开始接触这一名词。比如封建主义、资本主义、社会主义、共产主义等等。很长一段时间，还有一个修正主义。

第二次世界大战之后，形成了社会主义与资本主义两大阵营，也形成了长达数十年的冷战。在中华人民共和国60多年的历史中，有很长一段时间处在以美国为首的帝国主义国家的封锁包围中，处境极其艰险。因此，在中国国民的心目中，对于资本主义有一种本能的反感与抵触。这是历史形成的。中国人作如此的反应，形成这样的认识是合理的，合乎历史的逻辑。

随着中国思想解放的深入，随着改革开放的推进，随着冷战的结束，随着和平与发展成为当代世界的两大主题，主义问题有了微妙的变化，人们的认识也相应进行了调整。

不同的主义之间不但有对立的一面，也有相近相通相协调的一面。这是国人较为一致的感觉。比如邓小平讲的“和平与发展”即属此例。从人性、人道、人本主义的角度看，人类共同的敌人是愚昧、落后与贫穷，不论什么主义，消除这些方面当是共同的。尽管在前进的过程中，不同的主义间有许多不同的主张乃至根本对立的立场，但人类在征服和适应自然中探索和积累起来的文明成果是共同的，人类在社会生活中的思想、观念、经验等方面也有许多共同的东西。理论和实践都证明，人类文明中的绝大部分成果，各个主义均适用，资本主义可以用，社会主义也可以用。在许多方面，构不成主义与主义的对立与抗争。随着时代的不断发展，人类共同的方面将越来越多。这是毋庸置疑的。

在主义问题上，不可太过敏太抠字眼，这是人们达成的又一共识。现在对于不看实际效果，动辄诘以姓“社”、姓“资”区分的做法，公众比较反感，也有了一定的分辨力与抵制力。不分领域，不看效果，一举手一投足都要问个姓“社”、姓“资”的心态和做法，是极端片面与狭隘的。其结果，只能是自我封闭、自我禁锢、自我欣赏，对社会历史的发展是极为不利甚至是极其有害的。在非根本性的问题上，在人类相通、相同的方面，主义之界限模糊一些，可能反倒更有利于主义。

对各种主义，应当作历史的考察，从动态的角度予以认识和评价，这是取得共识的又一个方面。从原始社会（姑且也称作主义）、封建主义、资本主义，到社会主义，离开了一定的历史对比，就不能下进步与落后、好与坏的断语。所有落后的，都曾是进步的；所有进步的，都必然会落后；所有坏的，都曾好过；所有好的，都可能变坏。所以，重新认识资本主义，重新认识社会主义的口号有着极浓的理性色彩和极强的现实针对性。中国的社会主义尚处在初级阶段，西方资本主义也还没有走上穷途末路，两种主义都将发展。在很长的历史阶段，可能会出现互相依存、互相促进、和平竞赛、共同发展的局面，即世界经济政治相对一体化的局面。这对全人类来说，可能是一大幸事。

对于主义，目前确实存在着一种内里清晰坚定和表面模糊淡化的民意倾向。这一变化是悄无声息、十分微妙的。对于淡化问题怎么看，窃以为可取这样的态度：对自己的不淡化，对别人的可以淡化；内心不淡化，行动上不淡化，口头上可以淡化；政治上不淡化，经济上文化上可以淡化。实际上，目前的状况正是如此，其客观效果也是很好的。

中国就是中国，既带着主义，又不带主义。英军大炮轰开中国大门，八国联军焚毁圆明园时，并未问我们是什么主义，只要弱小，就有强大者来欺凌。而今只要中国更加民主、更加文明、更加富强，中国在国际上的地位就会越来越高。我们的主义，也才会被越来越多的人认可和接纳。从这个意义上说，淡化是为了更进一步、深一层地强化。主义本身树不起主义，主义本身也战胜不了主义。只要国人务实地工作，建设好自己的国家，傲立于世界民族之林，主义自然就立起来了。

1994 年 12 月 30 日

“实事求是”也需要强制

关于“实事求是”，我已写过《中国有过一个“实事求是年”》《提倡实事求是与禁止随地吐痰》等小文，但我以为，我对汉代以来就已降生的这个词仍然没有参透，仍有继续研究之必要。

虽然“实事求是”是人类最基本的道德和精神准则，是一个“从来不需要想起，永远也不会忘记”的课题，但在现时的中国，要想将“实事求是”这句古训从理想变为现实，还非得采取强制手段不可。

采取强制，是不得已而为之的权宜之计。因为现时的中国人尚未达到自觉的境界，只把“实事求是”作为一种口号和装饰，在遇到利益挑战和环境影响时便不想再恪守这一准则，所以得采取一定的有制约性的措施，来保证“实事求是”准则的推行。否则，再喊上一千遍，唱上一万年，“实事求是”仍然是天方夜谭。

采取强制措施，采取哪方面的措施？应当说各个方面都可以提出对策，但没必要去做全方位的探讨。以我的精力和兴趣，只想谈谈经济和政治两个方面。

在经济方面，要以价值规律进行强制。不论哪级官员什么企业家，从投资到销售，从宏观决策到微观管理，都不能只凭什么红头文件、长官意志、个人好恶、群体兴趣来决定，而应当本着效益最大化的原则，本着资源优化配置的原则，本着促进国家经济快速健康发展和社会全面进步的原则去进行。只有这样，才能避免虚报浮夸、好大喜功、泡沫经济，避免“人有多大胆，地有多大产”，“不怕做不到，只怕想不到”的口号泛滥，避免长官工程、条子项目、拍脑袋产品，避免出现一切违背经济发展内在规律的奇特现象。

在政治方面，要致力于透明与公开，把“高度文明民主”从理想变为现实，从口号变为实践。予公民以真正的利益表达权利、表达渠道，进行科学的利益聚合。决策要科学，不可能追求最好，但必须追求更好。要做好执行中的信息反馈，适时地修正决策，并做好下一个环节的聚合、决策以及执行。要建立真正的监督制衡机制，抑制和惩治腐败，使国家公职人员廉洁自律、恪尽职守、勤奋工作，防止官僚主义、贪赃枉法、权钱交易、裙带关系、卖官鬻爵、空头政治、极“左”路线、唯我独革等等现象的出现。

需要强制的方面实在太多。就算读了几年书，有个什么样的学历这样简单的问题，如果没有检查与制裁措施，也会闹个一塌糊涂，会在一夜间冒出上万个不是大学生研究生的大学生研究生。这已超出了文章开头所界定的范围，不去多说。

“实事求是”需要强制，因为人性有许多的弱点，不可以完全地无条件地相信人的自觉性。没有监督制约，人是会放任自己的。不论古人还是今人，不论洋人还是中国人，不论伟人，还是普通人，莫不如此。我们应当多倚重制度，而少借重人的自觉。也许，这才是人性的本质要求，也是社会历史发展的客观规律。

1995年4月6日

顾准可贵是精神

关于顾准以及顾准的著述、思想，前几年曾在媒体上热过一阵，后来复归沉寂。前几天看了一篇访谈录，一位年轻气盛的所谓学者对曾出现过的“顾准热”大不以为然，以为顾准的那些思想见解，在今天看来是肤浅的和过时的，人们尊崇顾准，是一种不可思议的盲动。这位自以为站在学术之巅思想之巅的年轻人，对中国无以数计的学人在对待顾准问题上的举动进行了恣意的鄙薄与嘲讽。对此，老牛所有的不仅是愤怒，而且还有忧虑。

愤怒自不去提，单说忧虑。我的忧虑在于，有些人，包括号称先锋派的一些青年学人，并未领会“顾准热”的实质是“顾准精神热”，并未树立起一种具有不畏强权、不惧迫害、矢志探索、忠于真理的精神比得出一两个正确结论更可贵的意识。

顾准是一个平凡而又不平凡的人。他 1915 年生于上海，在中华职业学校商科初中毕业后入立信会计师事务所任练习生，19 岁时完成其第一部会计学著作《银行会计》，之后又出版了一批同类著作。1940 年，顾准离开上海到苏南抗日根据地。解放后，他曾担任上海市财政局长兼税务局长。1956 年入经济研究所（现属中国社会科学院）任研究员。顾准的一生颇多荣耀（他担任过的“红色职务”有一二十个，且均不小），也颇多坎坷。1952 年的“三反”运动，他受到撤销党内外一切职务的错误处分。1957 年和 1965 年，又两次被错误地划为右派分子。1974 年，顾准在妻子被逼自尽，有母不能相见，儿女与其“划清界限”且至死不肯相见的凄苦中病逝，年仅 59 岁。客观地讲，顾准的学术成就并不是特别的了不起，除了早年的带有教科书性质的一些著作，他身后别人为之整理出版的，无非一本三十多万字的《顾准文集》，一本《顾准日记》。正如他弟弟陈敏之所说：“他留下来的著述确实不多，除了 1973 年至 1974 年生命最后的两年里，在和我的通信中写的那些学术性笔记外，几乎很少有其他著作。”顾准涉猎过经济学、历史学，就其学术见解言，虽说成就不小，但难说树起了高峰。顾准的可贵之处，在于学术之中，又在学术之外。他的不同凡响处，在于学术抑或是政治上的胆识。

顾准让人们敬佩的第一个举动，是在《经济研究》1957 年第二期上发表了《试论社会主义制度下的商品生产和价值规律》。其中的观点，与斯大林《苏联社会主义经济问题》中的观点是相悖的，与当时国内的主体经济理论以及某些领导人的经济观点也是相悖的。张劲夫先生评价顾准的这一行为时说：“在五十年代能提出这样重要的看法是很难得的。”

顾准让人们感佩的第二个举动，是他在十年“文化大革命”那样的政治大劫难中，敢于去研究希腊的城邦制度，敢于去触及极为敏感或者说是被禁止提及的“民主”问题。在十年浩劫期间，像张志新、遇罗克那样的斗士不多，像顾准这样的思想者就更少。

顾准让人感佩的方面还可以举出很多，概而言之，就是一种精神，一种人格的魅力。

思想的发展有时要超越物质存在，要领先于时代的发展，但思想的发展往往会受到客观世界的限制，会受到形成体系的思想及其思维模式的限制，受到人们主观方面的阻挠。面对这样的环境，人们可以有两种选择：或屈服于现存世界，在有限的空间里驱动思维之舟，做一些低层次重复的甚至是无聊的工作；或者像顾准那样，抛开现存世界的热闹喧嚣，在清冷的角落里，冒着种种风险，按照学术所固有的规律，去进行科学意义上的探索和著述。当前的情况是，前一种人太多而后一种人太少。学界的此种状况，对文化积累和社会进步的迟滞作用若干年后便会显现出来。当此之时，提倡顾准精神大有必要，而鄙薄顾准则似乎十分的不可取。

1998年10月19日

印尼"革命"的警醒

东南亚金融危机，引发了印度尼西亚的动荡和暴乱，引发了新一轮的反华排华浪潮。印尼的排华，由来已久，自华人侨居这个东南亚不发达的国家以来，排华事件就经常发生。特别是每当出现经济萧条、政治动荡之时，反华排华的浪潮就更加恶浊高涨，可谓臭名昭著。

印尼的排华，其原因据说是贫富悬殊，是因为占人口少数的华人拥有了大量的财富，垄断了国家的经济命脉。新任印尼总统哈比比也公然宣称，暴力、骚乱和排华不是民族矛盾和政治问题所致，而是贫富悬殊问题的反映。排华大概可以称得上是一种"革命"吧。考察印尼国家的发展历史，这种说法不能说是无稽之谈，而有它一定的根据。印尼的华人在印尼总人口中占少数，而且在几十年前已绝大多数入了印尼国籍。但由于民族、宗教等多方面的原因，华人尚未真正融入印尼社会，华人在社会生活的各个方面均遭受歧视，不可以从政，不可以从事科技教育等方面的工作，不可以涉足事关国家政治、经济、科技、军事的重要部门。华人唯一被允许从事而且可以发挥其才干的，便是商业领域。由此，华人中许多人便做小商小贩，有些还成了富商巨贾，在经济领域中有了举足轻重的地位。从某种意义上说，华人的富足也是被迫形成的。

要命的是，印尼的非华人不管华人的富足是如何得来的，反正他们认为他们的贫穷是华人富裕的伴生物和副产品，他们仇恨别人的富裕，自然便仇恨华人。于是乎，便出现了华人商店被抢被烧，华人商人被绑架杀害，华人妇女被强奸，甚至帮助华人的土著人也惨遭屠戮的血腥事件。印尼的排华事件，频频震动国际社会。

发生在印尼的事件不是孤立的，也不是突兀产生的，它有一定的社会性，也有一定的历史渊源。贫富问题似乎是永恒的话题，是引发社会矛盾的根源和导火索。在我国，所有的农民起义以及一些社会重大的变迁，似均为贫富的过于悬殊所引发。在中国历史上，“杀富济贫”“均贫富等贵贱”是最受下层人民欢迎的口号。在中国的文化积淀中，“为富不仁”和“均贫富”是极为深厚的遗存，有着广阔的市场。

历史即将进入21世纪，中国的改革开放已搞了20年，中国在大力发展经济、建立市场经济体制的过程中，允许并提倡一部分人先富起来。这20年，中国人的经济状况有了很大的改善，但贫富差距也相对拉大，目前有亿万富翁，有几亿即将跨入小康者，也还有几千万未能解决温饱的人。今后的若干年，贫富差距问题必将仍然存在，在某些时期某些地区还可能进一步拉大。这也许是中国社会发展中的一个隐忧。鉴于印尼的教训，中国人似应早做行动，在思想上，改变“穷光荣”“富可恶”的观念；在行动上，从法律上保障个人财产的合法地位，更重要的是要缩小贫富的差距，如此，才可能避免照搬社会一有问题就拿富人开刀的历史惯例和邻邦洋例。

印尼的排华事件令人义愤，但它同时提醒了我们。

1998 年 10 月 20 日

三八大盖与王八盒子

拿破仑说过，不想当元帅的士兵不是好士兵。这话流传甚广甚久，极具历史的穿透力。

拿破仑的话，激励了许多国家无数的将士，使他们效命沙场，由士兵而低级军官而高级军官而将军元帅。当然，走到金字塔尖的人少之又少。所谓“一将功成万骨枯”，很多人，倒在奋斗的路上了。但无数的士兵向往成为将军元帅，并为达到自己的目标拼搏奋斗，这一过程，却是极具内涵，具有正面导向作用的。战斗战争胜利的原因是多方面的，但军人的立功受奖升迁意识，想当元帅的意识潜意识，在其中是至为关键的。没有了军人在军阶上不断攀升的意识与动力，部队的英勇性、顽强性、战略战术性等等肯定会减弱与丧失。

拿破仑的话，也害了不少的士兵，拿破仑没有把那个“想”字阐释清楚，让一些头脑简单、思维混乱、意识扭曲的人走进了死胡同，以为元帅是“想”来的，忽略了“做”，忽略了从士兵到元帅要有一个漫长的过程。这个过程，首先要从士兵或者最低级军官干起，要扛土炮老套筒汉阳造三八大盖，要站岗放哨挑水担柴，要打枪开炮扔手榴弹，要游击，要打阵地战，要诱敌，要打援，要攻城略地，浴血奋战。只有一步一步往前走，一身水一身泥一身血地往前拼，才有可能走得更远，才能离目标越来越近，才有可能最终成为“将军”“元帅”。

有些人以为“元帅”是“想”就可以当上的，所以虽然手里提着三八大盖，虽然爬在最前沿的战壕里，却不履行士兵的职责，不练瞄准投弹刺杀，不想着如何完成班长排长交给的任务，只想着如果这个连这个营这个团这个师这个军交给他，应当如何指挥。他手里的三八大盖让他在脑子里换成了橹子、王八盒子。他听不见上级的命令，听不见枪炮声冲锋号，只在指手画脚地挑各级指挥员的毛病。这个世界上，似乎他最能，任何地方都摆不下他。这样的人，你给他个班长，他干不好，他想排长的事；你给他个营长他干不好，他想团长的事。这种人，真正是误己误人，误事误前程。

我的朋友给我讲了他一个同事的故事。此人在单位总体文化水平不高的情况下算有学问，有一个成人大专的学历，笔头子尤其嘴头子比较厉害，有人说十个人说不过他一个。此人比较有才，对行业动态也比较了解。可此人最大的缺陷就是中拿破仑的毒太深，太想当元帅，而且是一入军队，要跳过所有的阶级，一步登天，当元帅大元帅。因为欲望过于强烈，因为过于自信，因为不想干也干不好小事具体的事，且认为小事“不是人干的”。此公与领导与同事的关系极僵，曾换了好几个部门，到哪里也待不长干不好。可此公经常向上级递改革设想经营方案，在操大心操全盘操“元帅”的心。他的方案设想，当然没人理会。一个士兵，一个扛不好三八大盖的士兵的“元帅方案”，能引起多大注意呢?

中华人民共和国成立后任命了十大元帅，这十大元帅大多是在战争的过程中一步一步升上来的，其中有六七位曾在井冈山闹革命，扛着老套筒挥着大刀杀上了元帅之路。没有哪个人，一生下来，肩膀上就扛着将星帅星。如果肩膀上有东西，那是肉瘤。

淮海战役的设想与整个计划是由粟裕提出的，粟裕那时已从一个士兵成长为骁勇智慧的战将，手下统兵十万。如果当时仍然是一个士兵，他能提出那样的设想与计划吗?他提出的东西科学可行吗?他提出来了，能报到中央，中央能采信并运用吗?！结论是，绝无可能。

我挺为朋友的那位同事惋惜。如果他真有“军人精神”，能从扛三八大盖做起，尽“军人”的天职与本分，由士兵而班长，由班长而排长，说不定真能成为单位的骨干以至首长，最终按他的思路去改革，去经营。他有可能真正挎上王八盒子，甚至成为“元帅”。可惜，他不懂怎样才能当“元帅”，他只用“想”的办法去追寻自己的梦，所以梦永远是梦，虚无缥缈，似幻似真。

拿破仑成就了不少人。

拿破仑也误导了不少人。

2007年8月14日

卡斯特罗终于退了

古巴是中美洲一个不大的国家。

古巴的名气又很大。四十多年前吃的水果糖，很大一部分是裸装的古巴糖。而在有限的音乐记忆里，有一首歌，至今未忘："美丽的哈瓦那，那里有我的家，万恶的帝国主义者，抢走了我的家。"一个中国乡村少年都知晓与敬仰的国家，不能说它名气不大吧。

古巴是社会主义国家，是我们阵营中的成员。而且，在苏联解体、东欧剧变，许多社会主义国家易帜资本主义国家，中国因改革开放被指斥为变修之后，古巴是与朝鲜并列的立场最坚定地走传统社会主义道路的国家之一。

古巴是光荣伟大的，它像鱼刺一样卡在美国的嗓子眼里，又像砖头，支在美国的下巴底下，让美国让资本主义阵营难受。

卡斯特罗是坚韧强硬的，他遭遇了几十次暗杀，面临着美国与国际社会的经济封锁与政治压迫，从不屈服。卡斯特罗的形象，是民族英雄、主义英雄。

古巴人民是多少有些不幸的，因为国内缺少民主，对外又无灵活的外交政策，因而古巴被孤立，古巴的经济长期停滞不前。在所谓的第三世界，古巴的名次都排不到前面去。民众的生活，果腹蔽体而已。虽然古巴穷而公，社会贫富差距不大，内部腐败不严重，社会相对公平与稳定，但古巴的生产力水平物质生活水平低下，却是不争的事实。古巴人被国际社会所轻视与歧视，也是不争的事实。

卡斯特罗的政治生涯很漫长。他从 1959 年执政，到 2008 年卸任移交权力，把持这个国家的权柄神器近五十年，淋漓尽致地表现了他的政治才华，也细致入微地实现了他的社会理想。几代古巴人拿自己的生存生活环境、前途命运陪他玩了一遭。

老卡七老八十了，前段时间大病一场，差点去见马克思，可他老人家身板不错，扛过去了，挺过来了。古巴的国民不知在庆幸，还是在遗憾甚至悲哀。所幸，老卡实在力不从心了，玩不动了，不知他心甘情愿地，还是心有不甘地将政权交给了他的亲密战友，一奶同胞的，也已七十多岁高龄的弟弟。卡氏家族的权力交接算是平稳，古巴的政局也算平稳。不平稳的，是我们的内心。古巴人民就应当这样生存吗？中国改革了，也大大发展了，这一切，对古巴人没一点影响吗？老卡休息或者说半休息了，小老卡会把古巴带向何方呢？

2008 年 3 月 5 日

《一个王朝覆亡之前》读后

在《杂文月刊》上看到一篇文章，标题是《一个王朝覆亡之前》。其中以清帝国、奥匈帝国等为例，从历史的纵深面进行了解剖，列出了这些王朝覆亡之前的症状：一是贪污腐败成风，二是百姓噤声，三是贫富差别过大，四是安全感丧失，五是民不畏死，六是不自量力与外强对抗，七是经济增长停滞，八是社会形象极差。

看了这篇文章，我陷入了沉思。我是学历史出身的，对于朝代更迭、王朝兴衰的原因与表现，心里多少还是有数的，但因长期不从事历史研究，这些概念渐渐模糊了。此次经这位作者一点，关于这方面的历史观不但明了了，而且大吃一惊。

所惊者何？

所惊者一，是感觉历史与现实如此的近，很多的历史现象，被现实无奈地翻版复制着。比如贪污腐败成风、贫富差别过大、安全感丧失，以及一定程度上民意的不完全表达、民生窘迫等引起的民不畏死、铤而走险等等，当下就活生生地存在着。这不能不引起思想者的思考，当然，更不能不引起当政者的思虑。

当然，说存在问题，而且是严重问题，并不是就说社会不行了，时代不行了，而是提醒人们引起重视。如果无视前车之鉴，那么就可能遇到更大的麻烦，所谓“人无远虑，必有近忧”是也。那位作者所谈的八个方面，任何一点都不是小事，如果任其泛滥，都可能引发灾难，危及政权，危及中国公众的安定、安全与正常的生活。

所惊者二，是那位作者有着超乎寻常的勇气。直话直说，实话实说，本来是好事，但有可能惹事，甚至惹来重大麻烦以至杀身之祸。过去有“利用小说反党”论，也有过关于吴晗等人利用历史研究反党论。那么，如果某人心中不快，给写那篇《一个王朝覆亡之前》的作者扣上一顶以历史影射现实、诬蔑社会以至反党反人民的帽子，那可不是要着玩的。可这位作者显然是忠于历史、忠于现实、忠于国家、忠于民族的。他也忠于自己的良知，他在负一个国民、一个智者的责任。

中华人民共和国改革开放取得的经济建设成就是任何人不能抹杀的。截至 2008 年，中国的国内生产总值达到了十万多亿元，仅次于美国、日本，而且近期可能超过日本，位居第二。中国的国力增强，国家形象有所改善，国民的生活水平基本达到了小康。但是，我们不能被发展的数字遮蔽了眼睛，不能陶醉于歌舞之中，对于存在的严重问题，一定要有足够的认识。从政权的安危、社稷的延续、人民安居乐业的角度，全盘地考虑与解决问题。问题解决好了，隐忧也便少了。我想这也是那位勇敢的作者写作的初衷吧。我们不仅要给予他以理解、接纳，更应予以理论与道德双重意义上的嘉许。胡锦涛总书记提出要有忧患意识，那么，就让我们积极响应，作一些关乎国家民族前途命运的深层次思考吧。

2009 年 11 月 7 日

“国家万岁”

电视剧《沂蒙》中有一组画面，一位沂蒙山的抗日民兵为引开日本鬼子，保护山上的八路军，开枪击毙几个日本兵，负伤后被鬼子围在一块大石头旁，该民兵高呼“国家万岁”，奋起反抗，被数名日本军人刺死。“国家万岁”，这是我从中国近几十年来的影视作品中听到的第一声呼号。此前的书报中、影视上，大都喊“祖国万岁”。

“国家”与“祖国”有什么异同呢？“国家”者，指在一定的历史阶段中由固定的土地和人民组成，有一个进行管理的组织的共同实体。也指一个国家政权所领有的整个区域。“祖国”者，指祖籍所在的国家，也指自己的国家。可见，这两个概念之间有共同之处，也有微妙的区别。

中国人特别钟情“祖国”这个概念，大约主要源自于对自己五千年文明的记忆与自豪。夏、商、周、唐、宋、元、明、清，可以如数家珍般报出一长串。祖国祖国，祖上就有国，比起美国等建国较晚的国家，自有一份历史的沧桑感、文明的优越感与民族的骄傲感。

如果严谨一些，国家就是国家，祖国即是祖国。祖国不是我们的国家，祖国是我们祖宗的国家。而被异族入侵后所建的国家，比如元、清，似乎还多了一层隔膜。国家概念比祖国概念更加明晰，对于时人更有着感召力、吸引力与凝聚力，时人也更有归属感。

“祖国”一词运用不好，是容易产生歧义，闹出笑话的。比如2009年，是中华人民共和国成立60周年，有些地方打出的标语是“庆祝祖国成立60周年”，不知其“祖”何指？现在的国家是“祖国”，那么，夏、商、周呢？是“远祖国”，还是被划到了“国”外？其逻辑显然是荒唐的。

“国家万岁”的理念与口号是从电视剧人物口中喊出的，而且是通过20世纪80年代中国的抗日军民之口喊出的。窃以为，这是一种进步，是对国家的概念、国家的历史、文明的溯源与推移等问题理性审视之后的科学选择。每一个民族，无论祖上如何，祖上之国如何，都不是决定性的。决定自己国家、民族发展的，是自身的素质与努力。每个人都应站在自己的时代、自身的条件的基础上，考虑国家利益与自身利益。“国家”远比“祖国”来得亲切与实际。

中华民族，不能被五千年的文明所羁绊，所压垮。

2009年12月8日

全民共诛之与全民共为之

现在有一种令人忧虑的社会现象，那就是，几乎人人痛恨不正之风，诅咒不正之风；几乎人人又程度不同地受不正之风影响，或艳羡不正之风，或多多少少也搞点不正之风。对于我们这样一个有着五千年文明传统的民族，对于一个想摆脱贫穷、落后，致力改革开放，建设民主、文明、富强国家的古老而又年轻的民族，你说这是一件多么可悲的事情！

全民共诛之，你、我、他，我们大家都有体验。在严肃的会议上，在私下的闲聊中，谈起不正之风，人人义愤填膺，个个慷慨激昂。我们的理论家、文学艺术家对社会的种种病象作了淋漓尽致、鞭辟入里的揭露和鞭笞。我们的各级领导干部为纠正它作了难以计数的指示和忠告。我们的全体人民都在热切地盼望党风和社会风气的根本好转。其中，希望与失望交替，喜悦与悲愤夹杂。个中滋味，真是酸甜苦辣咸样样俱全。

全民共诛之，不是夸张。与此相对应，全民共为之，也并非随意捏造。在旷日持久甚至愈演愈烈的各种不正之风面前，我们似乎逐渐失去了免疫力和抵抗力，更有甚者，几乎失去了是非观念。我们反对官僚主义，但我们有的人当个芝麻小“官”也“僚”气十足。未当“官”的，还要摆摆“兵僚”。我们反对以权谋私，我们有些人又都自觉不自觉地用手中的权力谋取好处。大小有枚公章，可以横行天下。权力交换，互惠互利，在我们的社会已不鲜见。我们反对大吃大喝，铺张浪费，而某些人对每天 8 元的会议伙食标准又大不以为然。至于借检查、互访等名义，吃吃喝喝，肉来酒往已是公开的秘密。吃喝是今日社会的“润滑剂”。在大大小小的不正之风影响下，我们的一些党员、非党员，高级干部、一般干部，各行各业，各个阶层，几乎都卷了进去。大有清净之地有几何之概。全民共为之，已成为我们社会的沉疴。

面对这种严峻的局面，该是我们深刻反思的时候了。成绩要讲，但讲问题更重要。我们民族的优秀品质要讲，但我们民族精神劣根性的一面，我们目前存在的令人忧虑的世风日下和道德沦丧等现象，不但要讲，而且要将它彻底曝光。挤脓疮痛，挤自己身上的脓疮尤其痛，如若不挤，“养痈遗患”，可以免乎？全国人民，应当力求精神的复归、良知的苏醒。“莫以恶小而为之”，这是先哲的训诫。我们不是大谈珍惜传统文化吗？这一训诫就该珍惜。要下决心改变整个民族目前的心理素质和心理状态。在这一点上，借用一下“灵魂深处爆发革命”，倒不为过。不要觉得别人搞大的不正之风，自己搞点小的算不了什么。须知，久而久之，我们整个民族精神都将被侵蚀，从而失去对不正之风、对一切邪恶势力和腐败现象的鉴别能力和批判能力，民族的精神支柱就会逐渐垮掉。这比物质的贫困更可悲，更可怕。

全民能共诛之，说明我们民族对邪恶势力、邪恶现象仍然富有鉴别力、抵制力和批判力。全民共为之，显露了我们这个世世代代以文明自诩的民族又陷入了多么尴尬的两难处境。这是一个怪圈，一个难于突破的怪圈。但是又到了非突破不可的时候了，否则，我们的民族希望何在？！

1989 年 5 月 1 日

注重口号的民族

我们这个民族是一个注重口号的民族。老祖宗的事就不用去翻腾了，单单这40年来发出的口号声，便使人耳鼓震荡不已，心率亦因之不齐。

口号之多，灿若繁星，仅举几例足矣。20世纪50年代，我们高呼用10年时间“超英赶美”，“跑步进入共产主义”，“人有多大胆，地有多大产”，“不是做不到，而是想不到”，“亩产一万斤粮”；60年代，喊“解放全人类”“全国山河一片红”；70年代则“宁要社会主义的草，不要资本主义的苗”，“宁要社会主义的晚点，不要资本主义的正点”，要“以粮为纲”，“以钢为纲”，“以猪为纲”，“以阶级斗争为纲”，“1980年实现农业机械化”；到了80年代，则口号更多、更响、更有气魄、更加诱人。

听这些精心制作的口号，真使人备受感动备受鼓舞备受感染，使人躺不安立不稳坐不住，使人禁不住要面对高山空谷大声抒情。回想当年的情景，难道不是这样吗！

喊口号的目的是什么？恐怕主要是为了提目标，鼓士气，或者给人们以某种希冀。查历朝历代中国外国，没有不提口号者。提口号，也是一种治国方法，本无可挑剔。但事实与想象毕竟还是有距离的，口号喊多了，劲反倒不一定能鼓起来；口号喊了，不兑现，反而会泄气。等到口号随意喊，口号满天飞的时候，就可能酿成灾祸，从根本上摧毁民族精神。

我们靠什么吃饭？是靠求实的精神，靠坚忍的毅力、不懈的追求呢，还是靠花样不断翻新、调子越来越高、内涵越来越空的口号？古今中外，能找到一个口号兴邦的例子吗？我们这么多年口号到了空前繁荣发达普及的程度，口号又给我们带来了什么呢？“超英赶美”，非但未超过未赶上，反而望尘莫及了；“要解放世界上三分之二的受苦人”，不但未能解放，连我们自己也还深陷在贫困与落后的苦海里；“宁要社会主义的草，不要资本主义的苗”，弄得连草都快不长了；以这为纲，以那为纲，都是纲，就没有了纲，网也就提不起来了。现在的某些口号，虽也不无振奋精神之作用，但仔细分析就不难发现，还是老毛病，说得多，做得少；调子高，劲不足。人们开始对各种各样的口号腻烦了，一见新口号，不管好坏，统统嗤之以鼻，不屑一顾。这态度固然不对，但这又怪谁呢？！看来，应当大声呼吁：慎提口号。要提能够做到，可以见效的口号，少提大而空的口号。更不要使口号互相矛盾，互相打架，倒了国民的胃口。

但愿我们这个民族不要成为一个只注重口号的民族，应当注重点别的什么。

1989 年 7 月 7 日

西方人的辞职与中国人的贬官

关于西方人的新闻看过不少，但对我这个中国人深层文化积淀震撼最强烈的，不是里根的被刺，不是尼斯湖怪的频繁出现，也不是飞毛腿导弹与爱国者导弹在空中的撞击，而是西方官员的辞职。不论愤然辞职，还是引咎辞职，在他们那里都是那么简单、轻松、自如和潇洒。他们辞职的一瞬，充分体现了人性的尊严与人格的高大。在这一瞬，我开始明白，何以西方历史上能出现一大批人格健全的政治家，更能出现无数的科学家、文学家、艺术家，而中国却有难以回避的逊色处。此间原因简单而又深奥。一言以蔽之，民族性使然。

翻开中国铅板似沉重的二十四史，绝难发现几个因与皇帝、皇室、皇族政见不合，或因感到自己能力不济、精力不支，或因失职、渎职造成重大失误、重大损失，遭到弹劾、舆论批评因而请求挂冠辞职的。而被贬官，被流放，甚至被数度贬谪，几番流放的，却历朝历代都可以车载斗量。二十四史的每一页上，都曾浸透这类官员辛酸悲凉屈辱的泪水乃至血水。苏东坡贬官天涯海角，林则徐流放天山脚下，等等等等，便是稍有一些历史常识的人们所熟知的事例。中国的官员，即便是封疆大吏，战战兢兢，如履薄冰般侍奉的，既非皇帝老儿，也非国家社稷，实乃一己之官帽而已。实在保不住大号帽子，大帽换小帽，呢帽换毡帽，皮帽换单帽亦可。为了不丢帽子，甘受胯下之辱，甘愿在贬谪流放中献媚讨好，感恩戴德。但是要辞职，第六感觉也会发出忠告，万万使不得。要中国的官员特别是高级官员辞职，那感觉简直与满门抄斩挖掘祖坟相去不远。

当然，应为中国封建时代的官员说句公道话，那便是，即使有人有个性有血性，在政见不一谋略不合时如陶渊明般潇洒地唱一曲《归去来辞》，但也怕遭到更大的迫害，怕遭杀身之祸。这是封建社会专制政治的特征，不用说处身其时其境留辫子的祖先们怕，即便今人提起来也会毛骨悚然，心有余悸。但如今的社会与溥仪搬出故宫以前相比，已有天壤之别。令人遗憾的却是，今日仍不见有官员引咎辞职，或因丑闻绯闻秘闻等被迫辞职，更不见因感能力不足体力不支岗位不适者欣然辞职。当官便是终身制，再无能再委屈再遭非议也要蹭下去。社会其他方面进化了不少，这一点却与几千年前没有什么不同。这实在是历史的遗憾，时代的悲哀，国人的耻辱。我以为，这种局面真有改变一下的必要了。让贬谪之风渐弱，让辞职之风兴起，让中国的政治向民主化进一步迈进。

1994年5月4日

服饰上的政治学、社会学

衣食住行，衣排第一。大概是“饿死事小，失节事大”这一人类思维模式的外化或曰体现。

穿衣戴帽不仅仅是人类保暖的自然属性，它已自然地带上了浓郁的社会属性。随着历史的演进，这种属性呈递进式、加速度增强。简单地说，服饰是一个人乃至一个国家、一个民族富裕程度文明程度教化程度的标志，是人们价值意识、审美取向、生活态度等方面的自然而真实的表露。

服饰代表人类进步的程度。孔夫子有一句话，给人印象极深。他说：“微管仲，吾其被发左衽矣。”翻译成白话文就是：“要不是有管仲，我们都会披散长发并且穿着左边开襟的衣服。”“右衽”是汉民族的传统服装，从管仲开始，直到清末民初，莫不如此。甚至现在的边远山区，老辈人还穿着大襟右衽的衣服。在孔子和迄后许多代中国人的眼里，衣服右边开口便代表着文明与进步，而左边开呢，则是愚昧与落后。这种认识在很长一段时间内不无正确性，可在现代人眼里，左衽右衽统统不足法，不可取，而中衽中间开口才意味着文明与进步。

服饰标志人的政治地位。比如对于国家领导人，人们称之为“领袖”。领与袖是衣服上最外露的部分，是“头”，故以其比拟领导人。这里面还隐含着深意，即领与袖易磨损，也易污损，需加倍呵护，也需经常洗濯。

服饰的颜色常常代表人的地位。封建社会的黄色，那是属于皇帝的。“陈桥兵变”的最诱人处，便是“黄袍加身”。因为黄袍加身便意味着当皇帝，做人君，意味着统驭海内，威风八面。到了黄巾军，那黄巾，大约也蕴含着推翻当政者，自己称帝的意思。他们的口号是“苍天已死，黄天当立，岁在甲子，天下大吉”。口号已将其内心世界剖白无遗。到了“文化大革命”，黄色被推上了崇尚的极致，不过那黄已不是皇帝的明黄之类，严格地说叫“草绿”。那时的人们是多么向往有一件黄军装、一顶黄军帽、一个黄书包啊。没有军队系列的，用黄布自己做一件，同样心花怒放，惬意万分。这时的黄已不是帝王的标志，而是“革命”与“进步”的标志，而且已从少数人垄断转变为普及了亿万民众。领袖穿得，造反派小兵卒也穿得。但这种进步，带来的或曰与之伴生的是十年浩劫，是万劫不复的灾难。这种进步，叫它是倒退也没有什么不妥。在现代社会什么颜色代表尊贵呢？答案是，五彩缤纷即是尊贵。没有人强制你穿什么，限制你穿什么，你所喜欢的，便是尊贵的。

用衣饰可以说明人的某种行状与处境，比如说某人正经高贵，便说“衣冠楚楚”；说某人拘谨，便曰“正襟危坐”；说某人贪赃枉法，便曰“油袖干部”“中饱私囊”；说某人清廉，便曰“两袖清风”；说某人不学无术，徒有其表，便曰“金玉其表，败絮其中”；说某人光明磊落，一身正气，便曰“胸襟坦荡”“襟怀坦白”；某人升官发财后要回故里夸耀，便曰“衣锦还乡”，而“富贵不归故里”，便如西楚霸王项羽所说的，是“锦衣夜行”；说某人有才有德得志得势，便曰“羽扇纶巾”；说某些人因胜利喜庆万分，便曰“弹冠相庆”，如此等等。

用衣饰可以勾勒人们的政治关系，如“袍泽之情”，如“联袂而往”。而“穿连裆裤”“穿一条裤子也嫌肥”，虽表示了特别的关系，但这一词大多是用来表示贬义的。再如老百姓将姐妹之夫叫作“连襟”（又叫“挑担”），也是用衣饰来比拟亲情关系的。

用裤子、裙子和鞋，表述社会现象、政治现象，一般是含有贬义的。比如“纨绔子弟”“纨绔子弟少伟男”；比如“裙带风”“裙带关系”；比如“拜倒在石榴裙下”；比如“弃若敝屣”“破鞋烂袜子”；等等，其所含的鄙义贬义，均不言自明。

对于衣饰的政治学、社会学含意和意义的随意乱侃，发端于洗衬衣。因看见了污损磨损的领口袖口，便信马由缰，任思维乱跑。末了，我又想起了鲁迅笔下的那个穷困潦倒生计无以维持的孔乙己，到了走投无路的境地，还不肯脱下那件肮脏的长袍，还要保持自己的所谓身份、所谓尊严，真是迂腐到了不可救药的地步。我们今天对于衣饰的态度应当如何呢？其一，要“量入为出”“量体裁衣”。其二，“穿衣戴帽，各有所好”，不可强求一律，不用去提倡什么，限制什么。其三，得意时，不妨“左牵黄，右擎苍，锦帽貂裘，千骑卷平冈”；而潦倒时，也不妨作“五花马，千金裘，呼儿将出换美酒，与尔同销万古愁”的选择；老来也不妨作“当年万里觅封侯……尘暗旧貂裘”的追忆以慰人生。

我们每天都在穿衣戴帽，但不一定每天都能从中意识到什么，当然也用不着意识到很多。琢磨琢磨前人那些颇丰富颇为传神的衣饰之喻，并从中悟出些做人的道理与准则，也就够了。

1994 年 12 月 19 日

自行车政治学

自行车是一个充满辩证法的物件。几何学上讲三点成一个面，但自行车偏只有两个轮子，就能支撑起一个稳定且充满快感美感的平面。像我们这样的大国穷国，公民的交通工具主要仰仗自行车。不论城乡，不分南北，稚气未脱的孩童，头发花白的长者，花枝招展的姑娘，英姿飒爽的男人，大都臀下压一辆或大或小或新或旧的自行车，去上班，去上学，去公园，去逛街。有人一生与自行车为伍，从某种意义上说，是自行车支撑起了人生辉煌或不辉煌的层面。蒙古人曾有"马背上的民族"之称，现时的中国人应当说是自行车座上的民族。

如果只讲自行车两个轮子支撑一个平面是有悖几何定律的怪异现象，那么这篇小文便无写作的必要。两点成一面，怪在其次，最怪的是自行车又是违背"静则稳"自然法则的怪物。

自行车要"自行"，支撑起一个平面，就必须运动，且须有较快的速度。或者说，自行车的两轮只能支撑运动着的平面。如要静止时，须另加支架，保持三点的稳势。如欲慢行，也必须由人来扶持，方不跌倒。对此，每个骑过自行车见过自行车的人都应有深切或不那么深切的感受。

骑快车容易，骑慢车难。快车稳定而慢车“悬乎”。一般的自行车赛，赛速度，主要检验的是人的身体素质，技巧在其次；而慢车赛比快车赛要难得多，主要检验的是平衡技巧而非体力。自行车有悖“静而稳”定理可谓十分突出和典型。

自行车的原理及其奥秘本不难懂，对于我们这个口口声声时时刻刻高喊辩证法的“自行车座上的民族”，了解它把握它运用它本是情理中事，但事实上我们对此却并不十分了解，或者了解了，却并不用之于社会生活。我们只铁定认准了“静必稳”的自然法则，并一以贯之，“毫不动摇”地用它来指导社会实践。讲社会稳定安定，就不许搞政治体制改革、经济体制改革，不许揭露阴暗面抨击腐败改变流弊，不许进行经济运行中全方位多角度的变通，就只准墨守成规，抑制变革，降低甚至凝固速度，使我们这个民族失去了一次又一次起飞发展的时机，从而时时在为自己的“球籍”担心。殊不知，我们社会的发展，正如有惯性的两轮自行车，如欲其稳，必须保持一定的发展速度。如不图发展，一味求稳，就势必将自己拖进慢车赛场。越想稳住，就得消耗越多的体能智能；体能消耗得越多，就越稳不住。最后的结局可想而知，别人已跨过千山万水，自己却还在五尺天地中苦苦挣扎。待体能耗尽时，其结果不是发展，也不是稳定，而是摔倒。事实上，在求稳的心态下，我们并未真正获“稳”，而是摔倒了无数次，两膝已是血流如注。我们不但付出了降低发展变革速度的代价，也付出了从根上稳定社会的本钱。如若再不幡然猛醒，我们将付出更加惨痛的代价。而这个 12 亿人口的民族，已实难再付得出更多的东西了。

“骑在自行车上的民族”，应当从自行车中真正寻出些辩证法，处理好发展与稳定的关系。再不寻求发展，其结果也只能是小平同志讲的“死路一条”了。我们的民族能选择这条道路吗?！答案应当是：万万不能!

1992 年 6 月 15 日

陈永贵的墓碑

山西省昔阳县大寨村，是个全国乃至世界知名的地方。有一首歌里唱，“一道（噢）清河水，一座虎头山，大寨（那个）就在这山下边。七沟八梁一面坡，层层梯田平展展……”毛泽东当年发出号召，“农业学大寨”。后来又号召“工业学大庆”，“全国人民学解放军”，“解放军学全国人民”，但都没有学大寨的口号响亮，影响也没有那么大。有多少人参观过大寨，我不清楚，但一位曾担任过西北某县宣传部长的老人告诉我，他去过三次大寨。

把大寨从深山里推到毛老人家视野里的主要人物是大寨村党支部书记陈永贵。

陈永贵，40 岁以上的人一般不会不知道。一条白毛巾，一身中式黑裤褂，一双粗布鞋，一脸的皱纹与沧桑，一脸的憨厚与智慧。任何时候，陈永贵都是那一身打扮，包括参加国家最高级别的会议，接见外宾与出国访问。

陈永贵是农民，可他一路从劳动模范而县领导省领导、国务院副总理、中央政治局委员，令人为之艳羡，为之妒忌，为之喝彩，为之不屑，为之谩骂，为之讥议。

陈永贵立过大功，为农业的发展做出过贡献，在自力更生、艰苦创业，改变落后的生产条件和自然面貌方面，为全国的农村、农民做出了榜样。陈永贵也犯过错误，在“文化大革命”中，置身疯狂的政治旋涡，自觉不自觉地做了一些为“文化大革命”推波助澜的事，为搞阶级斗争年年讲月月讲天天讲提供过依据，为无产阶级专政下继续革命提供过炮弹。但那是特定历史条件下的特定行动，陈永贵可以不负责任，至少他不应该负主要责任，更不要说全部责任了。即便他被别人当木偶玩，他也没有拒绝的权利与能力。

从人格的意义上讲，陈永贵是个好人，是历朝历代千千万万农民的杰出代表，是一个大写的人，不论他身上有多少农民的缺点与弱点。

陈永贵于1986年，在他72岁时离开了这个世界，当然也就永远离开了大寨。可大寨人讲情义，舍不得陈永贵，不想让他漂泊在外，不想让他在八宝山看那些自视比他有文化、有水平、有能力、有贡献的人的白眼，大寨人要让陈永贵魂归故里。大寨人为陈永贵修建了类似南京中山陵的陵墓，墓的台阶上，立了一尊泰山产的花岗石的雕像，像极了陈永贵本人。陈永贵的骨灰，葬在山上不算大的坟茔里。

陈永贵坟茔的旁边，有一块墓碑，碑文让人看着多少有些别扭。一是两处把年龄写为“年令”。这让我想起了话剧《西安事变》中在骊山上寻找蒋介石的张学良手下士兵的对话，“委员长原来是无齿之徒啊”，他们发现了蒋的假牙。为陈永贵写碑文或刻碑的人，是否也在影射什么呢？有失厚道与公允吧？二是碑文多处称陈永贵为老陈，这是亲切，还是轻薄、轻慢、轻蔑？弄不清楚。这碑是给后世的子孙们看的，老陈老陈的，觉得十分别扭。直呼其名不就得了吗！同行的宁夏社科院院长吴海鹰女士等人也觉得此碑文写得草率与轻浮。

陈永贵已经作古，我们该让他安息，那块碑的碑文，似乎有修改一下的必要。尊重陈永贵，也就是尊重历史，尊重现实，尊重未来，尊重所有的已逝、现存、将要出生的中国人。

2007年9月27日

庶人之议与不议

社会存在是客观的，而人们对社会的看法、反应则是主观的。议论朝政，议论社会，是自古就有的现象。统治者当然希望其治下的臣民规规矩矩，老老实实，三缄其口，不要发怨言发牢骚，不要提意见提要求，不要查差距找不足，不要有反面的议论反面的声音。如果嘴巴一定要说话，夸赞可以，如果一张嘴就是颂诗赞词，当然更好。而现实当中，老百姓口中虽然有对当政者、对时局、对国家、对地方的肯定与赞美，但更多的，似乎是不满、牢骚与怨气。人的需求是多样的，欲望也是无止境的，有些正当要求甚至非分之想也是情理之中的，是可以理解的。公民对国家越是信任，要求也就越多越高。

中国的古之圣贤说，“天下有道则庶人不议”。说只要社会上“三纲五常”确立，社会有秩序，为人君者能施仁政，文臣不爱财贪财，武将不怕死不惜命，只要社会秩序良好，老百姓能安居乐业，各级官吏能勤恳做事，百姓们就不会对朝政与时局提出非议。

“天下有道则庶人不议”的话对吗？我想，在说此话的古人生存的年代，这句话含有百分之六十以上的真理性。因为中国封建社会特别是封建社会的早期，社会比较封闭，人们可以参照与比较的另类社会的材料较少，人们的视野狭窄，容易自我满足；人们的文化水平、哲学思想与社会思想相对贫乏，对社会发展规律的揭示不够，对社会现状与发展方向的愿望与要求也比较茫然。因此，只要感觉社会有封建纲常伦理的道，有正统的封建秩序的道，有人们可以生存下去的道，就不会再议再发怨言再批判了。

在中国萌生了民主思想，或者说民主思想在古代民本思想的基础上发展之后，有仁人志士修改了前贤的话语，言“天下有道则庶人议”。社会秩序良好了，社会富裕强盛了，民主空气浓厚了，百姓们才敢发表意见，才愿意发表意见，也能发表出意见了。为什么？天下有道了，发表意见才不会被治罪，不会被流放，不会被抄家，不会被灭族；天下有道了，发表意见才有人采纳，才能发挥匡正时弊，促进清明，推动发展，维护繁荣的作用；天下有道了，人们的思维才活跃，眼界才开阔，胸怀才博大，对社会的感觉才平和公允，对社会的发展才能有比较科学的想法看法，才能发表出有水平的意见。

“文化大革命”时期，杂文家被从精神以至肉体上消灭得差不多了。那时虽天下无道，但庶人却不敢也不愿去“议”了。十一届三中全会以来，国家民主了，社会进步了，人民富裕了，却有千千万万的人写杂文了，开始议论时政议论社会了。这是为什么？因为“天下有道”了。

“天下有道”来之不易，“庶人”们，杂文家们，要珍惜这个可以放言而议的社会，要尽好自己的本分，大议特议，报效社会。

2007 年 10 月 9 日

正面人物也会告密

前几天去了一趟大寨，从陈永贵儿子陈明珠手里买了一本作家映泉写的《陈永贵传》。映泉先生功底深厚，所写的传记资料翔实，叙事周密，立论公允，分析透彻，对传主、对所涉及的人、对社会都做到了高度负责。《陈永贵传》是我看过的传记中比较优秀的作品。

《陈永贵传》记述了一个目不识丁的农民的眼界、胸怀、志向，记述了他的追求、他的奋斗、他的成功以及他的失误、他的疑虑、他的彷徨、他的痛苦、他的尴尬。

本文不是说陈永贵的，想说说许世友上将，说说许上将一桩不太美气的事情。

映泉写陈永贵的第十一章“北京岁月”中有一节是“惹祸”。陈永贵有一次惹祸，是他在许世友面前说了张春桥的闲话（仅仅是闲话，不是多么坏的话），被许世友打了小报告，差点出了大祸。映泉说，“说他（陈永贵）早就认清了‘四人帮’，我想那是拔高了他。他跟那一帮子合不来，那是一个农民跟知识分子之间的矛盾，也是一个勤劳人跟二流子的矛盾”。“一九七五年一月陈永贵到广西参加贫下中农代表大会，韦国清和许世友接待了他。韦国清有病，不能陪他喝酒，许世友作陪。席上，陈永贵满肚子牢骚没处发，以为许世友跟他一样是个粗线条，便跟许世友胡吹起来，他说那个张春桥不是个好人。他老说人家是个臭老九，我看他才是个真正的臭老九！”“陈永贵满以为发个牢骚便作罢，哪里说哪里了。谁知回到北京，周恩来请他去，问他在外头说过什么没有。他说没说什么，周恩来便拿出一个毛泽东批示的东西来，原来那是一封信，许司令员写给毛泽东的，那个粗线条这次细了一回，他不说自己对张春桥的看法，却‘客观’地写信说，陈永贵同志对张春桥有意见。”“在许世友给毛泽东的信中，许说陈永贵对张春桥有意见，说张春桥喜欢训人……”陈永贵吓坏了，“再不敢跟那个圈子里的什么人谈心了”。张春桥是毛泽东看重与倚重之人，对张春桥有意见而被打了小报告，陈永贵不害怕才怪。幸亏他只是个农民，毛泽东不与他过于计较，他才过了一关。

人们常说文人无行，而武将无行的事儿其实也不少。

过去在李锐或者别的什么人写的关于庐山会议的书中，看到在赴庐山的火车上，彭德怀对贺龙等人发了一些对时局的牢骚，没想到，彭德怀因写万言书惹祸之后，贺龙元帅落井下石，揭发彭在火车上说过的话，为彭增加罪证。此番又从映泉的书中看到那个形象高大的许世友将军，也搞那些蝇营狗苟的事情。看来，文人、武人，均可干坏事。这不奇怪，程度不同、性质不同而已。

许世友告密的事，让人对马克思主义辩证法有了更深刻的认识。世上没有完人，每个人都应时刻警惕。保持气节，至为重要，否则，会一点一点地滑下去。

2007 年 10 月 14 日

用近处的事教育近处的人

在感叹过“用远处的事教育身边的人”之后，近日终于切切实实感受到了用近处的事、身边的事教育近处的人身边的人的事例。老朽所在的小省，一位三十六七岁的正厅级干部，因为贪污受贿九十多万元人民币，被开除党籍、撤销省委委员职务、摘掉厅级官帽、移送司法机关。

与此前的一些案例不同，此次的案件处理比较透明。媒体在跟踪报道，有关部门也及时召开了会议，发出了文件。

因为透明，所以议论就多。

不论官场，还是民间，均为那位“少帅”惋惜。那么年轻就坐上了那么高的位置，前途无量啊，为什么不珍惜？为什么不自我约束？为什么那么短视，那么急功近利？

有人说，这小子的家庭以及兄弟姐妹们都不困难，他急急忙忙地搞那么多钱干什么？是不是买官买出了甜头，搞点儿钱，去活动，去找门子，去铺路，以期早日晋升？

有人说，人不能升得太快，少年得志不是什么好事。倘此人不是在三十四五岁时即升为正厅级，他就没有在一个单位的绝对权力，他就不可能每干一件事情都吃一笔贿赂。如果仕途平稳一些，甚至有些坎坷与磨砺，他也许会谨慎、小心，会管束住自己，就不会有今日成为阶下囚的下场。官场的春风得意会将人吹晕，吹到河沟里去。

有人说，对于年轻干部的教育与管理看来是一个严肃的话题，只给年轻人发帽子，而疏于教育和管理，等于是让他们自生自灭，是极不负责任的表现。

因为议论多，便达到了教育身边人的目的。

过去，虽然几乎天天可以在报纸、杂志、电视、广播、网络等媒体上看到官员落马的消息，看到惩治腐败的行动，看到一些案例的披露与分析，但那终究离自己远，所以有无关痛痒的感觉。身边的人出了事，此人大家是如此的熟悉，他的落马，对其周边的人有着非常强烈的警示与警醒作用。其作用，远远大于任何的廉政报告与文件。

用身边的事教育身边的人是个好方法。但好方法往往被人们弃置不用。官员出了事，总是藏着掖着，到最后，不要说老百姓不知结果，就是相当一级的干部，也是一头雾水。听说某人出事了，但出了什么事，多大的事，如何处理的，没人说得清楚。如此的做法，显然是起不到震慑与劝诫作用的。期望今后此类遮羞藏恶的事情少一些，惩恶扬善的事公开一些，那么，廉政肃贪的工作可能就更加有效一些。

用身边的事教育身边的人，应当不是什么难事。

2009 年 12 月 15 日

封建社会的进步处

封建社会作为一个名词，留给当今人们的，是专制、封闭、禁锢、落后等印象。彻底否定封建社会，已成人们的思维定势。而事实上，封建社会作为一种人类必经的社会形态，不仅与此前的奴隶社会比有明显的进步处，就是与此后的资本主义等社会形态比，也有不少值得肯定与继承仿效的地方。

与我们当今的情形相比，封建社会的科举制就值得肯定。

兴起于隋代的科举制，是中国封建社会选拔各级官员的一种制度。科举制的核心是考试，以成绩定名次，定取舍。科举制虽然有许多缺陷与弊端，诸如八股文对知识分子的禁锢，科场作弊等等，但其进步性也显而易见。在科举考试中，固然有人际因素、感情因素，但最主要的，还是个人的学业水平。观历代的状元、探花、榜眼，混上去的有，但极个别，大多数是硬碰硬上去的，具有真才实学。所以，封建社会的各级官员昏聩固然昏聩，贪赃固然贪赃，但就个人工作能力而言，却一般都比较高，许多人还是文人墨客。中国古代大部分知名的文人均是官员，许多便是由科举之途进入官场的，这从一个侧面印证了科举制的公正性、科学性与进步性。

对于科举制，资本主义国家似乎学了不少。西方的公务员制，便是以考试选拔政府工作人员的科学制度。这也许就是制度更替中的合理继承吧。而我们，却如列宁说的，在倒脏水的过程中把浴盆中的孩子也倒掉了。科举制为我国所创，却为我国所遗忘最干净，否定最彻底。目前我们选干部任官员，眼界不宽路子狭窄办法奇缺，靠“伯乐”举荐，靠上司识才辨才，靠拉关系找门路攀权贵。很多的办法是不正当不公开的，是口袋里卖羊毛。因此民间有句顺口溜，叫“说你行你就行不行也行，说不行就不行行也不行”，结论是“不服不行”。某种程度上，在选拔任用官员方面，我们比科举制倒退了一大截，回到了世袭制、裙带风的蛮荒阶段。这不能不说是我国现代化过程中的一大遗憾。没有政治的民主化，恐怕很难有社会全面的现代化。而政治民主化中一个重要的方面，便是干部选拔任用制度的科学化。这方面我们还真应该向封建社会、资本主义社会学习一点东西。

令人欣慰的是，在对科举制与西方公务员制的态度上，我们终于有了省悟有了转变。这是走了几十年弯路后的收获，是突破的契机。正是有了这种省悟，才终于有了实行公务员制的动机与行动。虽然公务员制有“千呼万唤始出来，犹抱琵琶半遮面”的感觉，但毕竟有了行动，有了希望。因此，我们不能不从内心深处对于祖先所创之科举制对今日社会的益处做一恰如其分的肯定，肯定其科学性进步性。

1994 年 2 月 27 日

令人震惊的判断

俄罗斯总统梅德韦杰夫近日评价国内政治和经济情况时说："腐败官员掌握着俄罗斯，他们在俄罗斯拥有真正的权力。"梅德韦杰夫的话，让我震惊。因为在我的意识与经验里，大凡一个国家的皇帝、国君、总统等等的"一把手"，不论国势如何衰败，国情如何混乱，"臣子"如何糟糕，前景如何堪忧，但总是会说，形势一派大好，其臣子干部绝大多数是好的，坏与好是一个指头与九个指头的关系。政权嘛，当然牢牢掌握在以总统之类"一把手"为首的无产阶级革命家、资产阶级革命家或者封建主义革命家的手里。梅德韦杰夫的做法，有违中国人的思维与行为方式。

梅德韦杰夫如此评价俄罗斯的国内政治，是自信呢，还是不自信？是成竹在胸，还是乱了方寸？我忖度，答案应该是前者。俄罗斯自苏联最后一位掌舵人戈尔巴乔夫变相地交出权力，把资本主义扶上马，叶利钦开始进行休克疗法，时至今日，二十多年的时间，效果似乎不错，休克了，没死，活过来了，经济在复苏，其在国际上的地位也在逐步恢复。美国之后，就数得上俄罗斯强大了。中国虽然强大了，但国际地位与作用还不能说强过超过了俄罗斯。但是，俄罗斯在发展中仍存在严重问题，比如经融寡头的垄断，比如贫富差距的拉大，等等。尤其要命的是，官员的腐败成为社会的一大病象。之所以如此，因为俄罗斯仍处在转型过程中，旧体制的影响仍很强大，而新的制度，尤其法律制度很不完备，腐败在相当长一段时间仍难以遏制。这也许印证了美国政治学家亨廷顿《变革社会中的政治秩序》中的一个观点，即在由传统社会向现代社会过渡过程中，腐败是难以避免的。既然难以避免，梅德韦杰夫也便没有太多太好的办法；既然难以避免，大约天不会马上塌掉。重要的是如何去应对与整治。

记得 20 世纪 60 年代，中国的伟大领袖毛主席对当时国内的形势作过与梅德韦杰夫差不了多少的判断，言中国的各级地方政权已大多掌握在“走资本主义道路的当权派”手里。怎么办？夺权！夺回被“走资派”窃走的权力。方法呢？不是采取组织措施撤职换人，也不是采取法律措施进行法律调查、取证、起诉、审判、定罪，而是搞群众运动，发动人类文明史上的特大浩劫——“文化大革命”，由群众来捣毁地方政权，揪斗走资本主义道路的当权派，夺回权力。“文化大革命”的事情，很多人不让再提，但不提不等于不存在，不提比常提起的潜在威胁还要大。

用“文化大革命”解决权力“旁落”的问题，可以说极不成功。那么，梅德韦杰夫在做出了那么可怕的判断后，会采取什么样的办法加以解决呢？用“文化大革命”的办法？那可以说是苏联人首先发明的，苏联的“肃反运动”，是震惊世界的，也是中国“文化大革命”借鉴的蓝本。梅德韦杰夫如果想用此方法，技术上应该没有任何问题。那么，他和他的国家会用他们老祖宗驾轻就熟的方法吗？这是一个极为复杂、敏感与深奥的问题，因为连中国今后会不会再用“文化大革命”解决问题，我都无法预料。如果把这个问题作为考题，与我的职称薪水等等挂钩，非回答不可的话，那么我的答案是，可能性极小。从俄罗斯的现状与走势看，他们会采取组织与法律的方法解决，也相信他们会处理好此事。梅德韦杰夫如果能和平地理性地顺利地解决好官员腐败的问题，相信也会与他的判断之语一样，震惊中国人，震惊世界。

2009 年 11 月 5 日

“争取领导”质疑

中国人对于人类文明中的名言格言警句，没有源于民族素质与文化的排斥，而是如海纳百川般予以接受和包容。不论德国犹太人马克思皇皇几十卷大书中所蕴含的“造反有理”，抑或巴黎公社定义的领导人就是“公仆”，还是英国哲学家培根的“知识就是力量”，莫不如此。中国人也是个善于创造名言格言警句的民族，周朝时便有“防民之口甚于防川”的警句，春秋时孔老夫子创出“三人行必有我师”的名言，孟夫子比之孔夫子，有一句话更为闻名，在封建社会，他居然说：“民为贵，社稷次之，君为轻。”毛泽东老人家则提出，“枪杆子里面出政权”。新时期最让老百姓感到温暖温馨的名言，便是“领导就是服务”。对于中华民族充满智慧包含民主思想的新老名言名句，我们不但引以骄傲，也愿学习、借鉴和遵循。

中外历史上，也有不那么科学贴切的警言警句，比如“人为财死，鸟为食亡”，又比如“他人是自己的坟墓”，再比如“官大一级压死人”等等等等。为什么说它们不科学不完美，似乎用不着罗列原因。近几年中国政坛上又迸出一句名言或曰一个法则，叫作“争取领导”。什么意思，就是说百姓、下级要“争取”自己的这个长那个长来“领导”。“争取”者何，就是三番五次邀请敦请乞求甚或贿买当官的到他们的辖区权力范围视察调查听汇报拍板定案，有时候，连开个会捧个场应个景也须部下们绞尽脑汁三番五次予以“争取”，否则他们另有更“重要”更滋润更有油水更有情调的“公干”，是不会屈驾前来的。这可以说是具有“中国特色”的语言和现象，属国粹属一级保护“文物”。

“争取领导”发明于何人，无从查考，恐不是一个两个人，而是一个发明群体。那么是知识分子吗？非也；刀笔小吏？也不是；工农兵？更没有份。发明者乃手握“重器”者，“肉食者”，用现代语言表述，就是“公仆”“服务者”。以常理推，乃大“公仆”大“服务者”而非七品八品的芝麻小官，更非虽也被称为干部却无职无权的一般工作人员。“争取领导”乃有特高水平的语言，发明者当然水平不会低。在职位与水平画等号的当今，高级领导者发明这一真理，毋庸置疑。对此我芸芸众生除了钦佩，除了叫好，便是遵循，便是执行。

中国人也有反思的时候，比如有人就对“公仆”一说不以为然。那么对于“争取领导”呢，也有怀疑乃至非议者，鄙人便是其中之一。我就不明白，既然官员的权力是人民给的，既然在其位谋其政天经地义，既然“领导”乃他们的天职，那又为什么不主动“领导”而非要人们苦苦“争取”不可呢？是在抬高身价，是嫌油水太少不来，还是别的什么原因？这是不是“政治索贿”，是不是玩忽职守，是不是拿党和人民的事业当儿戏？如果该你“领导”而你不“领导”，下级不会争取不想争取或争取不得法，最终因你不“领导”而误了事业，你是否心中有愧，你是否不怕党纪国法的约束，不惧人民的怨言唾骂？

对于质疑“争取领导”，我曾犹豫是否必要，但忽然想起一句毛老人家的名言，“世界上怕就怕认真二字，共产党就最讲认真”。我想探究一下“争取领导”大概也属于“认真”吧。但我有时也怕认真，但愿倡导“争取领导”者不要跟我较真。呜呼，苍天保佑。

1994 年 5 月 8 日

公仆、争取领导及其他

写完《“争取领导”质疑》，尚觉言犹未尽，于是便有了眼下这个题目。

所谓“争取领导”，意在争取“公仆”屈尊前来“领导”。在我们这个社会，公仆已成为官员、首长的代名词。毫无疑问，用“公仆”替代“大人”“长官”“老总”等封建烙印极深的称谓，无疑是社会的一大进步。中国的老百姓对此称谓表示认同和称许，便有强烈的反叛精神在，即想压迫压迫者，使昔日神气活现主宰社会的官员统统变为由民众支配的仆人。中国的官员呢，一则以接受导师的遗训，一则为了与百姓拉近距离，也接受并肯定“公仆”这一称号。但是，可以说，中国的百姓在此点上委实地犯了个不大不小的错误。那就是官员们永生永世是做不了仆人的。换言之，仆人一旦有了权力，便不复仆人矣。如此说来，似乎对发明这一称谓的马克思老人家有所不敬了。其实不然。马克思是人不是神，而且是生活在欧洲封建社会消亡不久，资本主义制度尚不完善时代的人。他的思想，不可能不打上那个交替时代的烙印。他对新制度下官员的期望，无疑是善良的、民本的，希望官员无条件为民众服务，而不去压迫奴役愚弄民众。但他所取的名称却不那么科学和民本。人生而平等，少数人压迫奴役多数人固然不正确，但多数人压迫奴役少数人也显然不对。不为主，便为仆，这显然是民非此即彼封建时代或资本主义早期社会的反映。正确的定义应当是，不论官员，还是百姓，均为社会、时代、国家的主人。在此点上，西方所谓的“公务员”之称，倒是科学与贴切的。如此看来，所谓“公仆”其实无“仆”的内涵，公职人员而已。

官员既然是社会的公职人员，那么履行职责便是题中应有之义。“争取”他们来履行职责，来“领导”，便有本末倒置之嫌，有不伦不类之味，有辜负民众、贻误时机、亵渎职责、为害社会之虞。如此的推断，不能不使人手心出汗甚或额头冒汗。那么正确的选择呢，不是下级不是百姓去“争取”官员“领导”，而是官员们应当在其位，谋其政，恪尽职守，鞠躬尽瘁。或者说应当反过来，官员应讲究艺术，争取自己辖下的民众服从自己的领导，团结一心，搞好事业。

每个时期的民众有每个时期的意愿。那么目下这一时期呢，废除“公仆”之称，除却“争取”之谓应当说是合民心顺民意的。在领导与被领导者之间的称谓上不要给民众以糖精般的期许，在领导与被领导的行为过程中不要让民众无所适从。民众，是不能不爱的。我想，这大概不是一句错话。

1994 年 3 月 22 日

半部《论语》可以治天下

赵普是中国历史上一位名相。他辅佐宋太祖赵匡胤，打江山治天下，为宋室立下了汗马功劳，为中国古代政治家增添了光彩，也为中国历史的早期管理理论奠定了一定的基础。

赵普的治国理论，主要来自儒家思想。据说赵普死后，人们从他的枕头内取出了他的秘不示人的宝贝。这宝贝不是金银珠宝不是田契"存折"，也不是宋室皇帝曾颁赐过的"铁券丹书"之类，而是儒家经典《论语》。请注意，这《论语》不是整本，只是半部。于是，"半部《论语》治天下"，便被史学家传为美谈，也为赵普的政治生涯涂上了更加炫目的色彩。

对于赵普"半部《论语》治天下"的故事，有些人信，有些人不信，有些人半信半疑。疑之者诘问，《论语》乃孔夫子与弟子的言行集，它岂能有如此神奇的效力？翻烂整本《论语》，未必能成秀才。因为“《文选》烂”，才能达到“秀才半”的程度。梁太子萧统所编的《昭明文选》，汇集了古代许多哲人伟人的佳作华章，集中了古代许多的谋略与思想。熟读《文选》才能成为半个秀才，学孔夫子一家之言而且是一家之言中的一半，能不能成为半个秀才尚值得怀疑，更不用说靠他治理国家，而且要治理好国家了。对于“半部《论语》治天下”的故事与断语，也曾有人予以全盘否定并予以揶揄讥讽。如何看待这一问题？如不仔细考察与研读《论语》，对此疑问便无法作答。

《论语》的精髓我认为就是“实事求是”。“实事求是”这个词，最早不出自《资本论》，不出自《国家与革命》，也不出自《矛盾论》《实践论》，虽然最早出自《汉书》，但在儒家经典《论语》中已有充分体现。实事求是是中国古代劳动人民思想的精华，也恰恰是《论语》的闪光点及其价值与魅力所在。一部《论语》处处充满了“实事求是”的辩证法思想。比如“未能事人，焉能事鬼”，“知之为知之，不知为不知，是知也”，“己所不欲，勿施于人”，等等。治理国家，辅佐“人君”所需要的知识品格学问很多，但有“实事求是”一条，不但能言之信之而且用之，便具备了必要的条件，奠定了事业成功的坚实基础。赵普有半部《论语》在手，便得其要领，知其精髓，从而知事用人，“顺天承运”，因而便能如鱼在水，如鸟在林，处理政务得心应手，政绩颇丰。相反，如果赵普未得其精髓，即使“韦编三绝”，读烂《论语》，甚至读尽天下书籍，也只能是个书虫，是个饱学的愚昧者而已。当好宰相，治好国家便无从谈起。

历史上藏书满楼、诗书满腹却不谙时世，不会治国者大有人在。曹植学问当在曹丕之上，但在兄弟争权中却彻底败北，倘不是他机灵，吟出“煮豆燃豆萁”的七步诗，被砍了脑袋也未可知。唐后主李煜是位才情难得的大诗（词）人，但却做了亡国之君，也只能发出“故国不堪回首月明中”的悲叹，以至被宋室毒死。王明号称马列通，可他在复杂的中国局势面前却无能为力，忽“左”忽右，一错再错，滑入错误与罪恶的泥坑。此类事例，中外均有，举不胜举。这从反面证明了赵普“半部《论语》治天下”的高超处与可信度。历史上成功的政治家，大多是赵普型而非王明型的。

邓小平同志最近说：“实事求是是马克思主义的精髓。要提倡这个，不要提倡本本。我们改革开放的成功，不是靠本本，而是靠实践，靠实事求是。”他还说：“我读的书并不多，就是一条，相信毛主席讲的实事求是。过去我们打仗靠这个，现在搞建设、搞改革也靠这个。”老人家的话可谓语重心长，充满了人生的体验，闪烁着大彻大悟的光芒。我无意用赵普来证明邓小平，也无意用邓小平来证明赵普，而只想把“实事求是”这条中国历史长河中闪光的线索开掘出来，展示于世人。本本主义寿终，教条主义绝迹，中国才会更有希望。

1992 年 11 月 30 日

“左”容易、“左”保险与“左”得利

“左”与“右”等等的方位词所代表的东西，已将中国人搞得疲惫不堪狼狈不堪了，但其仍在肆虐。尤其是“左”的东西，在中国根深蒂固，在当前也为害最烈。

何谓“左”，即以革命、进步、圣法名义掩盖下的不切实际的思想理论和做法。它在当前的主要表现，就是干扰党的中心工作，阻碍改革开放。它形式上超越时代发展，本质上阻碍和破坏社会进步。有一种不自觉的“左”倾在，是囿于认识水平低而形成的，情有可原，但有一批极“左”分子却是出于功利目的，自觉自愿要姓“左”的，说得重一些，他们是立牌坊的婊子，拈佛珠的屠夫，守大门的窃贼，戴警徽的枪手。

“左”倾之后，历来不大好听。我们党的历史上，也曾数次对其进行过清算，但其仍时时冒头，不断泛滥，不断对中国人民的建设事业带来毁灭性的灾难。“左”倾思想产生的原因，窃以为有如下几条。

其一，“左”容易。只要读几本经典背几条语录，便可以号称“真正的马克思主义者”，号称“大理论家”“理论权威”“理论新秀”，号称“旗手”。此后便可以提起教条的“尺子”“鞭子”与“棍子”，稳坐“宗教裁判”的宝座。这比汲取全人类的智慧，研究瞬息万变的社会现实，总结实践经验，提出符合社会历史发展的新理论，并据此进行社会变革来得容易得多。一个比白痴稍强一点的人，便可以背几段语录，握几个教条，只要认准死理，便是坚定的什么什么者，如果要他去学点别的，干点别的，可能就没有事“左”来得这么便当。

当“左”省心省力省时，可以一朝悟“道”，终身不再翻书，可以以不变应万变，可以终身受用，因此便吸引了一些不学无术的投机分子去做“左爷”。

其二，“左”保险。在我们这个曾经是“与人斗其乐无穷”的国度，有些时期人们总有一种随时被政治牵累的自危意识，人人有一种如履薄冰凉飕飕的感觉。人们一边要“与天斗”，“与地斗”，冲锋向前，一边还要穿上护心镜护背镜防弹背心，手抚腋下，防止同营垒打来的冷拳，射来的冷箭。尤其是不安现状，不循规蹈矩，想开创一番事业者，其危险性就更大。

我们这个社会中的某些时候某些人，要求人们永远必须与地壳与海平面垂直，不偏不倚。但人非圣贤，谁能保证不倾斜。倾斜者，有“左”有“右”。但长期以来，“左”的名声要比“右”好得多。“右”是反革命是十恶不赦，而“左”却是“好心办坏事”，“其行可憎，其心可嘉，其志可赞”。瞧瞧，“左”还有他“可爱”的一面。在处置时，“右”要严惩要判刑甚至杀头，而“左”呢，批评教育而已。对于这两者，选择哪个？私心重者辨别力差者当然宁肯不选垂直，也要将身子极力向“左”扭。因为既要垂直，就可能有向“右”的时候，大幅度“左”移，是绝对不可能右倾的。对于“左”，过去是很宽容的，即使追究，也打两巴掌屁股了事，比之坐监狱掉脑袋，“左爷”们何能不暗自庆幸。

当然，这种保险意识，也牵动了大多数懦弱者明智者善良者的神经，使他们也不得不时常用一些“左”的口号和行动来进行自我保护。这与那些政治投机商的所作所为可同日而语。

其三，“左”得利。与“容易”“保险”相连带，便是“左”得利。“容易”和“保险”本身就是“得利”，这是第一层；第二层呢，当然是在某个历史时期，需要“左爷”献计献策大打出手做鹰犬效犬马之劳时，他们便可大捞一把，捞钱捞物捞“花翎顶戴”。十年浩劫中，张春桥、姚文元之流，便就是凭一杆秃笔两片薄嘴和一颗“左”心，从小小的文人爬上了权力的顶层，在中南海的绿瓦上结成了“四人帮”，将十亿人的国家当成了游乐场，呼风唤雨，为所欲为，享尽了荣华，出尽了风头，过够了官瘾。“文革”后的一些人，也因“左”得有“功”，加官晋爵，逞霸四方。这种“利”得起来容易保险且肥得流油，对于那些无视现实，不顾国家与民族命运，一心只忠于心中的教条的“左爷”来说，是有何等的诱惑力吸引力与感召力，你教他们不“左”行吗？！

好在今年春天邓小平的南方讲话，党中央的决议，如同十多年前的真理标准问题大讨论，又一次敲响了“左”的丧钟，打破了“左宗昌”“左保险”“左得利”“左爷”们的美梦。对于来之不易的形势，一切有良心良知，想把国家建设搞上去的中国人，都应当加倍珍惜。并且一齐动手，逐步消除“左宗昌”“左保险”“左得利”“左爷”们赖以生存和重新滋生的土壤。

1993 年 1 月 14 日

圈儿为什么这样圆?

圈儿，不是泛指，仅指领导圈阅文件时画的圆圈。

圈儿为什么这样圆？这种问法是从电影《冰山上的来客》的插曲中套来的。那首歌里唱道：“花儿为什么这样红？红得好像燃烧的火，她象征着纯洁的友谊和爱情。”“花儿为什么这样鲜？鲜得使人不忍离去，她是用了青春的血液来浇灌。”因为我经常看到领导画圈，而且画得十分的圆，感佩与钦羡弥漫于胸，类似于“花儿为什么这样红”的问句便脱口而出。

领导画圈，由来已久，谓之“圈阅”。不知慈禧太后老佛爷是否在奏折上画圈，只知道她常写的三个字是“知道了”。清朝的皇帝们似乎都不是在奏折公文上画个圈了事，而要“朱批”许多的内容。最勤政的，当属雍正，据说此人一生“朱批”的内容有好几百万字。那么，这个“由来已久”，应当是近现代的事情了。至少吧，近几十年特别风行。

“圈阅”一般是这样的，由下级向上级呈文，要求批示、指示如何对待与解决所报的问题。下级要求上级要有明确的答复。而上级的某个或某群人，见了问题绕着走，大多不愿发表什么意见。因为如果有明确指示，事情办好了固然好，倘事情办砸了，那是要负一定领导责任的。与其冒风险，不如什么话也不说，连名字也不签，只在下级呈报的“请某某长阅示”之类的文件上，在自己的名下画一个圈了事。画圈只表示知道了，至于同不同意，模棱两可，可进可退。实在没退路了，连那个圈也可以不承认是自己画的。

领导人画圈，是很有讲究的，要画得圆，画得潇洒优美。官越大圈要画得越好，否则会让部下们轻视的。一般来说，不愿干事不干事的领导，不想承担任何责任与风险的领导，圈画得要比干事负责的人好。圈儿为什么这样圆？因为是用几年几十年刻意练出来的。

在下曾遇到过一位领导，我们有一家企业与周边的居民发生了一些纠纷，企业面临停产的困境，我们向分管领导紧急报告，请求其协调有关方面予以解决。过了几天，有关方面传来消息，文件领导批过了。拿回一看，一个字没写，只在其名下画了一个很圆的圈。看到这个东西，在下甚至钦佩起了慈禧老佛爷，她老人家至少还写三个字“知道了”。可如果我们的企业出了事，这位领导的圈说明他知道了还是不知道？我们请求他解决问题，他只画圈是什么意思？是管还是不管？当然，事实上他没有管。我们只好找另外的渠道解决。

实践证明，再圆的圈也于事无补，解决不了任何问题。圈儿多了，会败坏作风，贻误事业。

圈儿为什么那么圆？因为当今的社会还没有铲除圈儿存在与大行其道的土壤。行政机制健全一些，对每个层级的干部的尽职尽责的要求严一些、具体一些、规范一些，要求干部事事有明确态度，那种不伦不类的圈儿才会越来越少。

2010 年 1 月 23 日

谁感戴马克思

“十月革命一声炮响，给我们送来了马克思列宁主义”，这是教科书上的一种表述，也是历史的定论。马克思是无产阶级思想家，是无产阶级革命理论的创始人，是无产阶级革命的导师。马克思主义产生一百多年来，世界发生了巨大的可以称之为翻天覆地的变化。社会主义在不少国家的胜利以至挫折，资本主义的危机以至继续发展，幻化出一幕幕人间悲剧与喜剧。马克思主义在世界意识形态领域占有重要地位并且深刻地影响了人类历史的进程与演进方式，无产阶级感戴马克思，这是毋庸置疑的。

在人类历史上就只有无产阶级感戴马克思吗？似乎不能下这样的断语。有一种十分奇特的现象，即近些年来，到马克思墓地去拜谒的除了无产阶级，还有大量的资产阶级政治家、实业家各色人等。问他们何以敬仰马克思这位“资本主义的掘墓人”，幽默调侃的回答是“马克思写了《资本论》，但把资本留给了西方，而把主义送给了东方”。严肃的回答是，正因为马克思揭示了资本主义社会的种种弊端，因而引起了资产阶级的注意，使他们逐步克服其弱点、缺点与弊端，使社会得以向良性化方向发展。不论何种理由，全人类或曰人类中许多的人们在抛却主义之争的基点上共同感戴马克思，这已不成问题。

资产阶级能感戴号称“资本主义掘墓人”的马克思，给我们心灵的震撼是巨大的，这无疑是对“顺我者昌逆我者亡”定律的彻底摒弃。这一事实也帮助我们开拓了思路，或者说对我们的传统的思维方式和模式是一次极为有力的矫正。在现实生活中，我们的失误之一，就是对自己的一切，大至理论体系、路线方针，小至某项政策，甚或某一个人某一件事，都只能说好，不能说坏。不要说号称无产阶级、社会主义敌手的某人批评我们，就是我们之中的某些人也不能批评现存事物的弊端。其结果呢，短短几十年的时间，左右摇摆，前后折腾，造成了很多损失，延误了许多时间，付出了惨痛的代价。这一教训我们应当深刻记取。对于不同意见批评意见，不论来自何人，都应当注意听取，并加以研究借鉴。这是明智之举。令人欣慰的是，这些年我们在一定范围译介尼克松、布热津斯基等人的书籍文章，这可以说我们已开始摆脱了绝对不听对立面意见的思维和行为模式，开始走上了健康的思维之路。这是可喜可贺的，这对于中国今后的发展乃至人类历史的谱写都是极为有益的。资产阶级能感戴马克思，我们大约也应该在一定程度上感戴那些批评我们的人。这是一种逻辑的推导，也是一种生活的自然演化。

1995年3月21日

怎一个“革”字了得

中国人特别喜欢用一个字，尤其是近现代，其被运用的频率之高几乎可以和空气、水与食盐相提并论。这个字就是“革”字。

“革”字的含义很多，比如“马革裹尸还”中的“革”，是指兽皮；比如“革职查办”中的“革”，是解除之义；比如“革命”“变革”中的“革”，则是“变化”“发展”和“促进改变”之义。近百年来，人们运用较多的是最后这层意思。

说起“革命”，便使人想起了诸如“农民革命”“资产阶级革命”“无产阶级革命”等等的词语。“革命”二字，写起来简单，解释起来也不困难，但它的暴力性、激烈性和血火性有时却并不那么明显。毛泽东说过：“革命不是请客吃饭，不是做文章，不是绘画绣花，不能那样雅致，那样从容不迫，文质彬彬，那样温良恭俭让。革命是暴动，是一个阶级推翻另一个阶级的暴烈的行动。”所以对于人类来讲，革命虽是不可避免和必不可少的，但又是十分可怕和不可思议的。因为“革命”和战争和死亡和血与火是紧紧相依相偎共存共生的。“革命”推动了社会进步，同时也索取了高昂的代价。

“革命”有时不独发生在对立阶级之间，也可能发生在同一阶级同一营垒之中。比如“史无前例的无产阶级文化大革命”，是谁在革谁的命？虽然当时的口号是无产阶级革资产阶级的命，人民群众革走资本主义道路的当权派的命，可事实上，不过是一场内讧一场窝里斗而已。类似的例子在前苏联，在其他各国均有，而且为数不少。

“改革”或曰“改良”比之“革命”，规格要低得多。它所指的是阶级内部的政策调整，是原有制度的自我修补与完善。但“改革”同样不是温情脉脉的，需要付出代价，甚至血的代价。比如商鞅变法失败后商鞅被车裂而死，戊戌变法流产后谭嗣同被砍了脑袋。谭嗣同临死前说过一句可以称得上至理名言的话，说各国变法没有不流血而成功的。当然，流了血也不一定能成功，这句话他没讲，但明显也是对的。

中国人原先只钟情“革命”，而忽视轻视鄙视以至敌视“改革”，似乎改良改革者比封建专制主义者比坚持顽固立场者更为可恶更不可饶恕。前几十年我们的思想家理论家笔杆子几乎鞭挞过所有中国古代现代的改良改革家，大有向世人表明一万年以后还要“革命”而永生永世不要“改革”的志向的架势。那立场，是十分坚定的；那态度，也是十分坚决的。

可世界上的事没有那么绝对的。曾几何时，“文革”寿终，中国人不但为改革正名，而且高举改革大旗，用十多年的时间，就使国家的面貌有了一个震惊世界的改观。

“改革”给中国带来了好处，也重塑了中国人的思维方式。但不无遗憾的是，造成了新的思维定势。就像过去信奉“革命万能”一样，现在则信奉“改革万能”。本来是一件正常的工作，也必冠以“改革”的头衔；本来按已有的政策既定的秩序就可以解决，也必须等搞出个什么“改革方案”来再去办理。这不能不说是一种小小的不足，这从另一方面说明了我们思维的片面单一甚至浅薄。“改革”是一个神圣的字眼，不能当做标签乱贴，如此方能使我们保持理性，防止一窝蜂，方能全面及时准确地做好各方面的工作。

1995 年 3 月 9 日

能不能听对立面的意见

能不能听对立面的意见这个话题，不是“大胆假设，小心求证”之论，而是从生活中引出来的。比如对某件事，海外一些与我们对立或不那么对立而仅仅著一“资”字的团体和个人发表了些意见，我们的第一反应不是冷静地予以认真研究，看其言论哪些方面是建设性的，哪些方面是捣乱性的，哪些内容是正确的，哪些内容尚有正确的成分，哪些内容是错误的，而一概予以否定。首先便为其定性，是不怀好意的，造谣诽谤的，别有用心的，荒谬绝伦的。必欲弃之唾之批之驳之，而不做丝毫的辨别与吸纳。这种做法，老祖宗便有权威解释，叫“狗嘴里吐不出象牙”。近几十年来更形成了一套严密的逻辑，即凡是敌人反对的，我们就要拥护；凡是敌人拥护的，我们就要反对。斩钉截铁，似乎没有回旋和商量的余地。这大概是中国比之华国锋所坚持的“两个凡是”更早的“两个凡是”。

对老的“两个凡是”作何认识？愚以为，在毛泽东老人家提出它的那个特定历史条件下，基本是正确的站得住脚的，也是实用的。说基本正确，因为两个阶级争夺政权的过程，必然是根本对立你死我活的，敌对一方不可能冷静议论，更不可能给你提建设性的意见。“拥护”和“反对”的内容，在政治、军事领域必然是泾渭分明背道而驰的。因此彼反对的，大致便是此拥护的；而彼拥护的，大致便是此反对的。说实用，因为在条件艰苦环境恶劣的战争年代，由于信息不灵资料不全力量缺乏时间紧迫等原因，对对立方的言论及政策大概不可能研究很透，于是持“两个凡是”之态度，便简捷明了得多。还有，那时大批的革命者文化程度不很高，鉴别敌方言论的正误困难很大，持“两个凡是”之态度，便好操作得多，省却了许多的麻烦，防止了可能的失误。但是，随着历史的发展，特别是随着东西、社资等对抗的减弱，共同利益的增强，“两个凡是”的真理性自然减弱，用之于指导实践，显然不那么有效，甚至起副作用了。看来必须在表述上做改动，加限制词，即敌人拥护的有些东西我们要反对，敌人反对的有些东西我们要拥护。与之相适应，便有了这样一个命题，即敌人拥护的某些东西我们也要拥护，如文明、民主、富强、和平与发展等等，敌人反对的某些东西我们也要反对，如愚昧、专制、贫穷、战争与倒退等等。看来，随着时代的发展，人类的共同利益共同要求共同语言越来越多了。用“两个凡是”来套，是绝难把握的，甚至会把事情搞糟。

回到题目所提的问题上来，对立面的意见能不能听？我以为，有些意见是可以听的，或者明确地说是可以采纳的。比如西方某些不论政治还是经济方面都堪称我们敌人的国家，对我们国家的知识产权、大气污染、水污染等方面提了不少意见，我们怎么办？是跳起来予以否认予以驳斥不理不睬一切照旧呢，还是要做改进？科学的态度当然是后者。所幸我们的社会确实大大务实大大进步了，我们真的这样做了。我们的改进，首先得益的不是西方，而是我们自己。

我们已经有了良好的开端，当然不是没有阻力，对于我国对西方一些意见的建设性反映，有人是看不惯的，责之为“软”甚至“媚”的也大有人在、文在。否则，这篇小文也便没有划拉的必要。这说明，在此方面，我们的任务仍很艰巨，在前进的过程中要不断地同这种“两个凡是”的各种新论抗争，排除其干扰和阻挠，那是注定了的。从大的角度看，这是个中华民族能否战胜自我把握自我的问题，也属解放思想转变观念之范畴。

思想解放的任务其实仍然十分艰巨。

1994 年 12 月 13 日

第二辑　思想栅栏

所谓思想

思想是什么东西？思想是人类思维的成果，是客观存在反映在人的意识中经过思维活动而产生的结果。思想是分层次的，一般地说，一个念头、一个观点就可以叫作思想，这是低层次的；高层次的思想，是指形成体系的对物质世界、人类社会的历史、现状、未来发展具有认识和指导意义的理论，比如马克思列宁主义、毛泽东思想、邓小平理论，等等。

记不得是哲人还是伟人说过，人是要有一点精神的。哲人伟人们说没说过人要有一点思想，老牛不才，不太明了。我只记得孟老夫子或者孔老夫子说过，“民可使由之，不可使知之”，还有那句不知何人说的“唯上智与下愚不移”。封建时代的统治者，是不喜欢也不准许人们有思想的，他们钳制思想，防范思想，弱化思想。提倡“独尊儒术”也好，以“四书五经”取士也罢，目的是以封建正统思想和皇帝的意志主宰读书人乃至全体国民的思想观念，以防出现异端邪说，出现不和谐之音。本来，是人都是有思想的，但在两千多年的封建社会，人的脑袋仅仅成了“吃饭家伙”，有思想的人凤毛麟角，这是中华民族可悲复可叹的事情。

时下偶尔能听到人对人这样的评价：某某是个有思想的人。这对人是一种很高的评价。这说明我们中国人对思想的向往，也说明了中国人对有思想的人的推崇，还说明在中国这块土地上，普通人甚至一些不“普通”的人思想的缺乏。每每听到关于“有思想”的评介评价，在下内心很有几分凄凉。

我于偶尔失眠时曾经琢磨过，究竟什么是思想，怎么样才称得上有思想。我想，所谓思想，大约要有点开创性，发人所未发；要有点突破性，丰富和发展前人的成果；要有点独特性或曰叛逆性，对已有的思想进行纠偏和修正。马克思、恩格斯、列宁、毛泽东、邓小平等人的理论之所以能称得上“主义”和“思想”，我以为是具备以上三个要素的。当然，一种思想不一定要具备三项或更多要件，只要具备其中一项，就可以称之为思想了。一个人有没有思想，不在于你掌握了多少前人所创造的文化、理论和思想，而在于自己有无独特的、别人所没有的，或者别人虽有，但阐发不深的思想理论，包括对自然、社会与人的某些方面的认识。古往今来，许多的政治家、科学家、文学家、艺术家，许多的志士仁人，其思想大多表现在这些方面。一个人有没有思想，还表现在对真理的坚持上，特别表现在在不正常的社会环境下，是否敢于坚持真理上。比如在赵高指鹿为马时，敢于说鹿就是鹿而不是马的人可以说有思想；在中世纪宗教势力的高压下，敢于坚持“日心说”，否定“地心说”的人可以说有思想；在中国的“无产阶级文化大革命”中，敢于实事求是，不搞个人崇拜的人可以说有思想。一个杰出的有思想的人，威武不能屈，高压不能惧，在任何情况下都能坚持实事求是，坚持真理，坚持做人的起码准则。这是毋庸置疑的。一个普通的有思想的人，也应当具备这样的素质，即便发现皇帝赤裸身体时不敢说不愿说他没穿衣服，也不能夸他的新衣是何等的锦绣何等的漂亮。

关于思想，其实是个非常严肃深刻而深奥的命题，用一篇杂文来探讨，只能见其一鳞一斑。我的意愿在于，推出一个与人类生存与发展具有重要关系的命题，由大家来探讨，以使更多的人能有些微思想，这大约是一件很重要的事情，值得全体中国人来做一做。

2000 年 7 月 28 日

翻越思想栅栏

天大，地也大。但天地之大，还是有一定限度的。科学的发展让人们验证地球以及其他星球有多大已不再困难。而宇宙、空间虽在哲学意义上讲是无限的、无边无际的，但实际上只是一种推论，没人能证明它。不能因人找不到“天边”就说天没有边。也许天是有边的，从人类所观测到的边界再向前走一段即是，从人类所能想象、推理的边界再向前跨一步即是。

比天与地大的，是人的头颅，人的大脑，人的意识，人的思想。

思想是没有疆界的，可以说无边无际，开阔空旷。自从人由猿变成了直立行走的有语言、有思想的物种，思想的疆域便开始拓展，便让人类自身也难以寻觅它的疆界边缘。

思想是自由的，可以上下翻飞腾挪，自由驰骋。凶猛的野兽、险恶的自然可以在某种程度上束缚、控制某些思想个体，但对于总体意义上的思想，却显得无能为力。宗教、强权对思想有干预力，比如中世纪的黑暗，比如文字狱，都能在某个时段钳制思想，扭曲思想，但在历史的角逐与较量中，思想仍然是胜利者。从黑暗的隧道中走出，思想仍然光芒四射，自由自在。

正因为思想是自由的，人类才能在与自然的接触、交流与抗争中不断有所发现、有所发明、有所创造，才能在与自身的惰性、守成意识的斗争中有所感悟、有所突破、有所前进。一部人类思想史，斑斓绚丽，曲折回环。人类总是不断有新的、进步的思想产生。新的进步的思想不论遭遇多大的压力与阻力，却总能与时俱进，稳立潮头，获得应有的地位。

毋庸讳言，在新的进步的思想的产生、传播过程中，会遇到一道又一道思想的栅栏。原本新的进步的思想，在新的历史时期和历史条件下，很可能成为旧的落后的思想。而思想的先导者，在经过了一定的历史时期之后，也很可能成为旧思想的卫道士，比如康有为等人。这不是思想的不幸，也不是思想者的不幸，而是思想螺旋式发展的规律。

每一时代的思想者，可能既是思想栅栏的构筑者，又是思想栅栏的翻越者。牛某不才，只能涂几笔杂文，只能算与思想者这个崇高的称谓沾一点半点边。我可能曾参与构建过这样那样的思想栅栏，我也在试图翻越自己与别人构筑的这样那样的思想栅栏。我的杂文，便是我翻越的凭证。

翻越思想栅栏，有风险，但也有冒险的快感、成就感与荣誉感。

2002 年 8 月 13 日

是谁把我们装进了栅栏

一

是谁把我们装进了栅栏?

中国人的房子过去一般都装在小院子里。这一点，在偏远的农村如今依旧如此。经济发达一点的农村，建小康村的农村大都有了变化，少了或没有了院墙。城市呢?大院落有，比如小区，就安有几道门，有人在那儿收进出车辆的费，也算“院落经济”吧；一家一户的小院落则少之又少了。

相对于小院落的减少与消失，城市窗户上的铁栅栏钢栅栏却如雨后春笋般冒了出来。

在我住的小区，先是只有一楼安装了栅栏，其他各层概不许安装。摆在楼群前的几套别墅，也只安装了向外翘的装饰性大于实用性的栅栏。但很快情况有了变化。别墅的主人们一个个在原有的栅栏里面又安装了更加密集牢固的栅栏，形成了双层保险网。住在普通楼上的人，一开始有几家冒着被罚款的危险装了双层窗或栅栏。待到有几户住二楼三楼的人家被盗，而小区治安警又不能防盗，人们便开始公开地、理直气壮地装起了栅栏。我虽住五楼，但看见厨房那扇临街的窗时，内心总有几分胆怯与担心，怕梁上君子半夜爬进来。于是决定装一排钢栅栏。

如此想来，是从穷国向富国转化的社会历史条件将我们装进了铁栅栏，是日益扩大的贫富差距将我们装进了铁栅栏，是不容乐观的治安环境将我们装进了铁栅栏，是我们自己将自己装进了铁栅栏。

二

其实，中国人将自己装进铁栅栏以及这个栅栏那个栅栏不是最近的事，而是为时已经很久了。

孔夫子说的“唯上智与下愚不移”，是不是栅栏？封建社会尊奉的“君为臣纲，父为子纲，夫为妻纲”，是不是栅栏？董仲舒倡导的“罢黜百家，独尊儒术”，是不是栅栏？我以为是，那是精神栅栏。中国人从猿到人后，一开始不只受来自外界的束缚，主要还受着自己的束缚。中国人的思想，一开始即不只受自然环境的逼仄与束缚，同时，也受自己固有观念的禁锢。

谁在禁锢中国人的思想？是中国人自己。然而只说“自己”未免笼统。说得明白一点，就是统治者，大统治者、小统治者，加上帮忙与帮闲的所谓“思想家”，加上已丧失社会批判精神的民众。

中国人老实，“揭竿”者有之，但那大多是因衣食无着，活不下去才“揭竿”的。因不能用自己的脑袋思想而“揭竿”者不多，如果有，也会被看成疯子。

及至史无前例的“无产阶级文化大革命”，在中国，思想的栅栏已到了登峰造极的地步。

邓小平复出以后，中国有了关于真理标准问题的讨论，有了思想解放运动，中国的思想栅栏被拆除了不少。但毋庸讳言，中国有形无形的思想栅栏仍有不少。邓小平就说过，中国要防止“右”，但主要是防止“左”。“左”是什么东西？思想栅栏之谓也。

三

有栅栏好不好？这个问题似不可一概而论。生活中有时不能缺少栅栏。没有了栅栏，牲畜不好圈养；没有了栅栏，草地会被践踏；没有了栅栏，财物会被偷盗。从这个意义上讲，栅栏不但是好的，而且是必需的。

但我以为，思想的栅栏却不是好栅栏。不论“儒术”“祖宗之法”，不论以马克思名义革命名义划定的已经被扭曲和僵化了的圈子，不论古代、现代的“文字狱”，都没有积极的意义，都在该废之列。

思想的栅栏该废，但又废不掉。原因何在？在于某些权势者的阻挠，在于帮闲者的阻挠，也在于民众自身的惯性与惰性。有些人思想被禁锢惯了，害怕撤除栅栏。他们怕一旦没有了栅栏，自己不会思想，脑袋空空，不知所向。同时，还怕在自由的环境里别人有思想，衬托出自己的低俗与平庸。与其这样，那还不如大家都被关进栅栏，拍拍肩膀一样平。

窃以为，现今的世界，想构筑思想栅栏的人，想钻入思想栅栏的人，仍不在少数。于是，本来因为房子装栅栏，心里多少有些不自在的我便欣然释怀。

2002 年 7 月 31 日

思想解放之底线

思想解放是无止境的，应当而且必须与时俱进。这个结论，对于人类总体而言是绝对正确的。只要人类社会存在，只要有人类活动，只要人类社会想不断进步，就不能封闭自己的大脑，就不能阻断思想解放之路，就不能为自己的思想设置马其诺防线，不能设置底线。

任何事物都是有两重性的，在思想解放方面，人类个体的情况与群体的情况有一致的地方，也有不那么一致的地方。人类个体的思想状况千差万别，千变万化。有些人的思想比较解放，有些人的思想比较保守；有些人先解放后保守，有些人先保守后解放；有些人则在解放与保守之间不断变换。

就人类个体而言，思想解放是有底线的。一般来说，人随着年龄的老化，思维的活跃性会逐渐减弱，思维方式会逐步固定，思想解放的步伐会终止。当然，越老思想越解放的人也有，比如邓小平，但这样的人毕竟是少数。绝大多数的人是不能与这样的伟人相提并论的。

前几天去了一趟上海，有一件事对我震动很大。对于食品，我原来就有一点挑剔，但挑剔还是有度的。有些东西不大愿意吃，比如鳝鱼、青蛙等，但吃一点点还是能咽下去的。但这次到青浦，到上海，那里的人们开始吃一种叫作“拉丝”的东西。什么是“拉丝”？“拉丝”者，蟾蜍是也，癞蛤蟆是也。面对想吃天鹅肉的这几位，我是怎么也下不了筷子。我想，这可能就是我食物的底线，也是我思想感情、思想认识的底线。面对盘中的癞蛤蟆，我只是吃不下去而已，而我的父辈如果看到癞蛤蟆公然摆在其他食品旁边，而且在他吃饭的过程中端上来，他会吃不下饭，吃下去的也会呕出来。可能父辈吃不下的某些东西我能吃得下，而且觉得是一种享受；而我吃不下的，我的子孙们会觉得是难得的美味。每一代人都有他们特定的食物范围，也有他们的思想底线，以及思想解放的底线。

翻开一部人类发展史，一部人类思想史，不难发现，许多在人类社会发展中贡献过杰出思想的人，到了人生的晚期，便难以再有更多新的思想，甚至开始故步自封，开始向后倒退了。比如康有为，就是这样的人。比如史无前例的“无产阶级文化大革命”结束之后，中共十一届三中全会前后，有一批人的思想就是转不过弯来，这里面的一些人，直到生命终结，也不赞成改革开放，也不愿放弃阶级斗争的观念。这是他们的生命局限、思想局限。历史每向前走一步，就必然会遇到一批处于思想解放底线的人的阻挠。

明白了思想解放有底线这个道理，人们就应当对思想解放的艰巨性有一个了解，就应当对一时或者永远转不过弯来的人有所理解和谅解。对我来说，我要求自己做到的是，可以不吃蛤蟆，但不要从环保以外的意义上去批评吃蛤蟆这种现象，不要批评甚至糟践吃蛤蟆的人。

2001 年 11 月 10 日

以思想悦人

女作家张爱玲说过，人，有容貌的可以美貌悦人，有真知灼见的可以思想悦人。

虽然张爱玲是美女加才女，是以美貌与思想取悦了好几代中国人的著名作家，但她的思想方法一点儿也不形而上学，一点儿也没有求全之偏激与固执。她的标准很客观、很宽松，似与“有钱出钱，有力出力”、“有钱捧个钱场，没钱捧个人场”多少有些相似。

有好的容貌自然好，如果倾国倾城则更好，比如像妲己、褒姒、西施、杨贵妃、陈圆圆，比如像胡蝶、阮玲玉、毛阿敏、宋祖英，比如像潘安、唐国强、濮存昕。人一旦成为美女帅哥，自然吸引人的眼球，自然会给许多的人带来愉悦，带来享受甚至带来疯狂。比如成龙，帅哥硬汉，女影迷成千上万，有许多女孩子为不能嫁给他而自杀。他到一个环形塔式建筑去与影迷见面，甚至不敢正眼看影迷不敢挥手致意，生怕影迷激动从楼上跳下来，更怕引起骚动挤伤踩伤大批影迷。比如刘德华，一直保持金童与王老五形象，惹得不少女孩子如痴如狂地迷他追他。在中国内地，一位下岗女工追了他二十年。兰州一个女孩子从十六岁追到二十八岁，把家底折腾得精光，并发誓不见刘德华不嫁人，她父亲为了帮她见刘德华，卖了房子又打算卖肾。

美女帅哥有本事自然能悦人，没本事也不要紧，有脸蛋有身材有三围有硬汉形象就好，就可以悦人，并且可以悦无数的人，悦不同时代、不同国度、不同种族、不同民族的人。

话又说回来，不是人人都有闭月羞花、沉鱼落雁之姿容之美貌的，美人应当说是少数。所以以貌悦人，是先天而定的，且极有局限。那么，普通人特别似我这样几乎要用放大镜才可以看得见眼睛的人，拿什么悦人？看来只有靠思想了。

有一种偏见，似乎头发长必定见识短，容貌好就必然金玉其表败絮其中，就一定是绣花枕头一肚子米糠。其实不尽然，甚至可以说大谬。大作家张爱玲、丁玲是美女，当代的一批女作家比如王安忆、铁凝等也是美女。而思想家中，马克思、恩格斯、毛泽东等又几乎都是俊男。所以，貌不佳者并不具备天然成为思想家博学者的条件，一切需要后天的努力。如果想以思想悦人，所有人均在一条起跑线上。

老牛写杂文，本意不在于取悦人，在于自娱自乐，在于打发时光，权当一种生存生活的方式。但因为写杂文，便自觉不自觉地吸收、转述了不少思想，也自觉不自觉地形成了自己的一星半点思想。可悲的是，因为写杂文是裁刺的行当，所以我那点可怜的思想不但没能取悦于人，反而败坏了不少人的胃口，让一些人心里极不舒服。这一点，张爱玲当时可能没考虑到，或者考虑到了，但表述不够完整。正如有一种容貌会令人生厌生畏一样，有一种思想也取悦不了人。

杂文作者拿什么思想悦人？我没有答案。

2006 年 4 月 11 日

闲侃思想解放的不可停顿性

思想既是个动词，又是个名词。前者指人的思维活动，通俗叫又思又想，冥思苦想；后者指思维的成果，思维的形成体系的符号。

思想是从简单到复杂的。最初的人，大约只有简单的思想，其思想的内容，大约也多是与自然调适与少数人之间调适的。至于社会思想、伦理思想、哲学思想、经济思想、法律思想等，那是以后才出现的。社会存在制约着或决定着思想的产生，思想的存在与发展反过来影响着社会的进程。

思想是逐步积累和发展起来的。当然这种积累不是泥沙沉淀般的简单积累，而是世世代代的人们有选择的积累。这种发展也不全是一个方向的，有时要经过许多的波折，经过否定之否定的不断反复才能有所创新，有所发展。

思想有相对稳定性或曰惰性。因此，一部思想发展史，便是不断挣脱羁绊，不断打破定势，不断在继承前人正确思想的基础上创新的历史。从这个意义上说，所谓解放思想，古已有之，外亦有之，并不是我们的独创，值不得我们过分炫耀。更应当明确的是，思想解放，从来不是毕其功于一役的事业。挣脱了别人的套子，可能就钻进了自己的套子，或给后来者织就了一个套子。一种思想在与旧的保守的思想作斗争时是进步的正确的可以经世致用的，但在其成为主导思想统治思想后，就可能逐步地封闭僵化保守，从而疏离远离以至脱离并阻碍时代。要保持其青春与活力，就必须根据时代的变化予以不断地补充、完善与修正。从历史发展的长河看，大部分被批判被扬弃的落后思想，在其产生之时，却是先进的正确的或代表正确方向的思想；而许多当时被认为是绝对正确的思想，在以后的年代里却成了落后保守的思想。人们对于自然的认识是如此，对于社会的认识也是如此。

与思想发展的规律相适应，一个人的思想发展过程也是如此。有些人在与旧思想的抗争中表现出了少有的解放性创造性，但当自己的思想或自己所拥护的某种思想占主导或统治地位后，也便开始苦心经营思想的外壳思想的围墙，开始从多层面多角度上论证其思想的正确伟大不朽，开始要人们只需相信，不许疑问，不许发展，最后便成了卫道士，成了僵化保守的同义语。这种情况，在有些人身上表现得重些，在有些人身上表现得轻些。这是一种历史的悲剧。当然一生处于解放状态、领先状态的人也有，但为数太少。有鉴于此，我们便对解放思想的艰巨性和不可停顿性有了比较切实的认识。在现实生活中，不一定整天高喊解放思想的口号，但不可须臾停止解放思想的实践。

人是猴子变的，停止了社会活动，人还可能变回猴子，甚至会变得不如猴子。这不是危言耸听和胡说八道。观观世上那些思想“左”得可笑、“左”得出奇、“左”得邪乎的人，我们就会有所感悟，就会达成共识。我们在对这些人感到可悲可悯的同时，也要为使自己不长出尾巴时时留心，处处在意，并扎扎实实做些工作。只有不断向前开拓前进，人才可以永远称之为人。

1994年12月10日

悲剧的喜剧化

人间处处有悲剧。

悲剧将人间美好的事物毁灭给人看。悲剧使人产生悲悯、痛惜、悔恨、责人、自责等种种感情。

现实生活中的悲剧虽非好剧，但既然发生了，就应当面对它，正视它。这是一个人有力量的表现，也是一个社会一个时代一个民族有力量的表现。

辛亥革命的成果被袁世凯窃取了，对于革命党人和劳苦大众来说，实乃天大的悲剧。但革命者并未悲观沮丧，也未就此罢手，更未用对自己评功摆好来掩饰悲剧的发生，而是前仆后继，英勇奋斗，展开了更加波澜壮阔的革命斗争，建立了越发可歌可泣的英雄业绩。二次革命、北伐战争、抗日革命、创建新中国，这一系列事件，是对过去失误的洗血和冲刷，也是正确对待悲剧后的必然结局。

历史往往是曲折回环的，人类的认识水平和处世态度也是如此。

近来人们对于生活悲剧的处理，有时不是正视它，而是回避或者掩饰它，最绝的一招是化悲为喜，或者干脆以悲作喜。某地农业减产，本应寻根求源，查问题，找症结，追责任，以消除问题存在的根源，为来年的丰收打下基础。可事实并非如此，他们却忙于表彰个别超产者、个别积极交粮者和个别领导有方者，上上下下，一派喜气洋洋，把悲剧演得比喜剧还要喜三分。某地出了重大事故，或车毁人亡，或房倒屋塌，或工厂爆炸，此乃真正的人间悲剧，应当可以听到当权者当事者的一声检讨了吧。且慢，他们非但不会如此，还会笑得更加开怀奔放，他们不彻底调查事故原因，追究当事者的责任，而是以庆功会取代总结会。你死了，给你个烈士称号；你重伤，授你个模范头衔。而当权者本人虽未防事故于未然，却实实在在造就了一大批烈士、英雄、模范、榜样、先进，也着实成了一名（或数名数十名）英雄领导。起先，这本领漫说人间，就是天庭也少有，可眼下却已开始普及了。当年的渤海二号钻井平台翻沉事件，72条生命葬身海底，结果被当事者一场嘻嘻哈哈的庆功授奖会糊弄了过去。今年的黄岛油库大爆炸，给国家和人民财产造成了极其重大的损失，却于庆功授奖之外，仍未严肃地查原因、找线索、追责任。曾有电视报道，言事故发生前已露端倪，看守油库者也向有关方面作过汇报，但仅此而已，责任到底在谁，并未向国人交代，也未向那些烈士的英魂交代。这种结局，总让人有一种深深遗憾的感觉。

烈士该追悼，模范该授勋，但责任也该一追到底。悲剧到底是悲剧，不该以喜剧作结。如此，才可以避免更多更大悲剧的发生。

1990年1月19日

也许有不能迎刃而解的次要矛盾

研究矛盾，属于哲学范畴的活动。用浅显的百姓易懂的话说，所谓矛盾，就是问题。把问题说成矛盾，并不是把猫叫成了咪，也不是简单地追求时髦，而有将问题的研究深化、科学化、规范化的深意存焉。

对于矛盾，鄙人没有深入的研究。脑袋里没几个哲学细胞偏又喜欢思索一些哲学问题，便使我腹中疙瘩成堆，疑问成堆。对于主要矛盾与次要矛盾的划分，我是赞成的，但在一个大系统中，在一个时期一个国家一个民族内部到底有一个主要矛盾，还是有两个主要矛盾，我拿不准。我想一般情况下大概有一个主要矛盾，在个别情况下或曰特殊情况下有两个主要矛盾也说不准。这一命题只能由哲学家去研究了。提出一种疑惑或曰假说，不能视之为"思想犯罪"吧？如果非要我举一个例子不可的话，我便以抗日战争时期中国的政治关系为证。中国人民与日本帝国主义的民族矛盾，是主要矛盾，中国共产党人与在抗战的同时时时想吃掉红色武装的国民党反动派的阶级矛盾，从政党的角度和社会历史的连贯性看，也不能不说是主要矛盾，对于这一点，中国共产党是十分清醒的，并保持了高度警惕，采用了有效策略。

有几个主要矛盾的问题可以不去深究，那么抓住了主要矛盾，其他矛盾是否就真的“迎刃而解”了呢？我模模糊糊地感到，应分两种情况。一种情况是，抓住了主要矛盾，其他的次要矛盾便可以得到同时的有效的解决，或者在解决了主要矛盾之后，还有时间和机会再来很好地解决次要矛盾。另一种情况是，抓住了主要矛盾，虽然有些次要矛盾可以“迎刃而解”，但有些次要矛盾却会“滑刃而去”，得不到解决。那么等到主要矛盾解决了再来解决这些次要矛盾行不行呢？不行！因为，不同时解决或先期解决这些次要矛盾，主要矛盾就解决不了或者解决不好；如果等解决了主要矛盾再来解决这些次要矛盾或曰亚主要矛盾、强次要矛盾，会引致大乱，会使过去的努力前功尽弃。比如苏联过去只抓与美国的国际抗衡这一主要矛盾，而严重忽视了解决经济落后、人民生活水平低下和民族间的不平等等等次要矛盾，结果引致了国家的解体。目前旷日持久越演越烈的波黑冲突与战争，也是民族问题这一“次要矛盾”招致的恶果。

目前我们国家的主要矛盾无疑是人民日益增长的物质和文化的需要与落后的生产力之间的矛盾。我们的工作重心，是贯彻一个中心两个基本点的基本路线，建立社会主义市场经济体制，迅速发展生产力。那么，抓住了这一矛盾，其他矛盾是否就可以迎刃而解，就可以不去管它了呢？对此应作认真分析。对于像各利益集团之间的不和谐、地区之间民族之间发展水平的差异、就业问题、社会治安问题等等这样的次要矛盾的解决，无疑均要依靠生产力水平的提高予以解决。但解决的方法、方式、时间和步骤，我以为不能在发展生产力时漠视它们，听任其自行解决或待生产力发展后再解决，而应在发展生产力的同时予以逐步解决。有时为了国家的统一、民族的团结、社会的稳定，也不得不采用付出牺牲一定的效益，延缓主要矛盾解决过程的方法，来解决次要矛盾。我想，取这样的态度才符合中国的国情，也符合矛盾运动的规律。

在此篇小文结束之际，我不得不再一次重申，对于矛盾问题，我仅是在乱侃朦胧的感觉而已，说不上什么学术性。也许我有点自不量力，来碰如此高深的问题，还望读者诸君海涵。

1994年12月4日

话说当前中国知识分子的几种意识

20 世纪 80 年代末 90 年代初，中国社会发生了极其深刻的变化。变化的深刻性，体现在那两个古老而又新鲜的名词上，即“商品经济”和“市场经济”。

知识分子作为一个最为敏感、智慧、深刻、理性、热情的群体，自然自始至终站在时代的前列，引导和推动着时代的发展。

无疑，就整体而言，知识分子群体的主流意识是积极健康的，富有时代性、统一性和实用性。中国社会的迅速进步便足以证明这一点。但是，在主流正常的情况下，也有不尽如人意的支流。同时，我们还不能不承认这样一个事实，即中国的知识分子总体上还不是一个十分成熟的群体。因此，不和谐之音便更多一些。综合起来，知识分子复杂的意识和心态大约有以下几种。

失落意识。改革之后，商品经济迅速发展，一些人领先依靠经商速富暴富。而这些人大多没有什么文化，有的人是生计无着不得不从事小商小贩业，有的人是为钻空子大捞一把而从事此业。他们的崛起，使知识分子失却了刚刚回升的几分自尊自信。因为脑体倒挂，“造原子弹的不如卖茶叶蛋的，拿手术刀的不如拿剃头刀的”，使知识分子尴尬万分失落万分。这种失落是很强烈的，这次不是政治上裁定的“臭老九”，而是经济上的，因之也是更深刻的。

迷乱意识。市场经济的兴起，使与商字沾边的行业越来越吃香，而与知识学问科研教学之类字词相连的行业却日趋清冷。搞科研缺少经费，搞教学难以解决住房。同样的学历、经历、水平，从商者比做学问的收入可能要高几倍十几倍。口袋的空旷闹得知识分子的人心也日益空旷。于是，有能耐的联系“下海”了，不谙水性下不了“海”的在“岸”上也不干事了，而是望着海望着海民发呆发叹。有些知识分子内心浮躁，不知这学问还该不该做下去，如何做下去，事业心责任心自然便弱化淡化了。这种迷乱，似乎在短时期还难以克服。

怨天尤人意识。对于当前的社会现实，有些知识分子闹不清是否正常，只能感到生活秩序、思维程序被打乱后的迷乱、失落与无奈。在社会急剧发展变革之时，对自己形成威胁的根源一时也难以找准，有怨气都不知冲谁去发。于是便怨天尤人，一切都看不惯，一切都可以调侃一番，只求得自己心情的平静。这种怨天尤人法，大约也是有效的或曰无可奈何中选择的心理调适手段。

新贵意识。一些依靠发明、经商和从政而经济上崛起的知识分子，与仍在孜孜矻矻啃书本爬格子的同类比，已不属于同一个利益集团，因此他们的心态也别具特色。一方面，他们已不再看重知识学问，对著书立说已不再感兴趣，或虽敬之却不为之。对于知识分子大群体的生活现状，他们有一种后怕感。他们在这些“穷哥儿们”面前自有一番超级优越感。某种程度上已没有了共同语言，更没有了共同的感情和认识。另一方面，这些“超级知识分子”对与他们同处于有钱阶层的那些低学历者感情上不予接纳，缺乏认同，有一种羞与为伍的排斥感。对半文盲大款特大款，他们内心有一种不服，甚至嫉恨。

从成熟的文明社会的角度看，知识分子在利益划分上本来就不可能同属一个集团，只是过去中国太封闭太落后太贫穷了，才使知识分子在很长一段时间同处于“臭老九”层面。而目前的分化是社会发展的必然，是不可逆转的。

对于当前知识分子的各种意识，可以从不同的角度去分析，只要保持一个清醒的认识即可。不可以置之不理，也不可以过分干预，相信时代的进步终将使知识分子群体的各种意识趋于正常。

1994 年 12 月 25 日

人类需要自欺

人性恶的一面内容颇多，其中欺骗便是主要内容之一。对于人性的善与恶两种说法，我比较倾向于后一种。有一种现象大家可以琢磨一下：儿童不用别人教，就会撒这样那样的善意和不那么善意的谎。这是对《三字经》开头的那句“人之初，性本善”宣言的挑战或否定。基于人性的这一弱点，所以为人父母者便多了一份教育的责任。在人类社会史上，无数代的无数父母无数遍地重复着“要诚实”“不许撒谎”之类的告诫之语。当然，儿童的不诚实、欺骗最多被视之为劣习，还上升不到品格道德的高度上去，而成人的欺骗则要受到更为严厉的鄙夷与谴责。

不论人们如何粪土和否定欺骗行为，但形形色色的欺骗还是在社会上普遍存在。在这些欺骗行为中，有一种欺骗是自欺。

所谓自欺，通俗的说法是自己骗自己。自欺的第一种形式是宁肯信其无，不肯信其有。明明自己会倒霉，会受损失，却不肯承认，所谓讳疾忌医是也。比如我所认识的一位先生，其家族有肝癌遗传史，其弟已患肝癌死去，在一次例行的体检之后，医院通知他去复查，但此君愣是没去，不肯也不敢面对有可能已发病的现实。可时过仅一年，无情的事实夺去了他的生命。自欺的第二种形式是鲁迅所说的阿Q精神，不论现状如何困窘，却总是以为“我们先前曾经阔过”，打肿脸充胖子。自欺的第三种形式是对于前途，抱定了无由头无根据的乐观，总以为“天无绝人之路”，以为“天生我材必有用”，以为“山不转水转，水不转路转”。自欺的第四种形式是相信并未验证其存在的事物，比如上帝，如此等等。自欺的形式、方法和内容极其复杂，三言两语难以罗列得清楚。

自欺是个较为复杂的问题，一方面，它属于愚蠢之举滑稽行为，应当予以否定。另一方面，它又是智慧之举、有益行为，应当予以保留和承认。

人间有麻醉剂，必需的有麻醉药、镇痛剂，允许使用的有香烟、各种酒，禁止生产与吸食的有大麻、鸦片、海洛因、冰毒等等，这是有形的。无形的麻醉剂与镇痛剂呢，也有许多，比如宗教，比如自欺心理与行为。有些自欺确实可以在某种程度上疗治心理创伤，可以缓解、减轻和祛除心理疼痛，可以使人暂时消除紧张和恐怖，可以增强人的自信，以达到某种正常情况下或曰清醒状态下难以达到的目标。

有一种现今的中老年人比较熟悉的自欺，叫“天下三分之二的人民还生活在水深火热之中”，即在过去很长一段时间，我们中国人生活在饱与不饱、暖与不暖之间，农民日工值几角钱，有的只有几分钱，工人月工资少的只有二三十元，副食品和日用品等等几乎都靠票证限量供应。我们的工业、农业、教育和科学文化均处于比较落后的状态，可我们却觉得自己生活在天堂里，过的是比蜜糖还甜的生活，而且为另外的“三分之二”人担心，要解救他们于“倒悬”。如果不作更深的经济政治的分析，简单一点看，这其实也是一种民族整体意义上的自欺，但无疑的是帮助中国人撑持过那段艰苦时日的一种因素。再向历史层面上走一步，反观曹操运用过的“望梅止渴”术，古人的所谓“塞翁失马，焉知非福”的自我安慰术，也是收到良好效果的一种自欺。

无数事实证明，人最难以战胜的对手是自己，其中包括自己过于清醒的意识。人太聪明了，往往会将困难估价得过重，会自己吓唬住自己，捆住自己的手脚，摧毁自己的意志。所以在社会上混，有时候人的个体或人类群体不妨某种程度上糊涂一些，有些阿Q精神，适当地“自欺”一下，自己找借口，自己麻痹，自己开脱，树立信心，也许这样可以取事半功倍之利，收歪打正着之效。至于如何“自欺”，“自欺”到什么程度，那就全凭自己去体会与把握了。当然，那种掩耳盗铃式的歪门邪道的自欺，是越少越好。自欺似乎也应当欺出点个性与特色来，必须利己而不损人，而且要向“神来之笔”的境界努力。十多年前教我中国近代史课的杜经国先生说过，人不能没有一点阿Q精神，这话我一直没忘，而且十几年来有了点滴心得，发而为文，以博众人一笑。至于是会意的笑还是讥讽的笑，那就全由你们了。

1996年4月7日

再说人类需要自欺

人类需要自欺，当灾难袭来：或丢了官，或破了财，或病魔缠身，或坐失一次升官与发财的良辰、进修深造的良机。怎么办？垂头丧气，懊恼万分，捶胸顿足，痛不欲生？无谓之举，于事无补！此时不妨搬出老祖宗的那句“塞翁失马，焉知非福”来蒙骗自己，麻醉自己，安慰自己，可以说“留得青山在，不怕没柴烧”，可以说“破财消灾”，“旧的不去，新的不来”，可以说“自古雄才多磨难”，“天将降大任于斯人，必先苦其心志，劳其筋骨，饿其体肤，空乏其身”，可以说“无官一身轻”“钱是身外之物”，反正拣自己喜欢听、乐于接受的名言警句使劲地讲反复地讲，直到自己心理平衡心情平静为止。

一个人一生无什么成就，或无大成就，面对有成就的同学、同事，面对社会上的无数成功者，怎么平衡心理？可以作“淡泊名利”状，言一切均是过眼烟云，而且可以将著书立说者讥为“书虫”，将功成名就者视为“禄蠹”，将一切功名利禄钱财物品视为身外之物。即便天子从来没呼自己上过船，也可学李白般狂傲地宣称“天子呼来不上船”，笑傲人间，睥睨一切。可以引诸葛亮的“苟全性命于乱世，不求闻达于诸侯”，引陶渊明的“归去来兮，田园将芜，胡不归”等等名言作证，引历朝历代的隐士的所作所为作证，言自己平淡平庸的人生其实是最符合天道天理人道人性的。古代的名君不是有“无为而治”的高招吗，那么无为的人生当然也算是一种很高的境界了。

一个人干某件重要的事而没有成功，甚至遭到惨败，可以讲“天不作美”，“谋事在人，成事在天”，可以学电影《南征北战》中张军长的参谋长宽慰张军长之语：“不是我们无能，而是共军太狡猾了。”要将自己开脱出来，避免走入懊丧自责甚至自暴自弃的胡同。

一个人想办一件事而没有办成，想一件东西而没有得到，可以唱“天涯何处无芳草”的高调，可以说葡萄绝对是酸的，没有办成没有得到对自己是绝对有利的，是冥冥之中神灵保佑的结果。

一个人事事时时处处都可以找各种理由自欺，这大约不是随便乱讲，而是有事实根据的。对于自欺，其实还可以研究得更深入些阐述得更透彻些，但惜乎我没有李宗吾般的本事，不可能仿他的《厚黑学》而作一本《自欺学》，以奉献于大家。别人或许已作了这样一本奇书也说不定，这当然是人们尤其是需不时自欺不断自欺的人们的一大福音了。但是有一点大家应当有所认识，那就是，自欺的有益性是有限度有范围的，如果过了头，运用不当，那是会将自己骗死的。自欺到骗死自己的份儿上，那就是真真可悲复可叹了。果真这样，还是不要自欺的好。清醒着虽痛苦，却还是要保持的。所以奉劝人们在运用自欺之法宝时，一定要做到心中有数，要适度麻痹自己而不要麻死自己。

1996 年 4 月 8 日

中国人的精神贫困

有史以来，人类就在和饥饿、疾病和贫穷作斗争。一部人类社会的发展历史，是人类创造财富的历史，也是人类和贫穷相抗争的历史。某种意义上说，是人类的贫穷史。人类经历了多少艰险，忍受了多少苦难，我们可以从史籍的字里行间读出一星半点，可以从文物等古遗存中感悟出些许，可以从现存的一些土著人部落得到比较形象，但不很逼真的复制、印证与对比，我们只能了解皮毛，难以进入古人的内心，更难完整无误地破译出他们的人生体验和人格精神。可以肯定的是，人类的头顶上，确实始终笼罩着贫穷的阴云。

中国有史以来的五千年，大部分时间处于战争、灾荒、饥馑、变乱之中，一个“穷”字，如影随形，伴随始终。即便在所谓的“文景之治”“贞观之治”“康乾盛世”等等的盛世治世，民间的贫穷也是存在的，而且程度不会太轻。对于中国人的状况，“国父”孙中山先生说过，中国没有贫富之别，只有大贫与小贫之分。如果不过分强调阶级观点，那么孙先生的话还是极有道理的，是可以被认同的。

中国人的贫穷，有物质方面的，也有精神方面的。从现实看，窃以为以精神方面为主，为强，为重。

现在的中国人，或者说部分的中国人，其精神的贫穷表现在以下几个方面。

第一种表现，全盘否定与全盘继承的双重尴尬。激进的人们，想尽快改变中国贫穷落后面貌的人们，从文化的角度清算历史、寻找突破方向的人们，对中国的传统文化持一棍子打翻、全盘否定之态度。他们以为，中国之所以落到这步田地，最主要的原因，就是因为中国有太古老的历史，太沉重的文化重负。秦砖汉瓦、万里长城、孔孟之道、四书五经、诗词歌赋、思维方式、行为方式等等，均不足道，不足法，不可取，均在需要进行批判和清算之列。这种思潮，近代以来日渐浓郁，并且有过几次高潮。毛泽东在延安批评过的“言必称希腊”现象，即是这部分人心态的另一种表现形式。在全盘否定者中，以接触西方文化较多的青年人为多，一些所谓的文化巨匠、文化旗手，或多或少也曾有过这种意识，或者说思想。说一句大胆的实话，鲁迅先生也或多或少有过这种情绪。现时的中国人，虽然口头上并不一定全盘否定什么，但从思想到行动均拒绝传统文化，这实际上是更彻底的否定。现在的人们，对中国灿烂辉煌的文明和文化了解多少？虽然有《四库全书》在，但那差不多已经成了民族的摆设。现时的中国人钱是比以前多了，但精神上、文化上却表现出捉襟见肘的态势。很多的中国人如今没有信仰，没有信念，混沌麻木，不明何来，不知何往。这是非常要命的。这是尴尬的一个方面。

尴尬的另一个方面，是全盘肯定与全盘继承。这部分人也为数不少，在他们心目中，只要是中国的，就是好的，而且越是古代的越好，越是古人的越好。他们走向了另一个极端。这部分人可以称之为国粹派。近代以来，国粹派一直被视为正统派，占据文化的主导地位。从方法论的角度看，国粹派比较“左”，反对向西方学习，反对开眼看世界，无视或轻视以至仇视西方的一切思想、意识，即所有的西方精神文明和制度文明。他们以为，西方的东西永远属于“奇技淫巧”之列，永远会“坏我民心”。与西方人打交道，是与狼共舞，与虎为伍，有随时被吃掉的危险。他们在不断重复“狼来了”的故事。虽然现在改革开放了，但“西化”的帽子和棍子总在人们头上飞舞盘旋，让人总有一种后顾之忧，脊梁上有一种凉飕飕的感觉。但不幸的是，有很多的问题，国粹派运用国学也解决不了。拒绝西方文化、西方文明，又找不出其他出路，情形也是颇为狼狈的。

第二种表现，是对物质利益的无休止贪欲。创造物质文明，获得物质利益，是人类生存与发展的方式，是一种必然要求。但任何事情都应当有一定的度，超出了度，就有毛病。就整个人类而言，不能向大自然无休止无限制索取，否则大自然也会警示人类，还可能惩罚人类。对物质文明的过度追求，可能会造成生产力的破坏，会将人类从文明抛回蛮荒，甚至彻底毁灭人类的生存之地。就个人而言，不能私心膨胀，贪得无厌，否则，也会招致一定的麻烦，甚至会惹来灭顶之灾。可悲的是，不少的中国人对此等简单的道理却看不很透，或者看出了一些，却经不住金钱的诱惑。于是乎，成千上万的优秀的和不怎么优秀的各色人等，被铜臭放逐了。在各种非法捞钱者中，有穷光蛋，但大量的，是已经腰缠万贯的富翁。他们的捞钱，不是迫于生计，而是为了满足贪欲，他们患了严重的心理饥渴症，是精神贫穷的典型代表。鉴于此，中国的廉政必须从思想和精神抓起，让人们先从精神上富有起来。如果不治精神贫穷，就经济抓经济，就物质抓物质，不可能有太好的效果。

第三种表现，是对知识、对文化、对一切新生事物的冷落与淡漠。这一现象，是由市场经济造成的，但又不全是。其中有历史积淀的影响，有对世界、对人生认识方法偏差而造成的误导，有哲学贫困造成的认识混乱，有信念失落、信仰动摇造成的危机。中国公民的文化水准和道德、精神水准出现滑坡，这是有目共睹的。

中国在致力于现代化建设，其中有物质文明，也有精神文明，它们是相互影响、相互作用、互为条件、互相制约、互相促进的。但令人担忧的是，人们精神的贫穷已对社会的全面、协调发展造成了不可低估的负面影响。这不能不引起全体中国人特别是广大有识之士的高度重视和密切关注。中国人，应当自己向自己敲响警钟，扫荡单纯追求物质利益的迷误，切实从精神上武装自己。

1997 年 4 月 7 日

迟滞文明的脚步

记得前几年到挪威某大学拍电视剧，那个学校的印度裔教授挑动来自美国等国的学生要求与我们对话，否则将抵制我们的拍摄活动。对话时，有学生提出，西藏是一块未被过度开发的土地，中国政府不应当破坏原生态，不应当在那里发展工业和其他事业，而应当让其保持原始古朴的状态。我回答，那是西方人的博物馆心态，自己发展了，自己国家的人过上现代富裕自由的生活了，而让其他国家或地区保持原貌，停止发展，让西方人去探险、研究、玩味。这种要求，西藏人民是不会答应的。当时以及迄后的一段时间，对于自己当时的答复，我都是满意的。可是最近，我有些迷惑与动摇。

文明是具有加速度的。教育、科技、文化的发展与积淀，使社会经济呈越来越快发展之势，而与之同来的，是资源与能源的大量消耗与日益枯竭，是环境的破坏与污染，是温室气体增加、臭氧层破坏、地球变暖、海平面上升，海啸、飓风、地震、旱灾、水灾等自然灾害频发。更为可怕的是，欲望膨胀、消费无度、道德滑坡、幸福感下降。文明的野马将人类向相反的方向拽拉，人类为过快过度的文明付出了沉重的代价。

如此说来，人类应当迟滞文明狂奔的脚步。对地球的索取少一些，对地球的破坏轻一些，宁肯高楼大厦少建一些，GDP 的增速慢一些。

文明发展的步伐小了、慢了，说不定公平正义的东西反倒多了，人们的幸福指数相对高了。

思忖起来，在人类发展的进程中，实际上一直都在有意无意地保有着原有的秩序，迟滞着文明的脚步。人类历史上无数的战争，便是迟滞文明的有效手段。而用宗教对人们进行约束，则效果更为明显。比如西藏，因为藏传佛教的盛行，人们念经、转经、转山、转湖，对于物质生活，人们没有特别的欲望与要求，温饱足矣。他们的生活节奏较慢，可他们总体的感觉是平和、安详与满足的。市场经济的过快介入，在很长一段时间会让他们感到惴惴不安。再比如印第安人，他们要保留地，要自己的游牧生活，要相对缓慢的生活节奏，要自己独特的信仰，坚决不与美国的文明完全接轨。他们在迟滞文明，他们从迟滞中得到了自己的幸福。

与日本人、香港人及改革开放后的中国大陆人比，北欧人的生活节奏较慢，他们在文明达到一定程度后没有死命地往前推进，而是在品味与享受已有的文明成果。南欧的希腊人虽然近代以来不很发达与辉煌，在欧洲属于后进序列，但希腊人满足了，他们宁肯经济增长缓慢一些，也要保持自己的民族文化，保持自己的生活方式，保持自己缓慢悠闲的生活节奏。喝酒、喝咖啡，聊天交友，消磨时光，是希腊普遍的“风景”。

中国在很长时期文明程度世界一流，只是鸦片战争后落伍了。这一百多年，中国人饱尝了屈辱。改革的三十多年，中国开始向富裕、民主、文明迈进，而且取得了举世瞩目的成就。中国攀登文明高峰的步伐呈重力加速度。但是，由此带来了许多问题，文明带来了相应的灾难。与改革开放前比，中国人处在物质最丰富的时期，可同时，中国人也处在思想十分矛盾、道德十分尴尬、幸福指数相对偏低的时期。因为贫富差距问题、腐败问题、治安问题、民意难以表达问题等等的存在与严重，国民的忧虑日趋沉重。文明会带来它自身解决不了的问题。有鉴于此，是否可以将经济发展、物质享受等等的文明步伐适当迟滞一下，让社会更趋健康理性？这个问题极为敏感，在下心中无数，只是提出来，供大家讨论。

2009 年 11 月 12 日

道教接近真理论

老牛不是宗教职业者，不是教徒，也不是宗教研究者，对于宗教，只是从文化史的角度接受了一点知识，触类旁通些许而已。于宗教中，我却对道教评价颇高，以为道教于诸宗教中比较接近真理。这可能有违学者定论，也可能忤逆百姓共识，但我所以持此论，有我的道理在。

在中国历史上，道教名声一直不那么好。“妖道”“牛头老道”“歪鼻子老道”之类的骂名可谓多矣。历代的戏曲小说中，大都将道人描绘成邪恶与罪恶的化身。道众是否确比僧众及其他宗教徒邪恶，以本人的功力，不足考证，但从道家教义及其主张看，却也看不出多少邪恶来，有时似乎还能看到一些积极入世的东西。

与其他宗教的来世说相比，与其劝诫人们当世苦行修炼、压抑人性相比，道家更注重现世的享受，更具有人本主义的意味。

道家的养身术与房中术，是为道家带来恶名的一个主要原因。对于一般的养身术的非议不大，可以不论。非议最重的，是“房中术”。所谓房中术，是道家总结的关于男女性关系的一些经验和见解，其中有荒淫荒谬的理论，但也有许多健康的成分，诸如教人们如何通过房事以达到健身的目的等等，这不能不说是积极的有进步的有社会意义的。过去人们视性为洪水猛兽，视性知识、性文化为淫乱之说，故而对道家此方面的贡献视而不见，或视功为罪，对其批判和指责确有欠公允之处。

道家追求长生不死，炼丹求药，是为道家招致恶名的又一重要原因。秦始皇曾派徐福率众童男童女入海求长生不老之药，后世的帝王们也曾招道徒炼长生药，结果很多人中毒而死。炼丹求药的确给百姓生计与官场政治带来许多消极影响。但若论其咎，主要的方面在于那些想长生的皇亲贵族、达官贵人，而不在道家。理论是现实生活的产物，是人类需求的产物，不是道家能凭空杜撰和强加给人们的。而且，道家的“长生不老”理论，仍然是注重现世而非来世，也有浓郁的人本主义在。

人类不可没有理想，但所谓的死后上天堂下地狱，来世的辉煌与潦倒，除了以类似酒精吗啡的力量支撑人走完短暂旅程外，有多少伟大意义？至于要人们拒绝文明与富裕，过苦行僧式的生活，以待千年万年之后如何如何，比“身后”与“来世”说更遥远更玄妙的非宗教名义下的超级宗教，其违背人本主义科学精神又远矣。追求现世的生活与享乐，某种意义上是对现实的肯定，对生活的热爱，对人生的把握，所以，尽管它有种种弊病，但也确有真理在。

道教在逐步湮灭，与其他宗教比，这是它的悲哀处，但人本主义的现世说却在中华大地日益兴盛，这又是道教的骄傲处。

1992 年 6 月 9 日

历史的另一面

最近读了一些书，诸如毛泽东秘书李锐的《庐山会议实录》，不少知名不知名作者的“走下神坛的某某某”，一位部队作家描写70年前中国东北黑土地上那场战争的标以白啊红啊的书，等等。读书的心得可以用一句话表达：知晓了现代史的另一半或曰另一面。

消极地看，上述这些书均有暴露“伟人”乃至“伟人集团”的弱点隐私短处之嫌。实际上，这种认识极端表层化表象化，是脱离了历史的完整性统一性公开性而分析粉饰历史，其结果不是帮助伟人及伟人集团，而是相反。理性地看，不论一个伟人、一个伟人集团，还是一个政党、一个民族、一个国家，其行为不论从效率的观点看，还是从伦理的角度看，都具有两面性。那种关于纯而又纯的粉饰，绝对正确的神化，并不能树起一个真实丰满可亲可信可接纳认同的形象，只能塑造苍白冰凉呆板虚假的蜡像石雕木偶泥胎。因为有肚脐眼有缺陷的才是真正的社会的人，而完整得没有肚脐眼甚至没有汗毛孔的是神是虚无是想象。想象也许是善意的，可善意的想象其结果却是极其糟糕的。这就是生活的辩证法，用不着到黑格尔，到马克思那里去找，只要有三分实事求是之心，在平凡的生活里即可找到。

读上述书，我得出了几点结论。其一，正确与错误，伟大与渺小只能是相对的。中国共产党人能在刀光剑影中夺取政权，其正确性伟大性用不着去解释，什么人也抹杀不了。其二，党的利益和人民的利益根本上是一致的，但也有不一致的地方不一致的时候。对这种现象不应有什么大惊小怪。战争是残酷的，政治是严酷的，任何朝代、任何政党、任何人群都不可能改变这一铁的定律。其三，领袖也是人，而且可能是普通人，甚至是不那么伟岸的平凡之辈。是人便有其与生俱来的弱点，对他们的弱点、失误乃至人格的阴暗堕落都应持平静的态度。其四，让人民了解更多的历史真实，让人民不但知晓我们的光荣面，而且知晓历史上不那么光荣光彩的一面，有助于提高人们的心理承受力，有助于民族的成熟和民族理性意识的建立，从而使人民能够经受得住各种风浪的考验，使人民对领袖对执政党多一些宽容少几分苛责，从而使社会保持良好的有序状态，使我们的社会更加健康快速地向前发展。

唐太宗说过这样的话，以铜为镜可以正衣冠，以史为镜可以知兴衰，以人为镜可以明得失。既然历史是一面镜子，那么就应当发挥其光洁明亮照影的功效，而不要像博物馆那样，只将历史铜镜那雕龙铸凤而毫无镜之功能的背面给人看。

历史教育应当是全面的，只让人知道一面，而遮蔽隐瞒掩饰另一面，或者可以蒙人于一时，但那另一面迟早会被人们发现。当人们通过曲折的途径发现了那被隐瞒甚至扭曲了的另一面时，原先所宣扬的那一面便会被怀疑以至被否定，那代价实在是太大太沉重。这种做法是不可取的。只要回想一下“文化大革命”之后所发生的诸如信任信仰危机等等一系列事情，便可知道其中的利害。

我们应当感谢那些让人们知晓历史另一面的人们，并还历史以本来面目！

1995 年 3 月 5 日

历史的宽容性

时间是一位神奇的魔术师，它会改变一切。虽然不一定使事物面目全非，但总会有不同程度的变化。所谓历史，从一种视角看，也可以称之为时间，逝去的时间。因此所谓的历史宽容性，其实也就是一种时间的宽容性。

历史的宽容性表现很多。一种是对历史人物的宽容。比如秦始皇这样的暴君，尽管当时的人们对其怨恨颇多，但后世的人们却似乎不愿再提其恶的一面，而注重和肯定其推动历史进步的一面，甚至从现代的角度将诸如修长城等等的虐政也予以肯定和赞扬。比如对武则天，封建史书上大肆勾勒和渲染其有多少面首（男妓），生活糜烂，力图从道德上对她予以致命的彻底的否定。可后世对此论渐次不以为然，认为男性皇帝三宫六院，嫔妃无数，武则天有几个面首又有什么可以奇怪可以指责的？比如对蒋介石，原先大陆人心目中的他，是个光脑袋长黄梅大疮躲在峨眉山上的“郑三发子”，但不过三五十年，人们开始冷静了，开始肯定他在征服军阀、统一国家、正面抗日等方面的贡献，甚至对其人格正义性的方面也予以了理性的肯定。

另一种宽容是对历史事件的宽容。对于诸如“焚书坑儒”、弑君、外戚专政、宦官专权、变法流产、百姓尸横遍野等等充满《二十四史》书页的种种震惊当世的事件，后人都予以了所谓唯物主义的解释，做出了评语为合理或基本合理的评判。就以中国人刚经历过不久的“反右”“大跃进”“人民公社化”“三年困难时期”“文化大革命”等等曾经让人心惊肉跳灵魂出壳的事件，现在的人们却不那么憎恶了，有人还要肯定它们。也有人哼着“样板戏”，怀念那个对绝大多数人是地狱，对少数人是天堂的年代，还有个别人想恢复它。

引致历史宽容的，有理性和非理性两种因素。所谓理性因素，即远离历史人物、历史事件存在的年代，抛却了亲情瓜葛、利益干系、个人好恶，从人类发展演变的动态过程的角度分析总结，从而做出更加冷静客观周密科学的结论。所谓非理性因素，即完全地抛却了现时感现场感，冷漠甚至残酷地旁观历史，对历史上血与火的事件和过程，简单地归结为数字为历史的某种逻辑和法则，从而得出不那么准确或虽准确，却不利于人性延续的结论。

历史的宽容性是一种带自然力的社会法则，人们不可能抹杀它的存在，也不可能使它无限膨胀。但有一点人们应当清楚，宽容古人，宽容历史，可千万不要成为世人放纵自己的理论支柱，否则，像“文化大革命”等令中国人乃至整个人类蒙羞的事件还会不时发生。人们在宽容历史的同时，对当世的事似乎应持严肃、严谨、严格的态度。

1995 年 3 月 13 日

记不清祖宗以及传宗接代意识

中国有一句谴责人的成语，叫“数典忘祖”，意为某些人不忠不孝，忘记了自己的祖宗。那么，不数典就一定不“忘祖”了吗？也不尽然。其实祖宗是很难记住的。

记得小时候，每到清明节，我总要跟随我的六爷及堂叔族兄们去为祖宗上坟。祖宗的坟很多，我们需跑上大半天，从这个山头到那个山头，从这个山沟到那个山沟，已记不太清确切的数字。但除了我高祖、高祖母以及几个爷爷奶奶的坟，及葬在一处山坳里、孤零零的我十叔的坟我们比较清楚外，其他的，只知是我们的“先人”，而具体是什么人，属于哪一辈，叫什么名字，有什么业绩，我们一概不知，就连我的六爷也说不上一二。

20 世纪 80 年代初，我的六爷以六十多岁不算太大的年纪，因脑出血而突然离世，我们家族失去了一位活历史，我辈对于祖先的认识，便更加生疏与隔膜了。记得上大学二年级时，我于清明时节去乡下上坟，为我带路的是我父亲的堂兄，我们叫四爹。那次除了到我高祖（说不上叫什么名字，也未特意查考）、祖父朱滋清的坟上添土外，特意去了两处新坟地，一处是我六爷朱滋和亲自为自己选定的，并希望成为他那一门人身后安息地的坟场；一处是我四爹的长子、我们叫大哥的朱昌荣的坟场。当时我想，这么多的坟地，如果不是我四爹带我去，我可能找不到。那么，到了我儿子这一辈，感情的距离与地理上的距离均更拉大，他们还能找到那些坟地，记住那些先人祖宗吗？难！即便居留在原籍的我的族兄族弟们的子女，让他们记住三代以上的祖宗，也不大可能。

记得住历代先人的家族有一些，其方法是记家谱，但这样的家族毕竟是极少数。而且有些家谱也并不那么可信，有些人为了抬高自己的身价，编造家谱，美化以至神化祖宗，其家谱中的祖宗其实是臆造的、虚假的。

家谱并不是从家族“盘古开天地”时记的，也不可能世世代代记载下去。听父亲说其二叔因是文人，记过家谱。到“文化大革命”时，他的嫡传子弟将其东掖西藏，后来下落如何，不得而知。如果还在，他的孙子重孙子是否还在续写？即便是在续写，也只能记他们那一支，整个大家族的大队人马定会被遗忘在“谱”外。我们这一支没有家谱，记得祖父曾在炕柜的盖子里边写过他的小家庭成员的生辰八字，但那个柜子已经送人。父亲也曾记过他的小家庭的成员的情况，但迫于文字狱的威胁，小本子也已不知去向。

我虽是学历史出身的，但似乎对写家谱之类的事不太热心，其中重要的原因，是觉得平常百姓，写家谱没有太大的意义，也许还是一种精力与生命的浪费。我很惭愧，我说不上我的高祖高祖母的名字，几个祖父、祖母的名字也说不全。我的后代对于祖先情况的了解，将远不如我，这恐怕也是难以避免的事实。

从不易记住祖宗的名字及事迹，我转而想到了人们对于后人的寄望与期许。中国人历来重视传宗接代，封建社会如此，今日的社会同样如此。如今的中国人将后人称作“接班人”“接代人”，甚至怪吓人地称作“龙的传人”。可事实上，正如我们不知道我们究竟“接”的三代以上的“代”是何许人一样，我们所传下的“宗”，若干代以后也同样完全彻底地忘却我们。

我常想，如果我们平凡得不能再平凡，普通得不能再普通，从遗传学以及社会学的角度看，我们只是在做生物学方面的“传宗”，其意义到底有多大？我们的“代”又有谁人愿接？这样的“传宗接代”，可以任其自然发展，但最好不要刻意追求。生的后代是男是女，都应当高兴才是。有子女只是生命与生活的有机组成部分，千万不要将其视为具有多大历史意义的“传宗接代”。

我曾想过，我们这些人若确实有什么可传，不必自己操心。自然有你的“足迹”可传，事迹可传，用不着血亲去传。如果我们有什么值得被后人所“接代”的，也不一定非血亲非生物“接代”不可，而可以由广义的后人去接，从精神上而非遗传上去接。历史昭示我们，那些杰出人物，其并不一定传下来“宗”，却传下了思想、文化和精神。我等后学虽未从血缘上接其代，却也是其思想、文化和精神等方面的接力者。人类文明接力棒的传递，并不一定全在或者说大都不在血亲之间进行，对此，我们应当有比较明晰的了解和清醒的认识。

1997 年 10 月 23 日

中庸之道的可取处

老庄道家学说的要义在于“无为”，释迦牟尼佛家学说的要义在于“空”，而孔孟儒家学说的要义之一在于“中庸”，所谓“中庸之道”是也。

对于中庸之道，我并不是从开蒙课本上读到的，而是在上中学时于批林批孔时知晓的。在接受了许多年的“力争上游”“与人奋斗”等等的教育后，接触到孔孟学说、儒家文化、中庸之道，对我单纯的见识僵化的脑袋有不小的震动与充实。这一学说对我的人生影响颇为深刻。

何谓中庸之道？简单地说，就是不偏不倚、不前不后之谓也。

中庸之道在中国流行几千年，不少人从中受惠，或者受害，它对中国历史的发展产生过巨大的影响。

中庸之道的好处何在？在于可以将自己放在社会的最安全、进可以攻、退可以守的中间地位。如果你确实才高八斗且锋芒毕露，就可能招来妒忌、诽谤以至攻击。这方面，古人的经验颇多，比如“出头的椽子先烂”，“木秀于林，风必摧之；行高于众，人必毁之”，“峣峣者易折，佼佼者易污”，“枪打出头鸟”等等，便是千百年来人们辛酸经历的文字表述。拔尖冒顶不好，那么落于人后如何呢？也不好。落后，一是人类竞争的意识不合作，二是会让别人瞧不起，还可能处处遭人奚落与欺凌。

对于中庸之道，有些人可能持否定以至鄙视态度，他们可能要释放全部的能量，在人生的角斗场上勇夺金腰带，以求得当世辉煌、青史留名。这种想法不能说没道理，我本人时常也冒出过这样的念头。可想法归想法，念头归念头，能不能实现，则要受到许多条件的制约。想上金字塔尖，未必就能事遂人愿。

在当代的中国，我以为，在大的方面，在公开的场合，不妨中庸色彩深重一些。如果你要力争上游，那么，你最好少说或不说，干你的就是了。这里可能有虚伪之嫌，但其实这是在特定时期特定场合的特定方式，是一条隐蔽性的成功之路。

中庸不是平庸，持中庸之道的人们，还是应尽量将自己的才华以平和隐蔽的方式贡献出来。这样，虽然不一定能彪炳史册，却也问心无愧。我以为，取这样的态度是不错的。

1997 年 8 月 18 日

“尽死节而已”的谏官文化

封建社会有许多弊端，但也有一些值得称道的地方，比如谏官的设置，便是其中之一。谏官就是给皇帝与朝廷提意见和建议的。虽然谏官设置的情况历代不同，名称也不尽统一，但谏官的职责与精神却始终如一。谏官之言，绝非阿谀之语，也非奉承之话，更非颂诗赞词，而是批评之语、针砭之语、警醒之语、规劝之语。

对于谏官的设置，我有两层钦佩。其一，钦佩皇帝们的胸怀与肚量，他们竟能以“天子”之尊，在“朕即是法”“君要臣死，臣不得不死”之位，设置谏官，专门让其与自己作对，指手画脚，横挑鼻子竖挑眼。比如唐朝的魏徵，把唐太宗监督得极严，某次太宗正在玩鹦鹉，见魏徵来朝见，忙将宠物藏进了袍袖，不敢往出拿，以至将小东西憋死。魏徵死后，唐太宗极为伤心，高度评价魏徵，言以铜为镜，可以正衣冠；以史为镜，可以知兴替；以人为镜，可以明得失。像唐太宗那样的皇帝虽不很多，但毕竟有几个。

即便不那么开明之君以至昏君，虽不一定采纳谏官的意见，甚至迫害以至诛杀谏官，但并未从制度上废除谏官。作为封建皇帝，能做到这一点，确实难能可贵。

我的第二层钦佩，是对谏官的钦佩。这些人的角色意识和敬业精神极强。在众多的官员中，谏官品级不很高，且属于出力不讨好的差事，反映社情民意，指出朝廷政策的失误与皇帝的错误，力争矫正有毛病的决策。有些谏官冒着丢官坐牢以至杀头灭族的风险，言辞激切，痛陈利害，将一切置之度外。用谏官们的话说，叫“尽死节而已”。为了皇上，为了朝廷，为了国家社稷，为了黎民百姓，赴汤蹈火，在所不惜。这句“尽死节而已”，不是轻飘飘的客套话，也不是无关痛痒的八股调，而有着震撼人心的力量。虽然谏官时代离我们已十分遥远，但这句话至今仍能催人落泪，令人扪胸。

封建时代已渐次远去，当今的社会比之封建时代，进步是巨大的。但毋庸讳言，也有不那么完满的地方。我们虽有“批评与自我批评”的传统，但真正能给领导人决策者提意见的人并不很多。其原因，一是有些位居高官者似乎没有那么大的胸怀，听不得不同意见，更听不得批评意见。他们喜欢听的，是赞美的话歌颂的话，或者是“小骂大帮忙”的话。二是现在没有专门的谏官，有些有条件有资格谏议的人，骨头没有那么硬，唱颂诗可以，提意见不行。当然不能说现代人统统不行，毕竟张志新还说过几句真话，彭德怀还上过绝无仅有的万言书，但数量太少，力度太小，在我们这样一个泱泱大国起不了太大的作用。所以，我们不得不钦羡与怀念封建社会的谏官文化。我们在不断强调继承和弘扬传统文化，不知谏官文化是否在应弘扬可弘扬之列？如果回答是肯定的，又不知如何弘扬。我想我们的社会如果真有一批如魏徵般提意见的人，我们的决策肯定会更加正确，我们的执行会更加坚决和有效，我们的政治会更加清明，我们的遗憾会更加稀少，我们文明民主富强的步伐肯定会更快，最终我们会将谏官文化彻底地送进博物馆档案馆。当然，我们也希望有比谏官文化更好的文化，有更有效的监督制约措施，但遗憾的是不多，或者说不很明朗，所以，虽身处21世纪，我们仍高度评价与钦羡谏官文化。

1999年5月3日

向康熙学习

康熙是清朝一位有作为的皇帝。关于康熙，正史中记载的值得人们称颂的方面就很多。至于稗史笔记演义小说等作品里面，其可为人所尊崇与肯定的内容就更多。最近看了电视连续剧《康熙微服私访记》，有了一种当今的人们该向康熙（起码是艺术意义上的康熙）学习的念头。

历史上真正的康熙我们暂不去研究，康熙“非”与“过”的方面我们也权且宽容一下，只来侃侃他被文学艺术加工过的“是”与“功”的方面，侃侃他值得当今的人们学习与效法的地方。

康熙不愿只坐在金銮殿里看奏折，听汇报，而想亲自到各地去走走看看。这除了想寻求点刺激图图新鲜以外，还有对他在宫廷里得到的信息真实性可靠性的怀疑。“红墙里面无真言”，这可能也是他深切的感受。所以，他要到民间去，到实践中去，进行调查，进行体验，直接了解民情，认识社会。康熙在各地看到了官员的腐败、恶势力的猖獗，以及民众的疾苦，他痛心疾首地发问：“怎么会有这样的事？”并得出了大臣们所报情况，“言一藏一，甚至言一藏十”的判断。这种情形，历代如此，浮夸虚假之风从来未曾绝迹过，只是许多帝王及王公大臣未能发现，而康熙却发现了。

康熙极有吃苦精神，“微服私访”不以“天子”的身份出现，便什么角儿都要扮，便要受鞍马劳顿之累、冷热饥饿之苦，便会受到来自“绿林”与官府恶势力的双重威胁。这些，康熙全忍下了。为了了解情况，取得证据，他还扮作叫花子，扮作粥铺掌柜，还亲自捏泥壶，这样的功夫，不是任何人都能下得了的，更非一些达官贵人所能做得到的。对有些人来说，甭说扮叫花子，小轿车差一点也觉得丢面子，出了门生怕别人不知道他是个官是个大官，扮叫花子、生虱子那是绝对不可以、不能为的。康熙能为人所不能为，这对于一个帝王来说，实在难能可贵。

康熙抑恶扬善，不徇私情。有一个有收藏紫砂壶嗜好并欲强夺工匠之宝壶献于皇上，以邀宠攀升的恶霸，其祖父曾有恩于康熙之祖先，因此被授予免死牌。此人骄横跋扈，作恶多端，仰仗免死牌，什么人也不放在眼里。康熙并未因此人之家族与他祖上有联系有感情，就袒护他饶恕他，而是采取策略，既信守祖宗承诺，又取下了这个恶棍的人头。有一个叫哈六同的，在苏州要尽满人威风，整治汉人，罪恶滔天，康熙也未念其同为旗人而赦免他，同样砍下了他的吃饭家伙。

文学作品中的康熙显然是被拔高了的康熙。我所提倡的向康熙学习的方面，大约许多是编导们将今人的希冀添加到康熙身上的。那么，向康熙学习，实际上就是向现存的弊端宣战，向人类崇高的境界看齐。因此，改变今日的某些积弊，可能就是向康熙学习的最好体现。

1998 年 5 月 14 日

国粹中的病态艺术

京剧是中国的国粹，是传统文化重要的组成部分。但京剧与其他传统文化一样，也有糟粕，有病态的成分，这部分甚至可以称之为病态的艺术。

关于京剧，我了解不多，对它精粹的方面我不在行，基本上说不出什么。对于它病态的方面，我感受最深的，是男人饰旦角，扮女姿，唱女腔。

京剧经典的四大名旦没有一个女子，全是大老爷们。客观地讲，在做人方面，这些人是“长胡子”有骨气的。比如梅兰芳先生，在日本人占领期间，拒绝演出，言自己已不再演戏，并策略地留起了胡子。还比如有些大牌男旦角，心系艺术，心系大众，顶住金钱的诱惑与权势的压力，拒绝为富人唱堂会。其人性的完美人格的高大不容置疑，也令人钦敬。但是，就艺术本身以及艺术与社会的关系而言，男扮女装，男作女腔，以七尺之躯忸怩作态，嗲声嗲气，衩衣粉黛，实在不是一种正常与健康的社会与历史现象。这种“变性”，并非艺术本身的必然要求，因为不言而喻，由女人扮女人演女性唱女声更为自然，在形象的塑造、动作的描摹、角色的感受、心理的挖掘方面也更为真切、准确和深刻。而由男人演女人，声音上要憋住嗓子用假声唱，在形体动作上要以自己所不熟悉的东西去表现，这尚可以勉强做到。难以做到的是男人们终究不是女人，男人们再体验生活研究角色，也变不成女人，也难以毫不走形原汁原味地表现出女人的心理与感受。那么如何看待男人演旦角呢？我以为它如同女人的小脚、男人的辫子一样，同为封建社会的产物，甚至可以说是封建肌体上生长出的毒瘤，是在四大发明等文明的另一端或曰对立面的意义上的文化遗存。它某种意义某种程度上损害了我们中华民族在世界上的形象，反映了历史的曲折、社会的变形与民族的蒙昧。对于这一文化现象，我们不必遮蔽，不必掩饰，不必讳言以至否定，但也万万不可视之为国粹瑰宝而加以宣扬，尤其不要在世界意义上在外国人面前张扬，否则实在是件很没有面子的事情。

中国人（准确地说是少部分的中国人）何以要欣赏赞赏以至嗜好那变态的由男人嗓子里憋出来的女腔女调？这不奇怪，“三寸金莲”不是也让某些时期的某些人们着迷过倾倒过追求过吗。有些人是听惯了男人唱的女声，习以为常了，便有了瘾；有些人听惯了病态的演唱，产生了病态的心理、病态的审美观、病态的情趣。这是一种习惯，有些习惯应当改，而且必须改。习惯是养成的，也应当是能改得了的。不要再将男旦这种病态艺术视为国粹国宝，不要过分地褒奖张扬，其市场慢慢就小了，其影响也便渐渐淡了，最终便被历史尘封了。中华民族应当继承发扬以至创造更加健康的文化和健康的艺术。

1998 年 5 月 11 日

食草动物的角与中国人的内斗精神

许多食草动物长角，比如家牛、野牛，包括野牦牛、野水牛、犀牛；家羊、野羊，包括盘羊、黄羊、岩羊、羚羊；鹿，包括马鹿、麋鹿、梅花鹿，等等，如果罗列，会是一大串。

食草动物的角一般很大，很硬，也很重，大的角，一副几斤几十斤。有些动物，比如鹿，一年换一次角，时时在更新自己的武器。

角是食草动物抵御老虎、豹子、狼、狮子等食肉动物的武器。在食肉动物与食草动物千百万年来的较量中，食肉动物是主导者，是赢家，它们是靠食草动物生存与繁衍的。但是，也有不少食肉动物丧命于食草动物的尖角之下。即便再强大的食肉动物，只要不慎，被食草动物的角撞一下，必受或轻或重之伤；如果让角穿进肚子里，则会丧命。但总体上说，食草动物的角，在对敌方面主要的功能是吓跑对手，而不是杀死对手。被食草动物的角杀死的食肉动物，毕竟少之又少。

食草动物头上之角最基本的功能，是内斗，是在发情期争夺交配权时的拼死搏杀。

动物雄性之间用角搏杀，是极其惨烈的。有的用角猛刺对方，有的跳起来，用巨大沉重的角撞击对方，双方使出浑身解数，使出吃奶的劲儿，从高处打到低处，从山上追到平地。结果是，一方被另一方打败，或者被顶死刺死。

食草动物在对付同类时的勇气与精神，远远高于其对付食肉动物时。

对付同类狠于对付异类，尤其是比自己强大的异类，这一点，不仅表现在食草动物身上，同样表现在荤素杂食的人类身上。

中国人被视为内战内行、外战外行的专家，是窝里斗的行家、内耗的里手。

中国人在对外时，表现得不那么出色，这一点，可以从宋朝人对付辽、金、蒙古人的表现中得到印证，可以从明朝人对付清人的表现中得到印证，也可以从国民党政府与军队对付侵华日军的表现中得到印证。

中国人搞窝里斗，很有一套。比如汪精卫对付国共两党。比如红卫兵批斗残害“走资本主义道路的当权派”，造他们的反，夺他们的权，抄他们的家，株连他们的九族，把他们的子女呼为“狗崽子”。这一切，都被传遍了全球，被记载到了人类的耻辱史上。

时下的中国人，窝里斗的劲儿虽有所减轻，但从民族精神上，对窝里斗的劣行清算还不够；从制度建设上，也缺少过硬的规定。因此之故，如果遇到适宜的气候，窝里斗的劣根性就会显露出来。

我们应当从食草动物的角主要用于内斗内耗的事例上有所感悟，把自己的角养硬磨尖，共同御辱，一致对外；把精力主要用在物质生产与科技进步上，用在社会和谐与人类的自由全面发展上。果如此，那是中国人国民性的重大进步。

2010年3月7日

僧格林沁王爷的跤术

僧格林沁何许人？清室王爷也。此人跤术好生了得，在与英国人的摔跤比赛中，一口气竟掼了膀大腰圆的英国人五六个大马趴，真叫人痛快淋漓，拍手叫绝，可谓“大长了中国人民的志气，大灭了帝国主义的威风”。快哉！

或问，僧格林沁大胜英国人，是真的吗？嗨，管它呢，咱们中国人不管过去是否打得过洋人，在电影上窝囊窝囊他们，出口恶气，也是件十分惬意的事。这大概就是鲁迅先生描述过的那种阿Q精神吧。在中国，阿Q精神有不绝之势。

在这方面，美国人远不如中国人。美国经济军事力量之强，当推世界之首，可美国佬在搞美苏模拟对抗军事演习时，竟每次都以苏方获胜而告结束，还美其名曰提高士兵的警惕性。得此消息，大概没有人不讪笑美国人的傻气。

军事演习，每个国家都在搞。除美国人外，大体均以演习者的胜利、假想敌的失败而告结束。这符合一般的思维习惯和模式。在我们很多人的头脑中，我们是无敌于天下的，军事上如此，文化上如此，经济上也是如此。中国地大物博，文明古国嘛。这种观念在人们头脑中盘踞了三千多年，直到改革开放，打开国门一看，始觉过去的很多想法是那么幼稚可笑，甚至荒唐之至。这才感到我们地亦不大，物亦不博，人均收入比之发达国家，真是少得可怜。于是有了被开除“球籍”之虞。虽然仍有类似僧格林沁王爷为国人出气的文艺作品不断出现，但有识者竟笑不出声来。

我想大胆进一言，咱们中国人还真该学一学美国人演习时常败的做法，把问题想复杂一些，把困难想多一些，不要看什么都可爱，看什么都是优势，否则，动起真格的来，未必能行。

僧格林沁已作古多年，得个摔跤名手的美称也就罢了，英国人想验证，为时晚矣。可如今超级大国若同我们真的动起武来，靠“深挖洞”时掏的那几个土窝窝，恐怕断难取胜。经济发展上不去，军事不现代化，就可能挨打。再说，我们总不能老在精神胜利法的魔场中生活吧？要做强者，不妨先多找找自己的弱点和短处，在“演习”中多失败几次。但愿我们不要再拽出诸如僧格林沁王爷之类的“神跤手”来为后人出气。

1989 年 4 月 14 日

路是脑袋“走”出来的

人是猴子变的，还是海豚变的，至今仍有争议。人之成为人后，肯定要走路，这一点无可争议。路是走出来的。如果将这个“走”字界定得宽泛一些，超出两脚前后换位之义的话，这个论断也无可辩驳。

路到底是什么“走”出来的?

我曾写过一篇小文，曰《路不是脑袋走出来的》，意在佐证一打纲领不如一个行动的名言之正确，对只说不练的现象发一点微辞。文章发出后，又遇到了许多事，又引发了许多思考，进而得出一个新的结论：路是脑袋“走”出来的。

这个结论似与前者相矛盾。而事实上只是角度不同而已，在于对“走”的理解的深化。

人的脚是受大脑支配的。走向何方，走哪条路线，动脚之前，大脑便有了一定的谱。在目前道路四通八达的地方如此，在荒漠草原如此，在原始社会落后地区无路混沌之时也是如此。即便随意散步，这个“随意”，也是大脑的指令。

路的修筑，离不开大脑。不论乡间小路，还是柏油路、水泥公路、铁路，它们的诞生，如果让身体的部件按功劳排座次，首席交椅不是手，更不是脚，而是脑袋。

因为有了脑袋，脚还可以少走路或不走路，也可以行万里路却很少“走”路。路绝大多数是“人路”，但古今中外的词典中却并无此词。倒是有个响亮的名词，叫“马路”。马路者，人骑马坐马车行走之路也。到了后来，有了公路、铁路、海路、空中之路，人们便以汽车、火车、轮船、飞机等代步，开始了广泛意义上的“走路”。

脑袋这东西神奇无比。一位伟人说过，只要有了人，什么人间奇迹都可以创造出来。这话不假。需要补充或者说加以说明的是，这里的“人”，应该是有头脑的“人”。

人类社会从原始走向现代，从愚昧野蛮走向进步文明，主要是人类有不可思议神奇无比之大脑。有了这不同于其他物种的玩意儿，人才成为永远进步的人，动物才永远成为无所变化的或者说少有变化的动物。最为悲悯的，像熊猫、鳄鱼，成了“活化石”。

人类还将不断向前迈进。人类是分民族、国家的。有区分，便有竞争。竞争归根结底是大脑的竞争。

我们的国家相对于美英德法日等国，仍是个穷国。我们的路更坎坷更漫长也更曲折。要走好此路，要开拓更广阔更平坦的路，就要加倍珍惜和充分运用全体人民的智慧，要用脑袋“走”路。

要解决好脑袋“走”路的问题，就要首先解决尊重知识尊重人才的问题。切盼这一方针不要只喊在嘴上，要紧的是落实在行动上。

1993 年 7 月 9 日

思想解放三点论

物质世界需要解放，精神世界需要解放，人类需要解放，人类的思想更需要解放，而且要不断解放。

“解放”这个词现时的中国人最为熟悉。40多年来，文件讲话，报刊广播，“解放”一词出现的频率是很高的。单就解放前如何如何，解放后如何如何的比较，便随时可闻随处可见。这个“解放”表述的是1949年中国政权的更迭和制度的变迁。而广义上的“解放”呢，大家未必深究过，未必能回答得完美确切。如果把“解放”与思想联结起来，人们的不解处便会更多。

一般地讲，“解放”意指打破禁锢，解除束缚，促进进步，它带有认识的飞跃和行为的跨越性质，或者说带有质变革命的味道。

国家的解放好理解，对于感受且切记1949年社会变故的中国人来说，“解放”某个国家某个地区意味着什么，实在不是比1+1

更深奥更难解答的命题。但思想的解放呢？思想是小鸟，又不是小鸟；是骏马，又不是骏马；是虎豹，又不是虎豹。说它是小鸟，因为思想和小鸟一样，需要空间自由飞翔；说它不是小鸟，因为小鸟放出笼子可以自由飞翔，而思想放出笼子，却未必能任意飞腾。说它是骏马，因为思想和骏马一样，不能戴上笼头缰绳，需要松绑，去广阔天地自由驰骋；说它不是骏马，因为骏马脱缰便可蹄下生风，而思想脱缰有时却可能误入泥淖。说它是虎豹，因为它确有凶猛的一面，可怖的一面；说它不是虎豹，因为思想的负面效应作用有限，任何过时的腐朽的思想总难以战胜进步的思想。由此观之，思想解放实在不是一个简单的松绑问题，其内涵意蕴要宽泛深广得多。

思想解放，老牛以为应当包含三层意思：其一，为业已存在的正确精辟的但被歪曲并被诬以种种罪名，进而被打下十八层地狱，而又被实践证明了的正确的思想、正确的理论正名，是为“放”。要理直气壮，大张旗鼓地加以传播推广，并尽快用以指导实践。其二，清除一切“左”的僵化的似是而非的思想理论，清除那些超越社会发展阶段，以马列主义名义出现，却违背现实、违背历史、违背社会发展规律的条条框框、清规戒律，是为“收”。要努力通过清除，使其难以继续存在和传播，消除其对社会实践的危害。其三，建立新的正确的思想理论和社会机制，使新的正确的思想能自由产生、发展、传播和吸收应用，而“左”的右的思想难以产生和弥漫。倘讲境界，这是思想解放的最高境界；若说追求，这便是最高的追求。

不论外国的文艺复兴运动，中国近代史上的几次论争，还是时隔不久的真理标准问题讨论，所要解决的，不外乎以上三个方面的问题。而此次由邓小平在深圳等地谈话所引起的新的思想解放运动，所要涉及的，无疑仍是以上问题。

在思想解放方面，人们容易陷入的思维误区，便是以为所谓解放，便是大“破”特“破”，且只有“破”一项任务。这样认识未免偏颇，效果也并不理想。对于我们这样一个百业待兴，以经济建设为中心的大国来说，思想解放不但要走出误区，全面开展，而且要讲究策略。“破”固然重要，而且容易，但不分步骤，不讲方式的“破”，会引起僵化势力的死命反抗，也会引起一些依附过“左”倾势力的人们的恐惧和抵抗，会造成一定混乱。邓小平老人家讲“不争论”，实在是悟透人生之语。另外，全副精力致力于“破”，也便没有了“立”的精力。因此，“破”首先要“破”那些影响极大极深的“左”的思想、“左”的理论。对其他的，可以先放一放，留待日后“收拾”，甚至可以不予理睬，“打入冷宫”，使其自生自灭可也。当务之急，应是“放”出正确思想理论，创造新的能使社会迅速健康发展的理论。

中国正沐浴在思想解放的春风里，中国也在渴盼新的伟大思想的产生。

1992 年 6 月 16 日

现代中国的避讳

中国是个避讳成癖也成灾的国度，这一点，可以说赶得上我们的国家和民族都不是很多。史学家陈垣先生对中国的避讳有十分精到的研究，曾经写过一部书，描述数千年来中国各色各等各样的避讳，但他也并未完全解决问题，尤其对于现时存在的更加纷繁复杂的避讳，这部书更显得无能为力。当然，这不是说陈垣先生无能，而是中国社会的发展速度太快特别是人心的变化太快太惊人。

中国现时到底有哪些避讳？在下不才，只能简单列举几种。

中国的失业不叫失业，叫待业，或者叫下岗。何谓失业？此问题不难明白，说得简单一些，即失去或者得不到工作，没有收入或者收入不固定，生活缺乏可靠的保障。失业这种现象，在传统的农业社会不多见，在高度发达的现代化国家也不是很多，主要发生在从传统社会向现代社会过渡的国家中，比如马克思在他的鸿篇巨制《资本论》中，对西方资本主义国家发展初期的失业状况就有十分细致而精彩的描述。我国的近代史书中，对于1949年10月以前的失业状况也有详备的记载，比如“毕业即失业”的断语，比如对工人不断遭解雇，劳动者无活可干、无饭可吃状况的揭露，我们都很熟悉。可我们有许多的误区，以为失业现象只有西方才有，旧中国才有，现在绝不存在，也不可能出现。这种认识是不太正确的，甚至是大错特错的。其实呢，新中国的失业现象出现得也不算晚，早在二十世纪六十年代初，就有几百万人被请出工人队伍，几千万人被下放农村。这从一方面看不是失业，这些人还可以去“修理地球”，但从另一方面看毕竟也是一种失业。六十年代中后期，成百万成千万的初中生高中生无法安排工作，也很无奈地尝到了“毕业即失业”的滋味。幸亏想出了“上山下乡，接受贫下中农再教育”的绝招，才算稀里糊涂、马马虎虎地暂时解决了问题，可也深深地埋下了隐患。后来的返城浪潮、“孽债现象”“伤痕文学”等等，都是那时埋下的伏笔。改革开放以来，中国的经济有了令世人震惊的发展，中国人民的生活水平有了极大的提高，这是令谁也不能抹煞的事实。但同时我们也不能不看到，失业现象不但依然存在，而且在特定的历史条件下，还有上升的趋势。失业，是今后几十年困扰中国的重大社会问题之一。一味回避“失业”二字，不是解决失业问题的办法。

中国的落后不叫落后，叫“发展中”。这句话特别在国际交往国际事务中运用得最多。面对别人人均一万多美元的国内生产总值，面对人家较高的文明程度，我们不称自己以及与我们比肩而立和等而下之的穷国为落后国家，而用美妙的“发展中”来掩饰。

当然，相对于某些大步倒退了的国家，我们是发展中国家，可世界之大，几百个国家，倒退的毕竟少而又少，谁不在积极发展自己。即以西方发达国家论，人家也未睡觉，未锁定，也未倒退，人家也是发展中国家。所以所谓的发展中，其实是自己找的下台阶梯，或者说是一块遮羞布。中国人避讳“落后”，意思不大，不如就叫“落后国家”，知耻而后勇，把自己的事情做得更好一些。

中国的失误不叫失误，叫“交学费”。反右中为收拾九十六个右派，结果裹进了五十五万人以及他们无以数计的亲朋；“文化大革命”一场浩劫使中国停滞甚至倒退了几十年，失去了一次又一次极好的发展机会；“大跃进”中砸锅炼铁，砍树炼钢，损失惨重。这一切，被有些人统统称之为交学费。可这学费，实在等于抽干了母亲的血换几枚铜板替子女交的学费，其代价是多么的惨痛！不很好地总结经验，不对错误进行彻底清算，不制定今后不犯或少犯错误的方略，这种学费还是要不断交下去的。果真这样，那是中国人民的重大不幸。

中国的避讳还有许多，比如饿死几千万人被说成“甚至饿死了人”，比如劳动力市场被称为劳务市场，比如毁灭性的十年浩劫被叫作“文化革命”等等，这里就不一一描述与分析了。

避讳一方面看是聪明之策，另一方面看又是蠢笨之举，是自欺欺人。因此，窃以为，在现代的中国，不到万不得已，还是不用避讳的好。实事求是，任何时候都是有益的。

1997 年 8 月 16 日

荒草文字的社会价值

所谓荒草文字，是那些见诸报刊书本，缺少甚至毫无学术价值的文字。

荒草文字的存在，是现代社会的必然现象。因为现代社会的人口急骤膨胀，弄文字的人越来越多；现代社会的书写手段更加方便快捷，弄文字越来越容易；现代社会的媒体越来越多，对文字的需要量越来越大。从人类社会的发展历程考察，文字的增加与人口的增多、时代的发展、文明的积累是同步的，并且呈加速发展趋势。整个两千多年的中国封建社会，其文字虽然很多，但并不是无可计数的。一部《四库全书》，便包容了大部分，至少包容了精华。而近百年以来，保存下来的文字编一百部《四库全书》大概也绰绰有余。改革开放的二十年，文字数量的增长速度更是惊人地快，文化积累的成就蔚为壮观。文字有多种功能：表情达意、记载事迹、文化创造、文化积累、文明传播、谋生手段，等等等等，可以举出很多。但我以为，最重要的功能，是谋生手段。因为知识分子要谋生，所以必须不断地炮制出许许多多的有用与无用的各式各样的文字，这其中有玫瑰文字芍药文字青松文字翠柏文字，当然也就免不了有荒草文字，而且其数量较大，比例较高。

荒草文字不同于垃圾文字，它是一种虽无太大益处但却无害或无大害的文字，它的存在是有一定社会价值的。其价值，在于为为数甚众的大文人小文人们提供展示自己才华的机会、训练自己的机会；在于为文人们提供一份职业、一个饭碗；在于为社会的文化事业披上一层绿色、一件彩衣。这后一种价值，是荒草文字很重要的价值。文人们的才华是逐步形成和发展起来的，即便文豪，也不是一生下来就卓尔不群、出口成章、笔下生花的。不是一动笔就写出名著的，他们也需要锻炼，需要磨砺，也会写出不少的荒草文字。文人们首先是凡人，需要吃饭，需要表现自己，需要获得社会各界的承认，因此他们便会不断写出精彩的和不那么精彩的甚至很不精彩的文字来。这很不精彩的文字，便可以称之为荒草文字。

社会上存在一种成见或曰偏见，以为荒草文字便是垃圾文字。有人还在大小的会议上痛加谴责，或者在报刊上撰文予以抨击，对荒草文字表现出了极大的反感以至痛恨。我以为这有欠平和与公允，表现出某些人甚至整个民族在文化方面的不成熟以至偏激。事实上，荒草文字并无大碍，在很多的情况下，正如上面所言，有正面与正向的作用。比如现时每年出版的数以千计的小说，数以万计的各类图书，数以万计的电影电视剧，精品和比较优秀的比例较小以至很小，大量的，可以归之为荒草文字。这些荒草文字虽无太大的社会效益，但也不能说它们有多少负面效应，更不能说它们有多少破坏作用。我们应当承认这样一个事实，荒草之地总要比戈壁沙漠好。荒草毕竟也是草，也有绿色，有生机与活力，甚至有多姿与多彩。地球上的湿地，被称之为地球的肺叶，对地球的正常存在与良性发展，对一切生命的存在与延续，都有着极为重要的作用。而湿地上的重要成分，便是荒草。地球上的荒草可以压住尘沙，其作用真是不可小觑。那么，社会上的荒草文字呢？我以为也有同样的功能与作用。有了荒草文字，文化界才显出更加的热烈与繁荣，文明的进程才更加神速，这是不容忽视与否定的铁的事实。

对于荒草文字，我们不去提倡它，但也不要过多地去抨击它，让它按照其应有的规律去存在与发展。当然，如果它干扰了精品文字的存在与生长，破坏了文化的有序发展，那就应当动锄头与剪刀了。

1997 年 12 月 7 日

西方特有的弊端与人类共同的弊端

马克思恩格斯列宁斯大林都是揭露西方世界弊端的高手，他们的表述全面、辛辣、深刻，就如剥去了丘吉尔的短裤，让大英帝国在罗斯福面前在世人面前毫无保留。中国人要感谢马克思以及马克思们，因为有了他们，才使我们这些处在“亚细亚”方式的东方人全面地掌握了西方世界的弊端。哲人说过，科学没有国界，大概这句话不是哄人的，而是的确如此。

中国人也有自我反省的必要，因为我们太相信权威太迷信太注重“阶级感情”，所以我们便陷入了一种思维误区，思维过于单一过于片面，太轻信甚至太迷信那些大的小的真的假的好的坏的权威，以为西方世界的弊端是人类最严重的弊端，西方世界所有的弊端东方世界绝对不会出现不会存在，以为中国就是没有弊端的人间天堂。我以为，国人的认识过于幼稚过于肤浅过于绝对。事实上，老马老恩老列老斯等人所揭示的西方世界的弊端东方同样有，而且可能更甚。尤其在中国这样历史悠久历史别扭而幅员辽阔人口众多的国度，弊端可能更多。

西方世界有失业有竞争有垄断有尔虞我诈，东方世界中华人民共和国一项不少；西方世界有卖淫有嫖娼有假冒有绑票，东方世界神州大地不但有，而且程度也不很轻。

人类社会有许多相同的东西，不论西方，还是东方，都有一个呱呱坠地，吃奶，啼哭，尿床，撒野，相恋和失恋的过程，都必须从混沌走向幼稚，从幼稚走向清醒，从清醒走向成熟，从成熟走向衰落以至“死亡”。西方所有的，东方也不可避免；美国出现的，中国可能会重现。只不过发育的早晚和成熟的时限不同罢了。如果我们过分责怪西方甚至讥笑讽刺，那只不过是穿着开裆裤的小孩子讥笑青春期的少男少女，其结果是，用不了太久，自己就明白西方，就会觉得西方出现的一切都那么自然而然，就会觉得自己的幼稚可笑愚不可及。

审视中华，环顾地球，所有我们揭露批判鞭挞讥刺过的西方世界的弊端在中国已全面出现了。这就让中国人大吃一惊，原来西方世界的弊端不是孤立的现象，而是我们人类社会难以避免的共同的东西。这是人类认识史上的一大飞跃。

需要提示国人的是，让我们收起看西方世界笑话的念头，沉下心来，全神贯注地研究和解决我们自己的问题。

1995年3月12日

三寸金莲与自治

著名作家冯骥才以一部《三寸金莲》对中国的“小脚文化”做了细腻透彻形象的描述。中国女人为什么要缠脚？这个问题为史家早已戳破，缠足的目的，在于限制妇女活动，使其更自觉自愿地恪守三从四德的清规，更自觉地依属于男人，做男人的附庸。从这个意义上说，小脚文化是封建文化的极致，是男子夫权思想和极端占有欲及自私心理的产物。如果它可悲可耻，首先是男人们的可悲，男人们的可耻。

小脚文化是一种变态文化。所谓“三寸金莲”，实质上是一双严重畸形残损的脚丫子。其脚骨已弯曲变形，其肌肉已萎缩坏死。其趾甲已向上长而不是向前长。女人们有了这样的脚，便只能足不出户，大门不出、二门不迈，心甘情愿地为男人生儿育女，缝补浆洗，操持家务，并保持贞操，保全名节。

如果男人们坦率地承认残损女人脚的目的，倒算中国人还有份真诚在。但残忍就残忍在，还要为这残损披上美的外衣，以残损残废为美，而且越残损越残废便越美。所以男人娶妻，面孔是否漂亮，身体是否健康，品德是否高尚，性格是否温柔，生活能力大小似乎都可以不予考虑或不予重点考虑，而首先要求脚丫子必须小到几寸。若缠出个“三寸金莲”来，猪八戒的二姨也有人争相求亲，且定会被达官贵人娶去“压寨”。

更为奇怪的是，这种畸形的审美观居然也为女人所接受，成了女人对美的追求。大字可以不识，女红可以不学，但脚丫子却不能不缠。脚的大小成了决定女人命运的第一要义。

功利也罢，审美也罢，束缚女人也罢，取宠男人也罢，为了达到目的，便须动真格的，用三尺布来死命地缠裹。先是男人强迫女人裹，后来是女人强迫女人裹，到最后便是女人自愿要裹。裹惯了，猛然要取缔要放足，也不是一件容易的事，也遭到过包括女人们在内的强烈反抗。

闲话一通“三寸金莲”，并非无感而发。前段时间参加一个会议，有人说，宁夏作为自治区，不但没有用好自治权，还自己控制自己限制自己。彼要我写写此事。老牛退而寻思和琢磨此类自己束缚自己限制自己整治自己，自己给自己戴紧箍咒戴手铐脚镣的事，究属何类，便忽然想起了“三寸金莲”的故事，也便有了本文的题目。

自治中的“三寸金莲”问题与中国历史上的“小脚文化”的相同之处在于同样用缠裹的形式达到使脚畸形残缺的目的，而它们的不同处，却在于没有人强迫其缠足，而要其更加“天足”，但自治者自己却硬要自己裹足。

中央之所以决定成立民族自治区，其目的就是给民族地区以更多的自由度，更优惠的政策，使其具有更多的发展机会和更快的发展速度。但由于长期以来“左”的思想的束缚，“民族区域自治”在很长一段时间并没有真正落到实处，自治政策大多没有执行。改革以来，上面是放权了，但由于人们被捆惯了手脚，放开后便不知如何动作，不是放手大干，而是重新自己将自己再捆起来缠起来裹起来。中央号召干什么，我们的反应通常是冷静到不能再冷静，前瞻后顾，左右观察，步履迟缓。而当中央禁止什么，且主要是对沿海一带发展较快且出现较大偏差的地区时，我们的反应却出奇的迅速，会“令行禁止”，不但禁止，还会倒退几步。经济上如此，其他事物上也是如此。所以很多次的禁令，砍了别人的尾巴，却砍在我们的脖子上。作为我们自己并不学人家“见了红灯绕着走”的应变策略，而是“慷慨赴义”，“引颈就戮”，自己把自己置于死地尴尬之地，且不留半点余地。

很多人反映，如今办项事业，我们自己就通不过，所以根本无法到上面去争项目争资金争支援。我们的许多部门，似乎是专为卡自己而设的，它们不去引导人们想方设法找出路搞建设，做好各种服务工作，而是遇事砍三刀，必致其奄奄一息或一命呜呼方罢手。这种做法，连外面的人们也感到惊奇，他们想支援自治区，而有人却限制接受这种支援。至于有人要冲破樊篱，搞一些更大胆的有别于一般省区的政策，那更是比登天还难。纵观 40 多年的道路，真正的“自治”成分微乎其微，“治自己”的业绩却十分“斐然辉煌”。

“三寸金莲”的时代已经过去。禁止缠足之初，人们特别是女人们并不理解和接受，但天足既成，女人们自觉方便幸福，男人们也感到美在缠裹。那么将“治自己”变为真正的“自治”呢，大概有人一下子接受不了，会出来加以阻挠。而当由于实行自治而民族地区繁荣之后呢，恐怕下至百姓，上至中央，全国的民众都会为之欣慰振奋。为此，我们应当采取有效措施，治一治“治自己”的人，制定和实施一套自治制度，把我们民族地区的各项事业搞上去。

1992 年 4 月 29 日

文字狱与“略输”“稍逊”之相关与不相关

文字狱者，以文字系狱之谓也。有了文字，便有了文字狱，或者说便埋下了文字狱的种子。

文字狱形成的主因是什么，同仁邢魁学以为，在于帝王们（可能还包括某些自称公仆的人）的“略输文采”与“稍逊风骚”，在于他们某些人“只识弯弓射大雕”。何故？因为“人一旦对某事稍逊略输，内里便自惭生，外形如言如形便有忌讳露，于是常耿耿于怀，念念都要寻些别人的疵点”，一言以蔽之，就是因为帝王们妒忌知识分子的才情风骚，便寻他们的短处，便惩治他们（见《银川晚报》1992 年 6 月 7 日一版《稍逊风骚，略输文采》）。此言大抵不差，却也未必尽然。

说历代帝王比之同时代的知识分子文采略输且风骚稍逊，证据不足；说搞文字狱的君主“略输稍逊”，似乎更难以服人。毛老人家赋那阙有关略输稍逊的词，其意在于抒发其睥睨一切的凌云壮志，是将旧时帝王与他自己以及由他代表的领袖群体相比的，并不是拿秦始皇汉武帝唐太宗宋太祖与同时代的文人比。否则，何以得出“数风流人物，还看今朝”的结论。另外，何以老人家讲的“略输”“稍逊”的那几位，又未创造文字狱之最呢？

文字狱于秦朝发端（指严格意义上的），却于明清最盛（非极盛）。最盛的原因，窃以为不在于朱元璋当过和尚，也不在于清朝皇帝们汉学功底不如文人。朱元璋是出过家讨过饭当过下九流，但朱元璋并非没有思想没有才情，他于打江山时所吟的“一夜不敢伸足睡，唯恐蹬倒太行山”的诗句，其感情之浓郁，气魄之恢宏，有明一代，有几个文人能望其项背？何“输”何“逊”之有！比之“飞鸟尽”后藏起的“良弓”和“狡兔死”后烹掉的“走狗”，又怎能谈及“输”“逊”之类言词！

清朝康熙乾隆等皇帝在儒家经典方面的功力，也不在因文字狱而被诛的那几个人之下。观北京故宫承德避暑山庄，浏览一下清史稿，可以看到清朝皇帝个个能书能画能吟诗作赋，其水平之高，可以称得上诗人画家书法家，有的还是思想家。有清一代，又有多少文人在这些方面能超得过帝王，能招致帝王嫉恨！

文化水平的高低，毕竟是人能力的一个方面。对于帝王来说，似乎可以说不是最主要的方面。只要能纳谏，能“亲贤臣远小人”，能做到大事清楚小事糊涂，江山可基本无虞。贵为一国之君，又何必在文化方面与文人比高低并进而嫉妒杀灭文人。作嫉妒观，委实太小瞧和冤枉了帝王们尤其冤枉了明清以来的帝王。

那么，文字狱盛行的原因何在？在于封建社会的“烂熟”，在于封建专制主义走向了极端。文化的专制，仅仅是政治专制的表现而已。“维民所止”的考题，被怀疑是要砍雍正皇帝的脑袋，雍正想到的，是犯上作乱危害社稷，而非文人才高于己。“清风不识字，何故乱翻书”的词句，触动的是满族统治阶层唯恐丧失政权的神经，是让他们感到了异族的不满乃至反抗，而非“不识字”的讥诮造成的愤恨。维护统治，稳固地位，保“根子”而非顾面子，概文字狱形成之主因。古今中外，概莫能外。

欲防止文字狱的再生与大兴，要害在于建立高度的社会主义民主，在于走出封闭的政治圈而非文化圈。当然，文化在政治现代化过程中的作用也不可低估，更不可无视。但把宝完全押在文化上，认识不到文化的相对独立性和某些时期的滞后性，那是要误大事的。

对于未来，我与邢君同怀乐观，相信以后会好。但这个“以后”是多久，我心里没有谱。我想，这个问题只有12亿人共同来解答，才答得好。

1993年8月18日

一种极其危险的情绪

改革开放十数年，中国的社会生活发生了极其重大的变化。商品经济发育了，贫富差距拉开了，党风的某些方面也不尽如人意了。对于这些现象，是之非之辩之赞之叹之咒之者均有。如此巨大的变化引起的动荡和思索、评议异彩纷呈，合乎情理。究竟如何评价这段历史，如何看待当今社会存在的某些现象，选择怎样的发展道路，理论家和公众都在思索探讨。

近日去一些地方调查，所闻令人震惊。个别人说：“现在贫富严重不均，钱都到了个体户私营企业主手里，应当采取类似解放初没收资本家的办法加以解决。”还有人说：“党内不正之风屡禁不止，贪赃枉法、行贿受贿之风愈演愈烈，看来党内确实存在一个资产阶级，应当像过去那样搞群众运动，整整他们。”这种观点代表了一部分人对当前国家经济政治形势的看法，也表露了他们的认识水平、社会思想和利益要求。这种思想，是极端偏激和错误的。

错在何处，相信理论家们能做出准确而有说服力的解答，我只想从另外的角度谈点感想。

我国正处在社会主义初级阶段，经济发展水平很低。个体经济和私营经济作为社会主义公有制的必要和有益的补充，还须在一个相当长的时期存在和发展下去。个体和私营经济中存在许多问题，其收入偏高，给社会带来一些不良影响，这是事实。但这些问题只能依靠健全法制，采用税收杠杆和其他手段去解决，万万不可断绝这种经济形式的生存。否则，影响国民经济的发展自不待言，那么多的劳动力，你又往哪里安置？社会又谈何“安定团结”！

党内一些人搞腐败，理应惩治。但绝不可用极“左”的眼光看问题，妄称“党内有个资产阶级”。党是无产阶级的先锋队，是本阶级的代表。党内会出现若干异己力量，但不可能形成另外的阶级。对腐败分子，也只能采取行政和法律的手段处理，该批评的批评，该处分的处分，该撤职的撤职，该法办的法办。但无论如何不能出“搞运动”之下策。这一招，实践证明不灵，而且太损！中国人，中国大批无辜的人，有多少被形形色色、奇形怪状的运动所伤害？不是成百上千，而是成万上亿！如果搞运动，挨整的难道只是腐败分子？恐怕整红了眼，好人也难幸免。更可怕的是，如果“运动”成了“常规武器”，“运动”的因子渗入每一个中国人的骨髓，那么像“文化大革命”那样的灾难和耻辱就用不着“七八年来一次”了，很可能两三年甚至七八个月就得来一次。果真如此，中国还能发展，还能成为民主、文明和富强的社会？恐怕做梦也办不到。

人们啊，警惕“左”的死灰复燃！

1992 年 5 月 24 日

脑袋这东西

脑袋，即动物的首级。人与其他动物的区别，恐怕主要不在于几条腿走路，而在于脑袋的不同。动物的脑袋主要用于进食，而人的脑袋除了吃饭以外，还能思想，并用语言表达思想。这是人类的幸事，也是人类的不幸。

人的脑袋究竟是干什么的？先哲们认为，主要用于思想。在他们看来，没有思想的人无异于行尸走肉。但皇帝老儿却不这么看。几千年的封建社会，历代臣民几乎等同于皇族放牧的一群牲畜。所以，直至现在，传统观念的影响仍然根深蒂固，中国的老百姓仍把脑袋称为“吃饭家伙”。在很多人的心目中，人生最大的悲哀，就是“吃饭家伙”被搬掉。而千百年来人们忍辱负重、忍气吞声所要保全的，也只不过是“吃饭家伙”而已。有谁听人讲一个人被杀，其被搬掉的是“思想家伙”抑或“说话家伙”！可见中国人从未正视、珍惜过脑袋的思想、语言功能。即便像谭嗣同、李大钊、夏明翰、瞿秋白、张志新等革命者的被杀，国人又有几个意识到他们被搬掉的是“思想家伙”，是国之瑰宝，而不仅仅是吃饭家伙的？历史的悲剧在于，他们自己注重的倒是思想的权利，语言的权利，而对脑袋的“吃饭”功能并不十分在意。九泉之下，他们会怎样看待后人？

几千年的封建社会，限制脑袋吃饭以外功能的办法很多，最绝的一招，是以头禁头，即砍下不安分者的头颅，悬诸城门，杀一儆百。知识分子为了保住“吃饭家伙”，只能是“苟全性命于乱世，不求闻达于诸侯”。不安分者也有，如宋朝的范仲淹，就曾发出过“不直言，毋宁死”的令今人也为之毛骨悚然的呐喊，也有过为思想、为语言而丢掉脑袋的仁人志士，但为数太少，终未形成气候。而“文字狱”等阴影几乎笼罩了一切时空，令多数人不能有健全脑袋吃饭以外功能的欲望，不敢越雷池半步。“文化大革命”十年，七八亿人只用一个脑袋思想，其余的，只能用来吃吃饭，说几句“今天天气哈哈哈”之类的简单语言，或被迫喊“万寿无疆”。有不甘于此者，只能落得彭德怀、张志新、遇罗克的下场。

中国的儒生，读万卷经书，通百家之学，但也不过是“书架”“书库”而已。从此角度看，任何大儒也比不上今日一个只识几个字甚或不识字，而敢于对社会阴暗面来一句国骂者。历史的进步就在于此。十年改革，最大的进步是人的头脑的解放，或者说，是脑袋思维与表述功能的恢复。这几乎可以说是中国真正的希望所在。

人的脑袋将会进化，还是退化，我难以断言。脑袋这东西究竟是什么？随着中国社会从传统型向现代型过渡，需要国人仔细琢磨一番。

1990 年 9 月 28 日

路不是脑袋走出来的

脑袋与脚，是人之两端。两者殊为高贵，似不言自明。脑袋乃思维中枢神经中枢，脚不过是脑支配下的“工具”而已。当然脚也有过比脑袋辉煌的岁月，而且为时不短，那便是原始社会的早期与中期。其时人类以猎取野兽和采集野果为生，大脑的重要性尚未显示出来，而腿脚却关系着人类的生存。故那时的人们，还未将脚鄙弃到必咒以“臭脚”的程度。

人类的文明史，便是头与脚宠辱尊卑的分化史。到了孔夫子的时代，便有了这样的定语——“劳心者治人，劳力者治于人”。“心”者，实乃大脑之谓也；“力”呢，当然主要包括手脚在内。这一定律，被沿用了几千年，于今为甚。

当今的时代，确实是一个需要大脑高度发达与充分应用的时代，一个“点子”层出不穷、越出越妙的时代。脚呢，是否也需要，或者更需要，似乎没有人对此问题感兴趣。

所谓知识就是力量，智慧就是财富，决策等于效益，在一定意义上是正确得无可挑剔的。但如果将其推向极端，可能也有不那么正确的一面，比如时下有一种现象，便令人不十分踏实。一说改革，一说建设，遍地都是“诸葛亮”，都是谋士智囊。有些人三天一个大“点子”，两天一堆小主意，似乎人人都不甘于“劳力”，而千方百计停下手足，只拍大脑，只动口舌，要去“治人”。万不得已躺不住时，也只是原地踏几步，做做样子。这种现象，虽未成为瘟疫，却也到了该重视一下的程度了。如果听任这种流弊蔓延，长此下去，人类将可能退化，从站立的形象变成全身着地仰卧不动的形象。真到了那时，再好的“点子”恐怕也比不上还能挪动的脚后跟了。

脑袋与脚，虽有区别，但对人来说，却又缺一不可。思，重要；行，也不次要，或可曰更为重要。一位哲人说过，一个行动胜过十大纲领。这句话可以说是至理名言。

目标已经确立，实现目标，需要的不是喋喋不休的争论与华而不实、不断翻新的点子，而是脚踏实地的行动。千里之行，始于足下。就让我们也发挥一下脚的作用吧。毕竟，路是走出来的，不是想出来的。

1992 年 9 月 17 日

走的人多了，也便没了路

鲁迅先生有句名言，给人以极其深刻的印象。鲁迅说：“其实地上本没有路，走的人多了，也便成了路。”人容易犯极端化和片面化的错误，对于名人名言的信仰和信赖更是如此。活了三十多年，我就从来没往更深处想过，路与人到底还有无其他关系。

前几天看了一组漫画，竟有与读到鲁迅那句名言时同样的感觉。该组画有三幅，第一幅是一片麦田中有一人走过，踏出一条路；第二幅是有两人从另外的方向走过，踏出另两条路；第三幅是一群人在向不同的方向走，不见了麦田，也不见了路。到此，作者便将“走的人多了，也便没了路”的思想活脱脱表现了出来。我十分钦佩这位不很知名的画家，居然有着如此深邃的思想。是的，路与非路是相对的，到处都是路，到处都可走，或者说到处除了供交通外再无其他用途，说到底其实就没有了路，没有了前途。

社会一次次地分工，有了士、农、工、商等社会成员与群体的分层分野。欲为士，便需学。拜师傅，进学堂，便成为一条路。这条路咱们的老祖宗走了几千年，基本是宽畅与平坦的。历史推进到 20 世纪八九十年代，情况却发生了严重变化。中国的青年学子通通往大学考场走，每年几百万几千万人往这条路上挤。成功的，是极少数。对大多数人来说，这不是路，是独木桥，是死胡同，甚至是悬崖峭壁。中国的青少年如果一辈辈如此走下去，那情形要比范进们走科举之路可怕得多。对于我们的国家我们的民族来说，将学子们只往这一处引，迟早会没有了路。从欧洲文明史的轨迹看，没有一个成功的民族走的是我们当前所走的这条路，这应该说是对“新科举”极好的证伪。

成年人何尝不是如此。一讲重视学历，便有了不伦不类的学校、班级，便发出了几十万几百万不伦不类的文凭，便有了超过真知识分子数量的假知识分子。于是乎，知识分子头上的光环悄然滑落。一提评职称，便有了这个师那个师，有些所谓的“师”，大字不识几个，实在没什么本事，带累得真“师”们也一听“师”便觉得掉份屈辱难过。一提倡“下海”，不论属“鸭子”，还是属“鸡”，不论生长在北方还是南方，不论胖子还是瘦子，便通通跳进了“海”里。有些地方本没有“海”，也没有“湖”，仅有些许黄泥汤，许多人也要凑热闹捞一把抹在身上。水里全是人，人的海淹没了水的海，还怎么游泳？又如何捉鳖捕鲸？

鲁迅当年说那番话时，心情是很悲壮的，是抱定了在黑暗而又荆棘丛生的旧中国踩出一条光明大道志向的，是富有感召力感化力的，是寓意深刻影响深远的。那么，我们今天悟出并大声疾呼，“走的人太多，也会没有路”，这对于克服当今中国的一窝蜂和大呼隆心态和行为，也有着极其重要的意义。

虽然，那位漫画家和我们都人微言轻，但很多的盛世危言、警世恒言和醒世通言便是小人物喊出的。微人之轻言也是要听的。陕北农民李有源就说过“东方红，太阳升”如何如何的话，采纳了，传播了，效果很好。当然，对说太阳上有黑子的话，也要听一听，这也许是社会发展所必不可少的。

1994 年 3 月 31 日

踩别人入泥的危险

中国人的劣根性中，有一条叫作窝里斗。窝里斗的方式很多，比较典型的，是踩人入泥。就是通过各种方法，采取各种手段，将对立面或并不对立，而只是比自己才能高成绩突出的人贬得一文不值。这种贬损，可以是现实贬损，也可以是历史贬损。现实贬损者，即谓别人并无真才实学，徒有虚名而已，其成果，也不值一提，没什么了不起。还可以造谣说，此人之所以受重用，所以出名，就是因为能溜会拍投机钻营。历史贬损者，即用放大镜从别人的历史中找出一个小污点，言此人在娘胎里就是一个坏种，出世以来没干过好事，现实的表现完全是装出来的。或者诋毁说，此人有才无德，不可重用。

对于踩人入泥的含义，以上解释是非常抽象和笼统的，现实生活中的踩人入泥，要生动得多复杂得多直观得多。阅读书报，观看影视，留心周边，便不难发现，中国人踩人入泥的事例是何等的多，频率是何等的高，结果是何等的惨。且不提反右扩大化中的大量冤魂，也不论十年浩劫中的无数屈鬼，仅就领袖人物论，被踩入泥中的也为数不少。刘少奇不但被打成了中国最大的“走资本主义道路的当权派”，而且被断定其历史上就是一个“叛徒、内奸、工贼”；彭德怀因上万言“陈情表”而罹难，连长征中“谁敢横刀立马，唯我彭大将军”这样有结论的历史人物，也被推向反面，言他在长征中有重大问题。至于贺龙，那结果更惨，被骂作土匪，最后饿死在土牢里。40多年的历史，单有头有脸声名显赫的人物被踩入泥中的，就不计其数。其踩的方式方法过程结果，各有特色，其材料编一本踩人入泥大辞典也绰绰有余。

改革开放以来，人际关系大有松动，但踩人入泥的事仍时有发生。一些大胆改革，奋力开拓，锐意进取的人，被流言蜚语搞得心力交瘁，苦不堪言。

被踩入泥的人固然悲惨，但踩人入泥的人呢，也并不见得毫无损失。观古往今来的“踩人”活动，这一“伟业”实际上也有不小的危险。

危险之一，是将别人踩入了泥中，自己也便站在了泥上，甚至自己也半截身子陷在了泥里。说这个人不行那个人窝囊，但自己又确实不如人家，在别人看来，你也不过是窝囊废中的一员而已，而且不可救药，实实在在如孔夫子所言之“朽木”与“粪土之墙”。诬陷别人为这分子那分子，自己也可能被戴上被诬陷者的帽子。“文革”中有一人说这个是叛徒那个是特务，后来革命小将反问，你怎么知道得这么清楚，你肯定也跟特务组织有联系。而我们的小将和一些老将把贺龙骂作土匪，贺龙震怒地问，如果我是土匪，这共产党的历史还怎么写？是啊，如果真将贺龙视作土匪，我们的党岂不又离光荣伟大远了一步！

危险之二，是今日你踩人，明日很可能别人踩你。踩你的人，可能是被你踩过的人，也可能是同辈后辈效尤者。你说别人的坏话，别人也会说你的坏话；你造别人的谣，别人也会造你的谣；你算计别人，别人也会算计你。“文革”时陈毅元帅说过一句非常朴素但又不同凡响的话。他说，你们不要乱整人，整人对你们也没什么好处。延安时期某某整过人，他现在不是也被人整了吗（大意）。此言此事，够我们凡人琢磨一辈子警惕一辈子的。

踩别人不能抬高自己，抬别人才能使自己更高。所谓水涨船高，人抬人高。人类只有互相扶持，才能使自己的前程更加美好。正如一支歌里唱的：“‘人’字的结构是互相支撑。”最后还是引用一句鲁迅的话，奉劝那些踩人入泥者，“捣鬼有术，也有效，然而有限，所以以此成大事者，古来无有”。对丁同道，应当宽厚宽容为好。

1992 年 12 月 1 日

伟大中的平凡及其启示

俗话说，仆人眼里没有伟人。其原因，除了仆人因素质局限难以透过琐屑的表象看到伟人本质的超常的不同凡响的方面外，确实有距离太近，因而失去“美感”的因素。但主要的，与仆人、与公众的眼光无关，而是伟人在其某些伟大处之外，确实平淡无奇，与常人无异，某些方面也许还赶不上常人。比如孔夫子，不就是老农说的“四体不勤，五谷不分”吗？比如斯大林，在他女儿斯维特兰娜眼里，是个嗜杀成性的暴君；比如陈景润，许多方面还赶不上小学生；比如中外古今的许多政治家军事家科学家，均有极其普通甚至引人失笑的地方。伟人也是人，可以说你有什么缺点，他们就有什么缺点；你没有的缺点他们也可能有。那种以为伟人处处不同凡响，一举手一投足都超群绝伦出类拔萃的说法，只能是一种善意的想象，一种意识中的神化。

近日与朋友一起宴请在当今中国响当当的“点子大王”何阳，

使我对“伟人”平凡一面有了更深切的感受。何阳是个智者，但其体魄的瘦弱，让人见了为之担心，甚至心疼；何阳可以为企业搞一流的策划，以提高企业及其产品的知名度与美誉度，但面对满桌的美味佳肴竟然对纤纤女士大谈桃花源那两寸多长、满树满地乱爬一踩啪啪作响的毛毛虫，表现出少有的没有常识；何阳已很有成就已名声大振，但还是以出身高知名门来衬托自己；何阳是事业上的成功者，生活上却显示得不那么成功，报刊曾大肆渲染的那位小他十多岁的夫人又在与他商讨“独立”。我想何阳虽有许多的弱点暴露在我的面前，但他可以说是缺点较少的名人“伟人”。

看到名人的天然不足，或生活中的欠缺，并不是轻视藐视名人，而是悟透人生人世的需要。伟人也是人，伟人和我们同有肚脐眼。换一个角度看，只要努力，伟人做到的，我们平常人大约也可以做到，或者说我们也可以做他们所做事业的某些方面，可以达到与他们相仿的一定的高度。即以何阳论，他的点子很多很妙，但许多的点子，说开了，就跟哥伦布往桌子上蹾鸡蛋一样，没什么特别的神奇，一般人的智力均可以达到。比如他为香港厂商出的将皮带内侧印上刻度的点子，为石家庄糕点厂出的将中秋月饼制成军功章式的点子等等，只要动了脑子，具备了一定的商品知识和市场知识，懂一些消费心理学，大约一般的人都可以想得出。

人类在自己成功的过程中，最大的障碍就是缺乏自信心。因为不自信，人们不知埋没了多少的天才，人们只是在扼杀了自己的想象力创造力之后，心悦诚服地膜拜寥若晨星的名人伟人。这是人类发展史上最为遗憾的事情。

一般地说，社会经济水平越高，社会的民主化气氛越浓，社会的文明积累越深厚，就越容易造就人成就人，越容易打破伟人的神话，使群体成功。但在中国，情况却不全是这样。文明的积累，伟人的堆积却给我们带来了一个个沉重的精神包袱，使我们对许多事物更觉神秘，更不敢去进取。很多人只能经常发“眼前有景道不得，崔颢题诗在上头”的慨叹。我想，如果有必要继续进行观念变革的话，对伟人以至“伟业”的神秘与膜拜应当是一项不可排除的内容。要让炎黄子孙们树立舍我其谁的意识，藐视权威的意识，再造辉煌的意识，让整个人类在平凡中呈现伟大。

1995 年 3 月 31 日

走出中国与走出中国文化

有朋友要去美国留学，正在跑签证。像这样的事，在中国每年成百上千，已不算稀奇。目前中国的出国留学者、访问者、定居者有几十万人当不在话下。而想走出中国去开眼界，去留学，去定居者到底有多少，不敢妄下断语，但上亿人是不成问题的吧。

我以为，走出中国是件很了不起的事。想走出中国的人一般是眼光比较远，志向比较大，胸怀比较开阔的。只有不思进取如清朝皇帝般的人才愿意封闭心灵，坐井观天。人类社会是一个整体，一个国家、一个民族只有打开国门，横向联系，参加国际经济文化大循环大交流大碰撞，才能求得经济的更快发展，文化的更快繁荣，人民生活水平的更快提高。这是不言而喻的。所以对那些尽自己最大努力到国外去闯一番世界的人们，我是极为尊崇的。

我理解，走出中国，其核心在于走出中国文化。更明白些说，即走出中国的传统文化，走出故土难离、随遇而安、夜郎自大、故步自封、轻外排外、尊王攘夷、缺少风险意识和冒险精神、动辄以

“四大发明”遮羞等等的落后意识与落后文化。当然，也有些走出中国的人是奔西方的物质文明而去的，没有自觉“走出中国文化”的意识，但其潜意识中却不容置疑地有这一因素。而且，物质文明中本身就含有精神的文化的因素在。对西方物质文明的推崇与追求，某种意义上也便蕴含着对西方优秀的精神与文化的推崇与追求，也就从某种意义上意味着对中国传统文化中不那么光辉一面的厌倦疏远与抛弃，意味着某种程度上走出了中国文化。

想走出中国文化的人很多。出国的人想，出不了国的人也想。其实我以为，走出中国文化不只是走出中国一条路，在国内同样可以完成这一壮举。现在的地球被称作“地球村”，人类的信息交流文化交往已经十分快速简便，各种文化的交流每时每刻都在公开地大张旗鼓地或潜移默化地进行。只要留心留意，只要对各种先进的意识先进的思想先进的文化不抱偏见成见，只要不陷在中国传统文化的小圈子里墨守成规孤芳自赏，只要肯于并善于学习，就可以掌握多种为时代所需要的文化，就可以成为“世界人”。

当然，不走出中国而走出中国文化，其难度要大得多。因为靠媒体传播的信息毕竟不似亲身体验来得直接，印象也不会那么深刻，但这也是没有办法的办法。

我的朋友要走出中国了，当然他会走出中国文化；我这辈子是无可奈何的“铁杆爱国派”，踏不出国门了，但我会努力走出中国文化。就以我的遗传基因，我的阅历，我是走不出太远的。但能走多远我也是欣然的，因为我想走而且迈步了。

1995 年 4 月 4 日

昆明池水与人的肠子

牢骚者，气话怪话也，不满不平之语也。生而为人，除了傻瓜哑巴精神病，不发几句牢骚的恐怕不多，或者说难以找到，所谓“物不平则鸣”是也。

牢骚的存在是好事还是坏事？估计有三种回答：好、坏、不好不坏。但我的意见是前者：好。牢骚的好处，是双向的。对于发牢骚者来说，可以倾诉冤屈，吐出不满，消解不平；可以淡化苦涩，化解尴尬，平衡心理，慰藉人生。由此观之，牢骚有益。对于被发牢骚者来说，既然自己站在上游站在主动地位，而且极有可能或多或少有意无意损害了别人的利益，对别人造成了某种程度的压制和伤害，让人家说两句发泄不满的话，使对方的怨愤及时得到宣泄，避免积累和激化矛盾，对自己无疑也是十分有利的，是最佳选择。由此反观，牢骚没有太大的坏处。

发牢骚者有古人，也有今人；有凡人，也有名人。司马迁的

《报任安书》大概就算得上牢骚，或者确切地说是一种超级牢骚。诗人柳亚子也不能免俗，也发过牢骚，而且让人瞠目的是，他居然将牢骚发到了最高领导人的头上。因此他被对方训导：“莫道昆明池水浅，观鱼胜过富春江。”而且被训示：“牢骚太盛防肠断。”对于古今中外关于牢骚的案例和经典之语，见仁见智，可以各持己见。消极一点说，可以不去理会它。

对于牢骚，我可以说既不见仁，也不见智，仅有陋见而已。我以为，那句“牢骚太盛防肠断”的警句虽然看起来似乎不够大度，但实际上其中不乏真情和真理。牢骚可以发，有时还必须发，但发多了，可能会导致断肠。一方面，如果牢骚越发火气越盛心情越悲心绪越坏，可能会因之气滞气郁气淤，扭断了肠子；另一方面，牢骚之声如果让对方听到，特别是让心胸狭窄气量狭小之辈听到，则可能会想方设法扯断发牢骚者的肠子。其实历史上因这两个方面而葬送前程乃至葬送生命的可以说不计其数。文学史上有这殇那殇，如果作一篇“牢骚殇”肯定也会十分精彩，可惜老牛不具备这方面的实力，否则这个点子也不会轻易示人。

世间不可能断绝不平之事，自然也就不可能断绝牢骚。不论你高兴不高兴，赞成不赞成，拥护不拥护，答应不答应，牢骚会与人类共存。作为一个中国公民，我只希望这个世界上，特别是这个国度里，不平之事尽可能少一些，不满之声也便会相应地小一点。如此，也便是人类的幸事了。至于我，即便有不平事，可能也不会发太多的牢骚，因为我知道我的弱点，我的肠子不够结实。

1996年3月9日

中国人的“子”字心理

中国古代的人对“子”字有着特殊的崇拜，其政治思想、伦理道德、宗法观念等等方面均以“子”字为尊。

中国某些人愿意当“儿子”。就连至高无上、说一不二、吐口唾沫即为钉的皇帝老儿，也膝盖发痒，要为自己找一个生父之外的老爹——苍天去跪拜。历代的皇帝们均以“天子”自居自傲自得自安。当了“天”的儿子，就可以统辖海内，为所欲为，做了大事小事好事坏事均是“替天行道”。“天子”腹胀矢气，也是神的旨意，是刮神风。天子可以令诸侯。退而求其次，似曹操般挟天子也可以令诸侯。

皇帝不但愿意做“天”的儿子，有时小国弱国之君还愿做大国强国之君的儿子。只有屈膝当儿子，才能稳坐皇帝宝座。比如石敬瑭，便是有名的儿皇帝，为此还为中国文化遗典上增加了个“认贼作父”的成语。

旧中国的老百姓，包括有较高文化修养的儒生，也不反感皇帝视己为子，且愿意自称“子民”。这类自卑自贱的称谓，在历朝典籍中汗牛充栋，甚至在最有人民性的文人墨客的字里行间也可以找到。倘皇帝老儿或某一官员自诩“爱民如子”，百姓并不以为受了污辱，而是认为莫大的荣幸。这种现象用社会心理学的方法去分析，可视为心理未断乳。人们没有独立人格，总想依靠点什么，去寻找安全感踏实感，于是便想起小时做儿的甜蜜。

现代的许多中国人，公民意识、独立人格依然薄弱。对于如何影响国家机器的运转和历史的进程，人们并不关心、不研究，更缺少行动，而只满足于做“人民的儿子”“祖国的儿子”“大地的儿子”“黄河的儿子”。一个泱泱大国，国家大事只由少数有“父亲”意识的人们去议去定去实行，这便是人多而智慧并不高超的潜在原因之一。

中国人当然也愿意做“老子”。所谓“皇帝老儿”“朕”“寡人”，即是典型的“老子”意识。当老子自有当老子的好处，说白了就是“老子说了算”。一个国家，“皇帝”说了算；一个单位，头儿说了算；一个家庭，“父亲”说了算。人们争强斗勇时，出口也是“老子”如何如何，仿佛压抑了一世的雄性此时才真正得到了体现与宣泄。

当“老子”的另一个好处，是做错了事可以得到别人的谅解。“老子”办错事，那是天经地义的事，“后辈”们说不得什么。即便有几个心有不满者，也不敢溢之于面，泄之于口。俗话说，一入龙门，身价十倍。一做了“老子”，就有希望达到“天下第一”的境界了。

中国的学人们也在崇拜和追求着一个似清楚又很模糊的“子”字。比如春秋战国时代各个学派的创始人、代表人，即被尊为“子”，遂有“诸子百家”之说。一提孔子、孟子、庄子、墨子，后辈学人们便有一种深深的敬意。其尊敬，是深入骨髓神经、发自内心深处的。打笔墨官司时，引一句“子曰”，便是隼式导弹、飞毛腿导弹，必致对方于惨败之地。在学术领域，这个“子”，是可以和“天子”等量齐观的。这个“子”，似乎也是“老子”的特殊形式或曰变种。

中国人之于“子”，感情可谓深矣！

1992 年 4 月 18 日

破坏与创造的统一

有人说，不破不立，破字当头，立也就在其中了。也有人说，不立不破，立字当头，破也就在其中了。这两种说法不好说哪种对，哪种错，只能说都有一定的道理。

破坏与创造有时是极为统一的。破坏为创造奠基，为创造提供条件。破坏的过程就是创造的过程，创造的过程也就是破坏的过程。比如石灰岩地区，流水破坏山体，却创造了溶洞，创造了石钟乳、石笋、石柱，创造了鬼斧神工的自然奇观。比如地震，会造成山崩地裂、房倒屋塌、人畜死亡的悲剧惨剧，但它却在地下形成了新的构造，新的矿床，形成了地震湖。比如地壳运动，会造成这样那样的破坏，会形成新的断层、褶皱、向斜、背斜、帚状构造，这些东西是破坏，又是建设。这种变化，会形成新的油贮构造，新的矿石矿床。比如火山活动破坏了沉积岩，但却形成了火山岩，形成了角砾云母橄榄岩、金刚石、石英金脉。

战争使社会遭受破坏，同时又促进着社会的统一与进步。一部人类发展史，没有战争的时间极少。不论全局性的战争，还是局部战争，不论国际战争，还是国内战争，总是在不断地进行着。战争是残酷的，它杀伤人员，毁坏财物，破坏生产。战争使成千上万的人丧失生命，失去亲人。使社会生产力遭受严重破坏，使无数人流离失所，生活无靠。战争也使社会文明遭受重创，使人们的道德水平严重下滑。但是，战争也实实在在地推动着科技的进步、生产的发展，战争也在打破旧的社会秩序，改变着旧的上层建筑和生产关系。很多的战争之后，便是科技的迅猛进步、生产力的飞速发展、人类生存条件的极大改善。发生于上个世纪的两次世界大战，对于科技和生产力的发展的推动尤其明显。

中国的史无前例的“无产阶级文化大革命”，被一些学者和政治家认为是20世纪与纳粹暴行同样严重和丑恶的两大灾难。这次万劫不复的十年浩劫，残害了无数的知识分子，残害了无数的政治家，残害了无数的人民大众，严重地破坏了生产力，严重地破坏了文化事业，也更为严重地破坏了世道人心、道德规范。但是，十年的磨难，也让中国绝大多数的人从剧痛中清醒，开始反思，开始觉醒。于是，中国有了关于真理标准的讨论，有了新的思想解放运动，有了中共十一届三中全会，有了改革开放，有了社会主义市场经济，有了小康，有了举世瞩目的成就。中国今日的辉煌，与昨日的阴暗有着一定的天然的联系。

明白了破坏与建设的辩证关系，我们才能不一味地沉溺于对灾难的抱怨，才能从灾难中反思，从灾难中清醒，从灾难中崛起。才能从灾难中挖掘财富，从失败中总结经验，把今后的事情做得更好。

当然，对于人生来说，尤其对于个体的人生来说，灾难总是可怕的，是需要尽可能地加以避免与消弭的。如果避免不了，也消弭不了，那么就正确对待吧，将消极因素转化为积极因素，将破坏性因素转化为建设性因素。

2002 年 1 月 20 日

处江湖之远的心境

历史上脍炙人口的名言名句极多，让知识分子最为刻骨铭心的，当有宋代范仲淹《岳阳楼记》中的那几句，如“居庙堂之高则忧其民，处江湖之远则忧其君”，如“先天下之忧而忧，后天下之乐而乐”，等等。这些朴实的语句，读来让人有种深深的凝重与悲壮的感觉。

但仔细琢磨一下，我以为人们对范仲淹语句里所蕴含的思想与意识的理解未必很明了。也许有一部分人有与范老先生相同的情境感受与共鸣，大多数的人，缺乏相同的情境，因而感受是浮浅的隔膜的甚至是虚假的。

比如“居庙堂之高则忧其民”吧，“庙堂”者非一般之堂也，乃“总统府”“相府”“省长府”之类也，这种地位感、责任感，这种眼界，这种胸怀，或者说这份得意，不要说一般知识分子与平头百姓，就是“县太爷”之类小官也未必能具备能感觉得出来。这种“忧”，应当是把握全局的“大忧”，一种总体的考虑与安排，而非一般的嘘寒问暖与妇人之仁。

再比如“处江湖之远则忧其君”，这里“处”和“忧”其实均有两层意思，不同的人有不同的“处”法和“忧”法。范仲淹藤子京及历朝历代无以数计的遭贬官员，其“处”法，是被贬谪流放。他们的伤心处，在一个十分传神的“远”字，即被皇帝从感情上疏远，而非仅是地理上离京城离万岁爷遥远。他们既有遭贬的委屈不平失望，有从高位跌落下来的失落痛楚，还有痛改前非乃至取媚圣上，求得谅解，以期东山再起的宏愿，有含辱忍垢，等待新君特赦并擢拔的期待。当然，也有对君王的昏庸不满，为朝廷的政策担忧，对百姓的苦楚同情等复杂感情。但不管怎么说，他们的“处”境，与老百姓穷知识分子乃至小官吏相比，还是要优越得多。他们还有一定的俸禄，还有东山再起飞黄腾达的机会。他们的“忧”可能有三层意思：担心君王不体恤百姓而官逼民反，担心皇帝被外戚或宦官蒙蔽而走向昏庸，担心皇帝不能给自己“平反”并予重新起用的机会。

普通的知识分子以及黎民百姓的“处”法，是本身就在“庙堂”以外甚至小衙门以外，离皇帝老儿从来就没有近过，没有由天上落到地上的失落与创痛，身份卑微而处境艰难，所以忧自身者多，忧自身的心思多，而“忧君”的人“忧君”的心思均不那么稠密。所“忧”的内容呢，主要也是期望皇帝皇族以及官府能使政治廉洁、社会安定；能轻徭薄赋，给百姓以生存与喘息的权利。这种“忧”说小也属最小，说大也算最大，因为这种小我意识实际与大我概念是对接的。与遭贬的官员们对君的“忧”相比，境界不会低多少，有可能还要高一些。

“处江湖之远”，各有各的处境，对“君”便各有各的“忧”法。知识分子的弱点，在于不分情境，将一切“忧”的角色全担当了起来，因此焦虑得过度，烦躁得过度，因而在言论和行为上表现得过急过激，以致牺牲了自己。历朝历代知识分子们的一些凄惨的故事听起来总让人有种莫名的痛楚与痛惜。知识分子们其实对范仲淹的有些话应持保留态度，切不可以全盘接受，不可以失去自我保留与自我保护的意识。既然“处江湖之远”，不妨持平静与淡漠之态度。

1995 年 4 月 11 日

第三辑　社会民生

中国人的“宰一刀”

中国历史上武士豪侠多，流氓草寇也多。替天行道的，打富济贫的，打家劫舍的，鱼肉乡里的，横行天下的，五花八门，杂色纷呈。历史就是历史，毕竟过去了，豪侠也好，草寇也罢，统统成了历史陈迹。其事迹，无非给小说家和影视导演留下了一些饭碗而已。

侠客与草寇们是作古了，但其“精神不死”。现代的中国人，像继承其他封建文化遗产一样，也原原本本地把流氓意识和流氓精神继承了下来。虽然今人绝无古代剑侠的好武功和特异功能，既不能日行八百里，也不能遁地入土，更不傻乎乎地去“替天行道”，但其“宰”人的本领之大，观念之新，手法之高妙，都远非古人所能比拟。

被国人弘扬的剑侠精神的“精华”之一，是“宰”一刀。北京东站旁边的几家饭馆，卫生既差，饭菜质量又低劣。有的从市场拣来烂菜叶，加上一些肥肉猪皮，弄成包子到处叫卖，使得人人吃了人人骂。有人对店主说，就你这样还想有回头客？店主笑答，一个人吃一次就够了。好一个“宰一刀”精神！十几亿中国人中就算是有百分之一的人吧，每人让他“宰一刀”，也能使他肥得流油。

这些痞子“宰”人倒也罢了，要命的是社会的各个角落，各个细胞似乎都充斥着这种“宰”人精神。商店卖货，谁买“宰”谁一刀；检查工作，大吃大喝，“宰”下级一刀；承包企业，追求短期效益，拼光设备，花完企业积蓄，装满自家腰包，然后欣然离去，结结实实“宰”了国家一刀。现在“刀子”满天飞，很多人都想“宰”别人，好多人被“宰”了一刀又一刀。

人人“宰”人，人人挨“宰”，形成了连环“宰”。票贩子高价倒卖车票，一张70元的车票竟卖1000元，“宰”了商贩。但商贩有话：“上车人宰我，下车我宰人”。他会算账，也会补偿，他会把损失加倍转嫁给消费者。会“宰”人的人是不会吃亏的，吃亏的只是本分老实缺乏流氓意识不会“宰”人的人。你既无“刀”，又不谙“宰”术，你不受害谁受害！呜呼，我们自己可怜，我们自己却有时不知。每日引颈向刀，每日鲜血淋漓，终因习惯了，反不觉痛、不觉痒、不觉愤怒。这正如身上爬满了虱子臭虫，大的在咬，小的也在咬，咬得多了，也就不觉得在咬。今日一个包，明日又一个包，满身伤疤，还疼什么？痒什么？早麻木了！

事情往深里一想，不由不使人悲从中来。“宰”我者竟是我的同类，我的同胞。你“宰”我，他“宰”我，我“宰”他，到底动因何在？我们为什么要挨“刀”？我们何时不再挨“刀”？我们的子孙会不会也挨“刀”？不想也罢，一想便头痛冒汗打摆子。我这是自讨苦吃，读者若不想痛苦，就不要学我，不要想这些乌七八糟的事情。什么“宰”不“宰”的，不去想它，便感觉不到它的存在；感觉不到，便没有痛苦；没有痛苦，便会有快乐滋生。

1989年6月23日

人民的感觉、感受、感知、感情如何界定

人民的含义是随时代发展而不断变化的。在放松了绷得过紧的那根想起来便教人战栗的“阶级斗争”的弦之后，是否可以对人民下这样一个定义：人民者，公众也。在13亿人中，属于人民范畴之外的人是有的，但绝大部分（量化的说法是99%）是属于人民范畴的，这也许不会有错。

对于人民，历朝历代的统治者似乎都不敢怠慢。封建主义时代孟老夫子曾说过：“民为贵，社稷次之，君为轻。”他所谓的民，亦可作人民解。唐朝著名宰相魏徵将百姓也就是人民比作水，说“水能载舟，亦能覆舟”，规劝皇帝皇族统治者善待黎民百姓人民大众。在资本主义时代，资产阶级提出“民本主义”，西方的社会契约论等等自不必去说。在中国，资产阶级民主革命家孙中山先

生便提出了著名的“民主、民权、民生”的三民主义。客观地讲，资产阶级虽然有其虚伪的一面、残酷的一面，但不能说他们没有一点儿人民性。当然，要说人民性最强的，当数我们共产党。我们党的宗旨，便是“全心全意为人民服务”，“一切从人民的利益出发”。在改革开放的新的历史时期，我们党在为人民服务方面，更有了丰富的内容，即把人民满意不满意，人民高兴不高兴，人民拥护不拥护，人民赞成不赞成，人民答应不答应作为一切工作成败得失的标准。这一标准有好几个方面，似乎很具体。但仔细想想，似乎又有抽象的一面。就是说，这只是一个框架，如何很好地予以操作，还须花大气力去研究，去实施。

我们所遇到的第一个问题，是如何界定或者说感知人民的感觉感受，怎么才能知道他们高兴不高兴，拥护不拥护，赞成不赞成，满意不满意，答应不答应？比如说，物价成百分之二十多地涨，城市部分青年失业，农村几千万劳动力剩余，部分企业拖欠工人工资，拖欠退休人员的生活费，治安特别是农村治安状况恶化，等等，人民的感觉如何，不知我们的有关部门知晓不知晓？是怎么知晓的？如果高兴、赞成、拥护、满意、答应，其程度是多少？如果不高兴、不赞成、不拥护、不满意、不答应，或者不太高兴、不太赞成、不太拥护、不太满意、不太答应，其程度又是多少？我们所获得的信息准确吗？

我们所遇到的第二个问题，是即便能获得一些信息，对人民的感觉感受有虽不能量化但大致可以定性较为准确的把握，我们的当政者又如何来对政策和政策的执行环节做恰如其分妥帖得体的调节？这一切，不能不使人忧虑担心甚至悬心焦虑。

百分之百地说，把人民的感觉和反应作为衡量决策成败得失的根据，是完全正确的，是顺民心得民意的，是合乎辩证唯物主义和历史唯物主义的，也是我们共产党人的一大创造。但是，好的正确的辉煌的方针原则不会自行发挥作用，要靠施政者去执行或监督执行。当前社会上确实存在不少人民感觉不那么舒服，感受不那么良好，感情不那么认同的现实，应当对此予以准确了解。了解的渠道可以多一些，除了原有的渠道，是否将舆论环节、人民代表收集意见等环节更重视运用一下？在准确掌握民心民意的基础上，是否对恶性通货膨胀、失业、社会治安等人民极为关注和意见较大的问题下决心予以较好的解决？我们切不可以把将人民的感知、感受、感觉、感情作为衡量工作成败得失的话只喊在口头上，而不去实行，或不认真实行。人民的心是不能伤透的。“得民心者得天下”，此老话不老，分量很重啊！

1994 年 12 月 11 日

中国人生气了

说台湾有个龙应台未必准确，因为在台湾担任几年教授，刮了一阵“中国人，你为什么不生气”的龙卷风后，龙应台随丈夫移居德国，而且写出了同样脍炙人口的《人在欧洲》。那么说德国有个龙应台，或者说世界有个龙应台怎么样？也未必准确，因此姑且采用现在题目的说法。

台湾有个龙应台，用写诗一样的笔法写杂文随笔。一部《野火集》，使每一个黄皮肤黑头发的炎黄子孙感到心灵的震颤。虽然处在不同的地域不同的层次，看问题有不同的方法不同的角度，但对龙应台在那一篇篇笔意纵横、洋洋洒洒、浓情重墨的美文奇文中所流露出的对时弊强烈的不满对民族未来的焦虑，却普遍能够感受或感应得到。尤其那篇《中国人，你为什么不生气》，让人过目虽不一定能成诵，但却轻易难以忘却。

说到中国人的劣根性，其中有一条，便是中国人的麻木。对大事或小事，对历史或现实，对国事或全球之事，均持茫然态度无所谓态度。中国近代一个文化人周树人，也就是大名鼎鼎的鲁迅，将此定义为“看客心理”。

说到“不生气”，说到“麻木”，可以举出无数个例子，古代的、近代的、现代的，大陆的、台湾的、香港的，老人的、中青年的、少年儿童的，男人的、女人的，可以随手拈来，不费吹灰之力。龙应台写那篇关于生不生气的文章时举出的事例，在她已觉愤怒难忍焦灼难当，而在我们这里，在很长的一个时期里，那又算得了什么？比乱扔垃圾污染环境严重十倍百倍的事无人问无人管的现象不说比比皆是，也可以说司空见惯。要说中国人的“不生气”，以大陆为甚，我想这绝对不是诽谤。

但令人十分欣喜的是，这十几年中国在悄悄地发生着变化。仔细观察和思索一下，就会发现，现在的中国人开始变得容易“生气”了。

龙应台所谓的“生气”，我以为就是对国家前途民族命运乃至人类前景的思考把握，就是政治学所谓的参与意识和行动。眼下的中国人参与的意识确实比以前强了许多，当然这种参与不是“大跃进”时砍树垒炉的盲动，也不是“文化大革命”时跳“忠”字舞的狂动，而是一种在民主和文明程度均有提高基础上的理性参与，是制度化过程中的自觉自主而有序的参与。

中国人生气了。中国人开始反思思想禁锢的弊端，开始倡导解放思想，转变观念。于是出现了一批又一批理论思维的新成果，理论反过来又推动了实践。

中国人生气了。中国人开始厌弃僵化的体制和陈旧的模式，开始进行全方位的，包括经济、政治等各个环节的改革，使生产力获得了空前的解放，使社会生活呈现空前的宽松，使各行各业呈现空前的繁荣。改革改出了无穷的活力。

中国人生气了。中国人开始憎恶封闭的思路封闭的环境，开始力主开放，打开国门，放眼看世界，接受世界的先进文化、先进技术、先进设备，开始在市场经济等方面与世界接轨联网，使中国走向了世界，世界走进了中国，消除了中国与世界间人为的自我设置的障碍，把中国送上了更加宽阔的舞台。开放使中国英姿勃发。

中国人生气了。开始向贫穷、愚昧和落后开战，开始更加起劲地追求文明、民主与富强。如果龙应台再次来大陆，她有不满的地方，她会找出中国人该“生气”而没有“生气”之处，但她一定会明显感到，中华民族在最根本问题上，在最关键的时刻“生气”了。能够“生气”的民族是绝对有希望的民族。对此，龙应台一定会持赞赏态度。

1995年3月30日

尊重人然后尊重人才

中国有个很好的传统，即尊重人才。清代诗人龚自珍有一名句“我劝天公重抖擞，不拘一格降人才”被广为传诵，广为征引。中国人不但有尊重人才的传统，而且深以此为荣，经常自我标榜。这并无不妥，至少无大不妥。但也有不那么完满的地方。

不完满在何处？我以为我们中国缺少尊重人的传统。

封建社会视人民为草民。人的地位、人的价值如同野草，轻民贱民无以复加。虽然有过“民为重，社稷次之，君为轻”的呼声，但声音太孤单、太微弱，未形成什么气候。所以封建社会贬个人鞭笞个人甚至杀个人都极为平常容易，没什么难办的。所以封建社会男人可以被割掉生殖器成为太监，女人则被缠成“三寸金莲”，牢牢依附在男人身上。皇帝以下都是奴才。官至一品二品，见了皇帝，也得说“奴才该死”。当官的甚至当衙役的，见了百姓，则又是大爷，在他们心目中百姓该死。很长一个时期，中国人缺乏平等意识，缺乏发自内心的、有政治学理论滋养与支撑的平等精神。中国人要么是爷，要么是孙了。对别人，要么卑躬屈膝，点头哈腰；要么神气十足，颐指气使。个体对个体如此，群体对群体也是如此。

共和之后，中国人有了“人民”的概念，中国人对人的尊重有了进步，中国人有了更多的人本意识。但遗憾的是，在此方面的进步似乎并不大，或者说不很大，对人的重视和关怀仍似不够。为政治目的，可以不顾及人的生活质量，甚至可以舍弃人的生命力。一个“三年困难时期”，死了不少人；一个史无前例的“无产阶级文化大革命”，又死了不少人。眼下呢，不重视人的事也时有发生。轻视人的观念并未从根本上得到扭转。

尊重人才是很好的观点，很好的战略。但我们不能仅限于尊重“才”。人才人才，才是依附于人的。要尊重人才，首先要尊重人。只有全社会有尊重人的普遍而深刻的意识，尊重人才才能成为自觉意识与自觉行动。否则，有权“尊重”的人高兴时“尊重”，不高兴时就不尊重，甚至可以随便贬损、污辱、流放、杀戮；高兴时可以捧人才上天，不高兴时可以玩于股掌之间，震怒时可以贬之入地。人才之所以如此的“不值钱”，关键在于“人才”中的“人”字成分太少，对人过于轻视忽视以至蔑视，对人的尊重极度不够。因此，要真正做到尊重人才，首要的是尊重人，把人当人看，把人才首先看成是大写的人，从人文的角度予以关怀。只有这样，尊重人才才能从口号变为行动，才能从随意行为变为制度行为，才能创造人才辈出的良好环境。以歧视一般人大多数人的办法来体现对某些人（人才）的尊重，是万不可取的。

2002 年 12 月 1 日

呼唤平民意识

平民者，普通百姓也，普通人也。有别于贵族，有别于特权阶级，有别于达官贵人。

平民意识者，则是一种对自己、对他人、对社会的定位与视角，与人们自身的地位有关，也可能无关。本是平民者有平民意识的，也有缺乏平民意识的；本是非平民者有没有和缺少平民意识的，也有极具平民意识的。平民意识一方面决定自己如何面对他人，面对社会；一方面决定如何对待他人，对待社会。

一个民主意识强烈，民主传统久远，民主基础深厚的国度，人们的平民意识必然强烈，官员们也基本具备平民意识。而在具有专制传统的国家里，官员自然有等级意识，普通民众的等级意识则更为强烈。缺少的，是强烈想得到的。因等级低而受压迫，想提升等级免受压迫并压迫别人。民众们想方设法要摆脱自己低贱的地位，要通过科场或别的途径攀上高枝，成为达官显贵。最不济，凑点钱，也要捐（买）个官。这些人一旦有了官位，比出身显贵者更无平民意识。

在中国，平民极多，但平民意识却极度缺乏。平民意识在官场极为稀缺。许多官员，包括芝麻绿豆官，只要大小有顶帽子，便神气十足，便觉得自己高人一等，便不愿让人提及自己寒微的出身，便想让人们以贵族视之侍之。官场这样的事例极多，让人好笑，让人无奈。比如沈阳市委书记慕绥新，到哪里都要警车开道，前呼后拥，到北京首都机场也要让专车开到机翼旁，威风凛凛地下飞机。他披着黑风衣，戴着墨镜和白手套，俨然黑社会老大。还有一些官阶极低的官员，摆起谱来也很了不得。其实，这些摆谱的官员，大多是农民子弟，即便不是农民子弟的，上推三代，也大多是农民，没几个有“贵族”血统的。可他们当了官后，却缺少以至没有平民意识，要做老爷，要装贵族，要将自己和公众区别开来。平民意识的缺乏与丧失，是“全心全意为人民服务”难以真正落实的原因，也是官员们难以把持自己，少数人走向堕落的原因。当今之际，为民计，为国计，为官计，都应当呼唤平民意识的培养。平民意识的强化，将有利于国家和民族的当前和未来。

2004 年 8 月 16 日

反向支持

毛老人家说过一句名言：凡是有人群的地方都分左中右。这话你可以同意，也可以不同意。但如果说人类社会避免不了不同意见，避免不了形式和程度不同的对立，你可能不会反对。严重的对立有，不那么严重的对立也有；对立阵营之间的不同意见有，同一阵营之内不同的意见也有。

其实，要是看开了，对于存在对立面和相反的意见就不会大惊小怪。事物是相对应相对立而存在、发展、变化的。正与负、冷与热、胜与败，相对应而存在。某种意义上，一方的强大会带动另一方的强大，一方的消减以至消失，也会引起另一方的消减与消失。对立势力与相反意见的存在，是思想趋于成熟，理论臻于缜密，社会趋于文明的必要因素。

反面意见是对正面意见的支持。当一种思想、一种理论、一种政策在酝酿中或出台后，需要肯定，需要赞美，但更需要的是批评，是挑剔，是提出不同的看法。只有有足够多、足够尖锐的反面意见，正面思想、理论、政策的创造者、制定者在广泛听取了反面意见之后，才能做到心中有数。因为反面意见实际上是探了盲区，蹚了雷区。如果对方说得对，你的思想理论政策需要改进，那么你可以省去探索、优化的成本，稍事努力，便可进入更高境界。倘对方所挑的毛病无碍大局，或是鸡蛋里挑骨头，你不但可以不予置理，而且心里要踏实得多。证伪的工作，由别人帮你做了，岂不快哉？

对立面是一种相互的反向支持。狡兔是走狗的反向支持，乱民是地方官吏的反向支持。如果狡兔全死了，走狗就没有了用处，就要被豢养者“烹”而食之了，皮也会被剥下来充当人的褥子。如果“乱民”“土匪”之类全被剿灭了，地方官吏便没有了“要枪要粮要子弹”的理由，也便没有了讨得朝廷特殊支持的借口，官吏本身也会被朝廷忽视以至轻视。

竞争对手是彼此的反向支持。竞争是残酷的，有时甚至是你死我活的。竞争有时有双赢，有时则会分出胜负。但没有了竞争，社会便会死寂，各方均会消沉以至消亡。比如阿拉斯加的鹿和阿拉斯加的狼，是生存竞争的一对矛盾体，但彼此是难以分开的。没有了鹿，狼失去食物会饿死；而没有了狼，鹿会大量繁殖，鹿之间争夺草料的竞争会加剧，会吃光草场，最终难以生存；没有了狼，鹿会安全感骤升，会懒惰起来，失去野性，失去活力，疾病会增多，物种会退化，鹿群会因此面临灭顶之灾。

人类社会的竞争也是一样的，有些行业只有扎堆，只有形成了一定的规模，才会有好的市场前景。比如餐馆，并排立几家，人们才愿意去，如果街角处孤零零立一家餐馆，人们是不愿也不敢去就餐的。这是由一种消费心理决定的。

人类有对立面，有不同意见，这是一种宝贵的资源，一种良好的社会机理，要理性地看待与对待。

2004 年 3 月 28 日

农民与病

近日，中国的大报小报都在报道，言“中国农村一半农民看不起病”。看了标题，我有些惊，也有些怕，还有些迷惑。事情真有这么严重？这是否是“副旋律”言论？媒体如此报道，等待他们的将是什么？但仔细看，消息很可靠，很权威。消息是新华社的电稿，发布此消息的是卫生部副部长朱庆生。“中国农村有一半的农民因经济原因看不起病”之类的话是他在2004年11月5日国务院新闻办举行的新闻发布会上说的。

朱庆生敢于如此说，自有他的角度，他的依据，他的道理。他是在探讨中国新型农村合作医疗问题，他曾在农村工作并多次调研，他所得出的结论是残酷的，使人心灵震颤，心灵不安：中国中西部农民因看不起病，死于家中的比例高达百分之六十到百分之八十。这个比例与旧中国比是个什么情况，与改革开放前比是什么关系，与国外比又说明什么问题，我心中无数，因为我不掌握材料，难以作纵向横向的对比，但这个数字确实是令人百感交集的。试想一下，中国是一个人口大国，中国的农民应该有八九个亿，一半就是四个多亿。四亿多人看不起病，其中许多人病死于家中，这对于几乎要以强国富国自居，对于为改革开放与经济快速发展倍感自豪的中国人来说，无论如何不是一件轻松的事。

朱庆生的结论是否真实可靠？我想问题应该不大，因为他有他的依据，有他的理论体系。他的逻辑是：《中国统计年鉴》和《中国卫生统计年鉴》（2004 年）记载，2003 年我国农村居民家庭人均纯收入为二千六百二十二点二元，农村居民平均住院费用二千二百三十六元，在农民的人均纯收入尚包括实物收入的情况下，可以说，农村居民如果生了大病，农民一年的现金收入尚不能支付住一次院的费用。

看了新华社的这篇报道，我有许多的感慨。我想，中国人真的务实了，中国官员真的关注民生了，中国的政治环境真的宽松了。如果中国人不务实，完全可以歌功颂德歌舞升平，只说好的不说坏的，管他什么贫富悬殊东西部差距，管他什么农民负担农村贫困，管他什么坎坎坷坷矛矛盾盾，只要强势群体日子过得滋润，局部地区实现了现代化就够了。

如果中国的官员不关注民生，作为卫生部副部长，为中国的面子计，为自己的乌纱计，可以只说我们的东西部医疗条件如何的好，我们的某些人（大官大款大腕之类）享受到的医疗保健一点儿也不比西方发达国家差，甚至比他们好。可以只说总体上我们的医学进步、医疗条件的改善，而不提及农民。但卫生部副部长却以忧国忧民之胸襟，说出了实情。虽然他立论的落脚点是“疾病是中国农村居民致贫或返贫的主要原因”，但是如果给他戴帽子，打他的棍子，也易如反掌。比如可以问，难道中国的农民个个都在生病吗？难道生了病一定要住院吗？难道住了院非花两千多元不可吗？等等。记得解放初有些有识之士为农民请命，就被身居高位者点过批过，并且遭到了严厉的迫害。朱庆生坦言农民问题，官德高尚！

如果中国的政治不开明，政治环境不宽松，不要说朱庆生不敢说，媒体不敢报道，就连统计员恐怕也不敢拿出真实准确的，有可能给什么什么抹黑的数据。所以说，中国真的进步了，从上到下进步了，无论官府，还是民间；无论百姓，还是官员。

最后，我还有个感慨：在中国，解决农民的问题实在是太难了。现在问题揭出来，它的严重性严峻性以及它对社会的危害性大家也清楚了。但问题怎么解决？对此，新华社没有报道，朱庆生似乎也没讲。那么到底怎么办呢？我想，听之任之，或者敷衍过去，恐怕不是上上之策。要动点儿真的了吧？不知“有关部门”是怎么考虑的，我们只能为农民祈祷，为中国的稳定与可持续发展祈祷。

2004 年 11 月 1 日

法兰西等国的农民

有感于卫生部副部长朱庆生言中国一半农民看不起病，写了一篇小文《农民与病》。之后呢，关于农民的问题在脑际盘桓，挥之不去。由中国的农民，我想到了外国的农民。

外国我去的不多，看到的农民也不多，且不直观，不具体。在德国，农民于牧场旁边种一些玉米，作为饲料。德国的土地是耕种一年，休耕三年。所以，德国可以说已经没有严格意义上的农民。德国的粮食、蔬菜、水果主要依赖进口。与德国比邻的法国，是个工业强国，也是个农业大国。在由荷兰经比利时去法国的路上，我们看到，其风光与德国、荷兰等国不太一样。除了树种上有不少从俄罗斯引入的白桦树外，其丘陵上森林覆盖率低，大多被开垦成了耕地。在国内，我们看到黄土高梁上随山势而成的坡地时，总认为我们的农民太懒，没有修水平梯田，但看看法国，也不过如此。比较陡的地块，坡度有四十五度。区别在哪里？在于中国的坡地产量极低，且常常绝收，而法国的坡地却种什么长什么，长什么成什么。何故？不在于农民的素质不同、技能不同，而在于老天的不公。中国的黄土高原是干旱区，降水量极低，在集中降水的三四个月，暴雨冰雹，常常造成灾害，冲毁农田。而法国，水量充沛，且和风细雨。在欧洲，有许多世界知名的河流，却没有什么知名的灌溉设施、灌溉体系，不是他们创造不出都江堰文明，而是他们不需要。我在法国看到的农民，是使用农业机械的农民，是三五成群装束像游侠、像猎人，手持猎枪，消灭野兔和大老鼠的农民。法国的农业在国民经济中占有重要地位，法国出口大量农产品，而农民，在许多方面得到政府补贴。所以，法国的农民不会因负担过重而生活贫困，更不会因为收入低下等原因而看不起病，住不起院。几年前我曾去过日本不太发达的地区岛根县，那里的农民也很富有，因为政府保护农业，保护农民。农产品价格很高，政府对农民进行补贴。在一些比较落后的国家，比如吉尔吉斯斯坦和哈萨克斯坦，为祝贺东干人生存一百二十周年，我曾与那里的东干农民有所接触。他们的生活虽不十分优裕，但相对比较安逸，农民的生活与医疗有一定的保障。因为国家在做支撑。

相对地讲，中国是个有着悠久历史的农业大国，但农民问题长期没有得到很好的解决。而外国的农民，尤其是西方发达国家的农民，因为其历史渊源和发展水平，所以生存条件相对较好。这与社会制度无关，只是社会发展程度问题、政策去向问题、人文关怀强弱的问题。相信随着全球经济社会的进一步发展，各国政府政策的进一步优化，法国等国农民的生存和发展条件将会更好，中国农民的生存和发展条件也会逐步得到改善，朱庆生副部长所言之中国一半农民看不起病的问题，也会得到相应的解决。

2004 年 11 月 18 日

说共同性就是创造性

共同性与创造性以及它们之间关系的各种推理定义，均属哲学范畴。老实说，我不大懂哲学，除了“世界是物质的，物质是运动的，运动是有规律的，规律是可以被认识的”这一方程，再要在我脑袋里找几个哲学细胞，怕是一件十分艰难的事。但对于哲学，我有时也还有那么一点兴趣。如对于“共同性就是创造性”这样有悖中国人思维习惯思维模式的断语，我不仅玩味了，而且予以全心的接纳。

创造是一种高尚、高贵、高雅的劳动。一般地说，创造性寓于求异性。只有独辟蹊径，发前人所未发，才能创造；只有进行逆向思维，对已有文明成果重新进行审视，对之进行部分的否定，才能进行创造。从某种意义上说，“异端邪说”便是创造的前奏，“大胆假设，小心求证”也是创造的途径。所以，求异性是创造的生命，创造的源泉。

那么求同性对于创造的意义呢？似乎两者绝不可能结合，求同是创造的死地。长期以来，人们的认识大体如此。但是，任何事物都具有两面性，哲学的精妙处便在于此。向蛮荒之地落后人群移植一种文明，或者反过来说，落后国家、落后地区、落后民族向先进国家、先进地区、先进民族学习借鉴甚至搬用文明成果，从形式上看，这是求同。但这种求得的共同性，对于特定国家、地区和民族的历史发展来说，又有着极其强烈的纵向求异性和创造性，是对思维定式的背叛和对已有阻碍社会发展的条条框框的扬弃。这种创造，虽然形式上是一种移植，但却蕴含着很深的勇敢精神和创造精神，或者说是一种再创造。其价值，从另一个角度看，远远高于原发创造。马克思提出了无产阶级革命的学说，这是一种创造；毛泽东通过苏联将这一理论引进中国并予以实践，这毋庸置疑也是一种创造，其创造性更为深刻。

对于共同性就是创造性这一命题，过去我们是不承认的，或者说尚未意识到。因此，对于“拿来主义”，我们总是感到心虚，感到羞羞答答，我们将很多精力放在了不必要的“独创”上。改革开放以来，我们某些地区某些人也片面理解了“特色”，以为“特色”者，便是一切求异，一切同别人不一样。这无异于关闭了窗子，封锁了道路，捆住了手脚。如果不对这种“创造性”或曰“独创性”泼一点凉水，我们将会走更多的弯路。

承认某种意义上的“共同性就是创造性”，我们的视野就会更加开阔，我们的道路就会更加畅通，我们的步伐就会更加快捷。

在目前的条件下，我们求什么样的同？窃以为，我们当前的中心任务是建立社会主义市场经济体制，努力发展生产力。在这方面，我们是后来者。西方发达国家已搞了几百年的市场经济，已积累了一整套成熟的理论与规则。对此，我们可以少花点气力去重新研究，根据我们的情况，根据我们的需要，有选择地拿一些过来。对于其他人类文明成果，可否也作同样的“拿来主义”的处理？我以为是可以的。至于如何拿，拿来以后如何鉴别取舍，如何吸取其积极成分而化解排除其消极因素等问题，是要研究，但那已不是这一区区小文的任务。

1994 年 12 月 1 日

不需救治的社会疾病

生老病死是人类不可抗拒的自然规律，推延开来，这也是所有生命体乃至星球宇宙等非生命体的发展演化规律。再往外生发呢，人类社会也是如此，没有例外。

疾病的产生是自然而合理的。老百姓说“人吃五谷而生百病”，这也许有正确的一面，但不能说完全正确。因为细胞乃至人体各种器官都必须经历一个产生、成长、衰退以至死亡的过程，在其发展过程中当内部运动紊乱或受到外部非正常因素的干扰侵袭时，就会引致病变。社会也一样，没有弊端不出毛病的社会是没有的。有些问题与社会的产生俱来，如人的盲肠阑尾；有些则是其过程中不断出现的，如人的感冒。有些是只要注意保养、预防就可以避免的；有些则是任你如何注意营养卫生保健体育锻炼也难以防止的。因此，对社会上存在的问题不可以太神经过敏，不可以稍有不正常就愤怒异常、绝望异常。

疾病是可以致人死命的，但绝非全部的疾病均能导致死亡。比如人的感冒发烧，几片药几支青霉素就可消除，甚至拔拔火罐睡两三天也可以解决。又比如脚气，比如慢性鼻窦炎，比如十男九有的痔疮，比如人人几乎都患的轻度慢性胃炎，等等。这些病只要注意控制一下即可，根治有的可以，有的不行。但不根治也绝对要不了命，也不会加速死亡。现在人们对社会上的治安混乱、物价上涨、失业等问题非常关注也非常忧心，这是必然的，因为它们已超过了社会肌体忍受的程度，有了癌变的可能。可对另一些现象，比如某些地区某些人们的道德滑坡等也同样感到不解决不足以平人心，这种想法动机是好的，但必要性不大。花太多的精力去解决这些问题，反而会影响了抓主要矛盾。

某些社会疾病是难以避免的，也是不必花太大气力去救治的，确立这样的观念，标志我们民族的进一步成熟。理性地对待社会矛盾和各种复杂的社会现象，将会使我们排除各种纷扰，集中力量做好富国利民的各项工作。

1995 年 3 月 8 日

且说“民工”一词的社会歧视性

“民工”“民工潮”“关于使用民工的管理办法”“关于春运期间的民工流动问题”等等的词句在中国可以说已经极为流行。不少人虽然老在说“民工”如何如何，可事实上对“民工”一词的内涵却未必十分清楚。何为“民工”，简单地说，所谓“民工”，就是农民中出来打工者，是农村剩余劳动力的一部分，是城乡长期分离与隔绝的产物，是一种身份的称谓，身价的标志。

从伦理及其法理的角度看，老牛感觉“民工”一词带有中国户籍管理上的一贯性和身份上的歧视性。在我们中国，尤其是现代，“工”（广义的，即持城镇户口的）与“农”只不过一字之差，而有天壤之别。在城市人心目中，农民嘛，那就是固守在小山村里，日出而作日落而息，面朝黄土背朝天的“地球修理工”，是吃不了供应粮享受不了国家现代化设施的人，是在“全民所有”的国度里对非农业的其他行业均“无有”的一大群人。

农民似乎不能离“土”。过去离开本地到外面找点活干甚或逃荒要饭，被称为“盲流”。这“盲流”一词，从字面上看好像是“盲目流动”的意思，但实际上其内涵更深刻。深刻到什么程度，小品《超生游击队》中宋丹丹说过，“盲流”听着跟“流氓”差不了多少。

改革开放以来，农民似乎多了不少自由，那种将他们固着在土地上一步也不许挪动的“超经济强制”力有所松动，农民也可以干其他事了。可你孙猴子哪怕有七十二种变化，你也逃不出如来佛的手掌心。农村有人唱歌唱出了高水平，还是个“农民歌手”，农村有人画画画出了国际水准，仍然是“农民画家”，农村有人办工业搞商业搞出了成绩，却依然是“农民企业家”。就是说不管怎么折腾，“农民”两个字是不能轻易去掉的。这种固执和偏见根深蒂固，难以更改。

为什么说“民工”一词带有歧视性含有贬义？因为从社会发展的角度看，一个开放的社会、市场经济开始发育的社会，公民既是国家的主人，又是劳动力资源。不论原来是干什么的，既然是劳动力，便是平等的，便不再分什么“城工”“民工”。关于“民工”的划分是极不科学极不合理的，对于“全民所有”“国家主人”等等的社会法则是一种讥刺和嘲弄。

“民工”一词的歧视性，并不是人为的歧视，而是一种现实存在对历史存在的歧视。这种现象的消失，有待于农村的工业化和国家的现代化，有待于市场经济的进一步发育和完善。

如果把一切推给历史，推给客观条件似也不十分公允。毕竟世界是人类主宰的，人应当负点责任，人应当有所作为，因此我希望从现在起人们在改善农民处境的同时，对于诸如称谓等方面软件性的问题，也应予以应有的关注。最好是早日废弃那些带有歧视性或有歧视之嫌的“民工”“民什么什么”的称谓，把一切都纳入现代文明社会现代市场经济社会的范畴。如此一来，不亦善乎。

1995 年 3 月 15 日

“农民之子”式的自慰公式

中国是一个以农民为主体的国家。为数八九亿的农民不用说，即便是都市里自我感觉已成“洋人”“贵族”的人们，三代以上，甚至两代以上，也大多是“高粱花子”“泥腿子”。中国几千年的历史，大体是一部农业史农民史。工业化只是很近的事，历史极为短暂。现代化呢，还仅仅是个目标而已。

作为农民或者农民的后代，没有什么不光彩的。我们不能因遗传基因里有了太多的泥土分子，因而背上沉重的自卑包袱。当然，也不能就此满足，不思进取。更不能以此自豪，鄙视现代文明。应当承认这样一个事实，在我们这样一个具有长期农业与农民传统的国度里，小农的小富即安思想和意识极为浓郁。

小农意识浓郁的表现之一，便是“农民之子”式的自慰公式。有许多人，从农村考入中专、大学，然后进入城市，从事教学、科研和行政等工作。当取得一点成就，或当了个七品八品的芝麻小官，或写了几篇文章，评了个讲师副教授工程师之类的职称，便不想再吃更多的苦，做更多的事。这些人常用的自慰方式是："我一个农民的儿子能有今天，行了！"

人对自己的现状满足，一方面说是好事，是个人心理平衡、社会安定团结的必要条件。可另一方面，如果满足到了就此罢手、坐享已有成就的地步，那对社会来说，也未必是件好事。

一个农民儿子如何如何的说法，并不那么科学。其实农民的儿子是能干大事的，几千年的人类文明史，不就是靠无数个农民的儿子在推动吗？陈胜、吴广是农民的儿子，刘邦、朱元璋是农民的儿子，毛泽东、朱德也是农民的儿子。这些伟人且不去说，就是近代以来的科学家思想家，其中也不乏农民之子。

做一个农民的儿子不容易，尤其是在工农分野很大的社会条件下，农村的条件比之城市，相差甚远。农家子弟要挤进城市挤进工人队伍知识分子队伍实在不易。可挤进来了，不妨做更多的事、更大的事，就不要满足已有的生存和工作条件，更不要满足已经取得的成就。我以为，我们应当有点"王侯将相宁有种乎"的气概。我们是农民的儿子，不是农民，不能眷恋"三十亩地一头牛，老婆孩子热炕头"这样的连现代农民都不再眷恋的温馨，沉下心来，再向前闯，闯出一条更加宽广的路。

1996年1月21日

落后地区的先进

马克思的辩证法真的十分高明，世间一切事物都是相对的，“先进”和“落后”即是。离开了具体的环境，没有了参照系，你就很难说哪个地方或者什么人先进，或者说落后。中国20年前很穷，所以国内地区与地区之间、人与人之间穷与富、先进与落后（不是指“政治”上的）的分野便不十分清楚。改革开放仅仅二十年时间，中国就大变了，西部地区便成了名副其实的落后地区（本文将一些地域上不属西部但经济不发达地区统统归入西部范畴）。说西部地区落后，作为这里的一分子，承认起来虽觉得委屈、凄苦甚至屈辱，但事实就是事实，不承认又有什么用。好在鄙人学过辩证法，在辩证法里找到了安慰，找到了荣耀和自豪感。

西部落后不假，但西部的人并非个个落后，有些人，东部的人也没几个能比得上。

说起气魄来，原云南红塔集团的总裁怎么样，一两千万已揣进了腰包，要是检察机关动作再慢一点，一千多万美金也顺利转移到境外，存到了瑞士银行褚时健账户上。广西玉林地区公安局某副局长怎么样，受贿金额三四千万，光金条就有三公斤半，一个小孩抱不动！说西部地区落后，落后什么意思，不就是穷吗？可事实上富人照样有，敢富的人照样不少，气魄照样大。这几年全国揭出的腐败案很多，但以数额论以“气魄”论，西部绝对不让东部。

说起能力来，西部“能人”不少。某地一贫困乡的乡党委书记，愣是在穷得嗷嗷叫的地方，从石头中榨出了油，他通过控制打井等办法，弄了三十多万。某市一教育局长，一年时间，搞了四十多万，笔笔有记录。某废钢处处长，在行将退休之际，为自己安排后路，索贿受贿五百万。此公未敢挥霍，用这五百万搞炒股等经营，居然又赚了五百万。赃款生仔，堪称中国之最。

说到胆量，西部人中不乏斗胆“英雄”。某省公安部门的一个小头头，抓毒贩后罚款放人，从四个毒贩身上就敲了四百多万，存入了小金库。贩毒者五十克以上就可处死刑，可见国家对毒品犯罪的刑罚之峻，但此大人连这种钱都敢要，频频与死神接吻，胆量之大，别人不服不行。宁夏同心县，穷乡僻壤，似没什么东西可卖。如果这样想，你可就大错特错了。这里的父母官卖工人干部指标，他们可以让四五岁的娃娃就成为干部，就可以算工龄拿工资，你东部地区行吗？海南省东方市原市委书记戚火贵，在一个小小的县级市几年就捞了一千七百万元。别的地方的贪官拿了人家的钱必须为人家办事，可咱们落后地区的戚大人，拿了钱也未必办事。虽说他倒霉也就倒在这一细节上，可此公上不畏党纪国法，下不惧当事人揭发，此等胆量，东部人大大的没有。

说到轻松，西部也有典范。广西有一位副主席徐公，受贿七十多万，事发之后，此公并未哭天抹泪，胆战心惊，甚至没想到要喝公家的糊糊，只略带遗憾、不甘地说："我拿了这么多钱，看来官是做不成了，希望政府给我几十亩地，我用科学方法种田，为国家作贡献。"瞧瞧，这才是省级水平、政治家气度，踏进公安局检察院法院，胜似闲庭信步。想想看，人家一个堂堂自治区副主席，才拿（!）了七十多万，有什么好紧张的。丢了乌纱帽，还可以去当个掌握科学技术的农民，没准还可以成为新时期的李顺达陈永贵，有什么不好。虽然这事最终没闹成，但该副主席思维的轻松，谁不佩服。克林顿碰到关于他与莱温斯基的性丑闻时，还紧张了一阵子，表现得还不如咱这位副主席轻松。这不是吹牛。

有人老瞧不上西部，说那地方那么穷，当官的没什么捞头，出不了巨贪。这是对我们西部的藐视蔑视。事实胜于雄辩，以上事例说明，落后中有"先进"，在腐败方面，我们可能已经走在了前头。

1999 年 9 年 22 日

中国人心里的“底”

朋友相聚，几杯酒下肚，便天上地下地胡聊乱扯起来。朋友们的一个共同感觉是，经济发展了，生活相对富裕了，人身相对自由了，但心里面却不踏实，心里没底，不知今后的社会如何发展，不知好日子能不能真的“五十年不变”“一百年不变”。

我的朋友们可能是悲观主义者，或者说他们过于理性，因此表现得有些杞人忧天。一般地讲，国家与民族的大事、社会发展的要事，有“肉食者”考虑与掌控，草民百姓跟着走、跟着干、跟着过自己的日子就可以了，用不着想那么多、那么深、那么远。可是，人一旦有一定自由了，生活相对安定了，想法自然也就多了。这似乎是人的天性，是人与生俱来的弱点软肋。

过去在特定的年代里，中国人被号召“你们要关心国家大事”，要把什么什么进行到底。中国人积极响应了，疯狂了，满以为那是在当家做主，履行使命，却不料自己被绕了进去，与被自己所整治的“走资派”一起，陷入了政治混乱、经济凋敝、生活艰难的泥潭。有很长一段时间，中国人无心谈论什么国事，只想能多有几斤粮票、几尺布票，能吃饱穿暖，其他的，顾不上了。

改革开放了，以阶级斗争为纲的路线被废弃了，以经济建设为中心了，政治恐怖越来越少了，手中的钞票越来越多了，中国人似乎思维又开始活跃了，没人号召，自觉地忧虑起“国家大事”来了。他们所思考的大事与“文化大革命”“无产阶级专政”“世界一片红”不同，没有那么崇高，没有那么缥缈，是与自己的生存和发展密切相关的事情。

对于许多的事情，中国人心里没底。

比如说，改革需要付出成本，那么成本有多大？何日才能付清？比如说，某些事情必须付出代价，代价有多大？比如说腐败能遏制，什么时候才能见成效？比如说收入差距越来越大，贫富两极越来越悬殊的问题，有没有办法解决？比如教育问题、医疗问题、居住问题、就业问题、民主问题、国民平等权利问题等等，有什么样的办法加以解决？国民之所以不敢消费，之所以快乐不起来，之所以悬心，是因为，他们对以上问题没有明确的答案。在某些事情上，似乎也看不到好转的迹象。

老百姓心中之“底”，说简单也简单，说复杂也很复杂；说表象也表象，说深刻也很深刻。

中国的老百姓是世界上最老实的老百姓，中国的百姓，要求其实很低。中国的百姓受“不患寡而患不均”的思想影响很深。即便经济发展速度慢一点，文明的脚步缓一点，只要解决好了公平、公正、公开等等问题，百姓们也就知足了，百姓的心里也就基本有底了。

中国人的心里何时能有“底”？在下心中无数。

2009 年 11 月 16 日

改革的准历史阴影

在中国，有一种深深植根于民众的认识，即从来改革者没有好下场。为证明此言，论者可以举出如商鞅如王安石如谭嗣同等许多的人与事，让人不能不信。

20世纪80年代以来的改革，也充满了阻力与艰辛，步履蹒跚凝重，道路曲折坎坷。当改革遇到阻力，改革者翻身落马、伤痕遍体甚至身陷囹圄之时，便有人说，这是历史的必然现象和翻版。此论当否？

中国封建社会一些朝代的改革，进行得也可谓轰轰烈烈。比如商鞅变法、王安石变法、康有为等人的“百日维新”等等，其内容之全面，规模之宏大，声势之高昂，在中外历史上都是少见的。可结果呢？常常是改革者落马，被罢黜贬谪，被车裂，被绞杀，改革的大部分成果也付诸东流。其失败的原因在于，改革最终触动了原先支持改革的皇族集团与上层官僚集团的利益，触动了封建社会卫道士腐儒们的神经。于是皇帝老儿便更改初衷，将一切脏水泼在改革者身上，诿过于人。进而为了防止改革者因辩驳或发泄而露出实情，干脆将其流放到天涯海角，或者干脆搬掉他们的“吃饭家伙”。

当前进行的改革，之所以常常遭到诽谤诋毁，原因是一方面的确因触到了一些既得利益者的痛处，但更重要的是触到了那些号称真正马克思主义者的“左得利”“左爷”们的痒处痛处。进行改革开放，势必要抛弃过去“左”的理论、“左”的政策、“左”的做法。对于习惯“左”的一套的人来说，这便打乱了其生存生活秩序，拆掉了其以“左”升官的梯子。对于“左”以外的一切，尤其是改革开放，他们是擀面杖吹火，一窍不通。因为不愿也不会搞改革开放，所以他们便被冷落被遗忘，因此他们便仇恨，便做更加激烈的反抗。乘“左”的基础尚未被彻底清除，“左”的余威还有震慑作用，瞅准空子抓住机会便要发难，必彻底否定改革开放的理论和成绩，将改革者拽下马捺入地方肯罢手。只有如此，才能建立起他们的“左”倾楼阁，建立起“左”的秩序，让“左爷”们呼风唤雨、支配社会主宰国人的命运，让人们种“社会主义的草”，坐“社会主义晚点”的车，“光荣贫穷”“光荣孤立”，自甘脱离历史正常运行的轨道。

综观历史，一些改革者确实没有好下场，这是改革的历史阴影。正视现实，因改革而落马者也不在少数。在马上的，也时时在“左爷”们的“黑名单”里，也随时可能“触雷”“触电”踏入陷阱。只要“左”的一套不彻底清除，改革者就随时会遇到危险，不可能放胆去想去干。这是改革的准历史阴影。如果说历史阴影渐弱容易消除的话，那么准历史阴影则影响较大且难以消除，这便使改革者总有如履薄冰之感。那么如何消除这一阴影呢？要害不在于为落马者申冤，不在于惩治某几个害人害事的“左爷”，而在于进一步解放思想，建立正确的理论体系，从根本上抛弃“左”的一套。唯如此，方可保改革者无虞，社会发展无虞。

1992 年 8 月 27 日

社会“嫁接”说

嫁接是农业发展到较高水平后产生的技术。嫁接的点子是如何想出的，其技术是如何发明的，似无必要去深究。但嫁接的确神奇，不同品种的果木、花卉等往一起一接，便会产生意想不到的效果。

改革之初，人们精神大振，曾出现过一阵养花热潮。老牛禁不住诱惑，买下了花盆，扦插了许多的木花草花。我养了盆仙人掌科的蟹爪莲，直接插入土中，活倒是活了，可就是发育不良，生长缓慢，缺少生机，无精打采。到了冬天，也难得开几朵像样的花。再看别人养的，是将蟹爪莲嫁接在仙人掌或仙人球上，长得十分茂盛，呈圆盘甚至双层三层圆盘状生长，叶片油绿肥厚，花朵粉中透红红中透粉形态妩媚，令人观之赏心悦目。于是我也学嫁接，也养出了一盆令人喜爱的蟹爪莲。

以前常听人说，果树要嫁接，当时觉得这是人们闲来无事，在造苹果树上既结这种苹果，又结那种苹果，既结苹果，又结梨的怪树，意在追求新奇而已。近岁去乡下挂职锻炼，接触了一些果农，对果木之嫁接有了新的认识。嫁接除了在一棵树上创造众果汇集的奇迹外，还可创造新的集几种水果品味于一身的新品种，如苹果梨。嫁接可以提高果树的防病抗病抗衰老能力，可以提高水果的品质和产量。有些果树，比如桃树，如不嫁接，要么不结果，要么果实小而涩。而一经嫁接，便可改良品质，结出使人望而生津的脆桃蜜桃。

嫁接术在社会中也有广泛而深刻的意义。人类在生存与发展中，各个民族，各个国家间无时不在自觉与不自觉地互相学习，互相借鉴。除了原始部落，很难找到没有“嫁接”过的制度与文化。当然这种嫁接形式是多样的，有如一棵树上结多种果子这样形态外观的嫁接，也有像结水蜜桃之桃树从根部开始的嫁接，还有如苹果梨树这样杂交意义上的嫁接。

社会“嫁接”与自然嫁接（或曰农耕嫁接）的不同处，在于自然嫁接可以由人类彻底操作，而社会嫁接人类却无法控制或曰无法抗拒。有史以来，一些民族与国家曾经竭力抵制外来文化与经济的影响、渗透、移植及嫁接，为此还不惜封闭国门，惩治甚至杀戮嫁接者，但收效微乎其微，甚至使嫁接之意更浓，嫁接之风盛行，嫁接之举更速。清朝不管费多大气力，也未禁住西方“奇技淫巧”及民主思想与中国的嫁接，印第安人不论如何封闭，也不能禁止一些现代生活方式诸如汽车、电器的应用。

社会主义在中国，便是嫁接的产物。其思想，移自德国的犹太人马克思；其制度，仿自北邻苏维埃联盟。对于社会主义，列宁曾作过解释，叫作苏维埃制度加资本主义的托拉斯、电器化等等。实际上，这便是一幅嫁接的图谱，也可以用来解释中国近代以来所发生的一切。

既然列宁在几十年前敢于倡导两种制度或制度下的某种体制机制的嫁接，那么对于认识到尚处于初级阶段的中国人来说，又何必讳嫁接怕嫁接拒绝嫁接呢？我们应当学习鲁迅的拿来主义，择良木大胆嫁接。

社会嫁接与自然嫁接的共同处，在于同时具有紧迫性。树木花卉不嫁接，便出不了好品种；社会文化不嫁接，便缺乏生机与活力，便会造成“品种”“品质”的退化，最终被历史淘汰。印第安民族的发展前景难道能令人肯定与向往吗！

1994 年 3 月 3 日

仇是一种遗憾

“仇恨”是一个词，指因利害冲突而产生的强烈憎恨。先有仇而后有恨。仇是客观的，而恨是主观的；仇是因，而恨是果。

仇有多种类型，比如杀父之仇，灭子之仇，夺妻之仇，夺江山夺“板凳”之仇，掘祖坟之仇，扔孩子下井之仇，破国之仇，灭族之仇，等等。以“仇”字打头组成的词很多，有“仇敌”“仇恨”“仇家”“仇人”“仇杀”“仇视”“仇外”“仇隙”“仇冤”“仇怨”等等。一个“仇”字，包含多少人类心灵的创伤与苦难，也给人类社会造成了无尽的动荡与灾难。

“恨”这个字（或曰词）有好几种含义，一是仇视、怨恨、痛恨，恨入骨髓；二是“恨不得”之“恨”，“恨铁不成钢”之“恨”，带有强烈的希望与期冀的感性色彩；三是“引为恨事”之“恨”，“离愁别恨”之“恨”，是遗憾之意。

一般而言，人们所理解的“仇恨”，是由仇而引致的怨恨、愤恨、痛恨以至入骨之恨。进入不惑之年之前，我也接受这一思维定势。但几十年的人生阅历，逐步地或者说猛然地改变了我的观念。我以为，仇最好与遗憾联系在一起来认识才对，才对人类的群体和个体有利。

结仇是一种遗憾。人不论是主动与人结仇，还是被动与人结仇，应当说都是一种不幸，是一种遗憾。因为一经结仇，便将自己放在了十分危险与困难的境地，便有可能随时被仇家所算计，所报复，所戕害。仇恨是双刃剑，他所伤害的不是一方，而是双方。有许多的人，最终败在甚或死在仇家的手里。他们的初衷是收拾对手。但世界上的事，往往事与愿违，适得其反。结这样的仇，肯定是非常遗憾的。

结仇使人们的心理扭曲。不论是埋下仇恨种子、播下仇恨之火的，还是寻求复仇的，心一旦被仇恨之液所浸蚀，被仇恨之火所烧烤，被仇恨之气所笼罩，其人性就会扭曲，心理就会在某种程度上变态；看问题就会偏激，就会走极端，就会把事情弄得乱七八糟，把自己和他人的生活搅得一塌糊涂。

结仇使双方的人生受到莫大的影响。人一旦为仇恨所包裹，所困扰，就会严重地影响自己正常的人生。人们正常的事业、理想和追求就会受到严重的干扰。因为仇恨，人们不得不与恋人（仇家子女）分手；不得不远走他乡，以躲避杀身之祸；不得不放弃自己的兴趣爱好，去做自己不喜欢的事情；不得不在实有和虚拟的危险环境中提心吊胆地生活，不得不虚掷自己宝贵的一生。有时候，因为仇恨而搭进去的不仅仅是自己的一生，可能还有子女的一生，甚或好几代子孙的人生。

结仇不是一件好事情，结了仇对任何人都没有什么好处。仇是一种人生的遗憾。摊上仇的人遗憾，制造仇的人遗憾，为某种仇所牵扯牵累的人遗憾。对于人生来说，最好不要轻易与人结仇，结了仇也要理智地予以化解，不要让仇这种遗憾影响和惩罚自己。

仇是一种遗憾，不是一种时髦，不是人生的亮点，要淡化它，扑灭它。

2001 年 8 月 11 日

不信任就是保护

所谓保护，就是投入一定力量、采取一定措施，将人或事物与危险危害隔离。当然，这些危险和危害，也许来自外部，也许来自自身；也许是物质的，也许是精神的；也许是生理的，也许是心理的。保护呢，相应的也有保护、维护、呵护。

保护的方法很多。束之高阁，藏之名山，窖入地下，围入深院，置入器皿是保护；随人警卫，配以手枪防弹衣，居于无人知晓处也是保护。最简单的保护，比如古树上挂一块木牌，羊居处围一圈栅栏。这些分法，都是直观的简单的分法，科学一点讲，有亲情保护，集团保护；有自我保护，他人保护；有政治保护，行政保护，法律保护；有武装保护和非武装保护。

一般地讲，保护与监护、管护（不是成人对未成年人的）不同，与狱警的保护更有天壤之别，是建立在信任基础上的。有信任，是因为有亲情关系或有利益关系，即便有过这样那样的不协调或隔阂，但总体上是一致的。当然也有虽不信任也须保护的事例，这实际上是变换了看待事物的角度。从辩证法的角度讲，信任本身就是一种保护，信任可以使人自信自尊自强，可以最大限度地调动人的积极性和创造性，可以使人人格健全、心理健康、积极入世，可以防止由于不信任而造成的心理压力、心理紧张、心理焦灼与焦虑、感情疏离、感情郁闷，可以消除人的对抗心理对抗情绪对抗举措，可以减少人与人之间的猜忌对抗仇恨，减少社会的动荡与不安。以此观之，信任功莫大焉，不可或缺。此论绝对没有错。

辩证法的要义就在于从两方面甚至多方面看问题。信任过度，就可能产生放纵。因此保护本身所含的管束、规范等意蕴，便是建立在适度的或曰科学的不信任上的。事实上，某种意义某种程度的不信任，是一种更为有效、更符合人性、符合事物发展的保护。因为不信任羊会吃狼，才建羊圈；不信任幼儿会完全自理，才由阿姨监护；不信任公民会人人时时事事慎独，才制定了各种法律法规守则。这种不信任没有轻薄轻慢亵渎污辱之义，是人性的、善意的、科学的。

对于共和国的各级各类干部，党中央和全国人民无疑均是极其信任的，当然也有特定意义上的不信任。因为信任，所以委他们以治国治省治县等等的重任，委他们以改革开放，改变现状的重任；因为不信任，所以才设立了纪律检查委员会，设立了监察厅，才制定了若干的规定规范规则，才严肃地查处干部党员的违纪违法事件。

当前的状况，不是太不信任，而是过于信任。因为信任，所以纪检监察的手段便跟不上；因为信任，所以事前的警示条款便不够具体，所以廉政建设便困难重重。这样做的结果，当然便宜了一部分人，也危害了不少人。放纵的结果，便使他们毫无戒备地陷入泥坑，这实际上是信任名义下的不保护。看到十数年来那么多的新干部、老干部、新党员、老党员因为权、钱、色而栽了跟斗，犯了错误，蹲了监狱，使人闻之为之痛心。这些事例，从实践的层面上证明了这样一个真理，即一定程度的不信任，事前的戒备警示，有效的制度有力的措施的建立与实行，才能将我们大家保护在违法违纪线以外，才是现代意义上最值得珍惜与倡导之保护。眼下要紧的是提高不信任度，并相应地制定具体办法，相应地采取具体对策，做好先小人后君子、防患于未然、防微杜渐的工作，防止人的自我异化、自我毁灭与社会异化、社会毁灭。这项工作，是人类对自己负责，自爱、爱他的工作。做好它，功德无量！

1994 年 12 月 9 日

论“集团”之刀应当入鞘

“集团”是现代政治学、社会学的名词术语，但“集团”决不是形成于现代，古代社会业已存在。所谓集团，一般的是由利益相同或相近，观点相同或相近的人们组成的或紧密或松散的群体或组织。在中国历史上，东汉末年的刘备、关羽、张飞、诸葛亮等是个“集团”，明朝的东林党是个“集团”，清末的康有为、梁启超、谭嗣同们是个“集团”，这大约是没有问题的。至于说要在中外历史上找“集团”的例子，那可以说举不胜举。

“集团”是人类群体。是人群，从总体上讲，便有进步与落后、变革与保守、理性与冲动、务实与空想、文明与野蛮等等的分野。所以，不论在研究历史时对古代的各色各样的“集团”定性，还是现实生活中对正在活动的“集团”定性，似乎都不能说不正常不正当，而是情理中的事。

对于建党后定性处理处置的各个“集团”案怎么看，我想经过改革开放十多年的思想解放和历史反省，大多数人心里是有数的。定性准确，属于阶级对立的如蒋介石集团、汪精卫集团、林彪反党集团、“四人帮”反革命集团等等，那是翻不了的铁案。可我们确实也平反了不少的冤假“集团”案，比如“王实味野百合花反党集团”案、“胡风反革命集团”案、“丁（玲）陈（企霞）反党集团”案、“彭（德怀）黄（克诚）张（闻天）周（小舟）反党集团”案等等。追远一点，还有一个大革命初期苏区搞的抓“AB 团”案。如此多的所谓“集团”，不但定性不准确或完全错误，实际上所谓的“集团”压根儿就不存在。

不存在“集团”，而批集团、反集团、镇压集团，岂不是一件十分奇怪荒诞的事情？其实看穿了，也没什么奇怪神秘的。实际上，“集团”一词被少数人当成了一把刀子，可以用来对付不同意见者，也可用来达到整一批人，推行一个主张的目的。这是党内政治生活极不正常的一种表现。

在中国，何以用“集团”整人特别有效、有法力？因为在中国人的逻辑里，聚众就会造反，结派必定滋事。某些人正是摸准了国人的这一心理，巧妙而圆熟地运用了以“集团”整人的手段。

回顾历史，捕风捉影“凑”集团，强词夺理“定”集团，刑讯逼供“挤”集团等等手法令人发指，也令人痛心。至于蒙冤的那些人，让人不唯同情，而且有物伤其类的悲哀，同时，还有种令人说不出的恐怖。谁能保证，如果此恶习恶行不予制止，不予废弃，我们中的哪个人不被某天因“形势需要”而被某人稀里糊涂地定为某某集团分子，从而蒙受耻辱，身陷囹圄！如何防止此类悲剧的再度发生或频频发生？首先，全党全民要清醒，看穿西洋镜，保持高度的警惕。其次，在灾难临头时要予以抗争，抗争不了也不能助纣为虐，陷害忠良，加害无辜。只要国人能吸取历史的教训，相信“集团案”之灾难便会被降低到最低限度。呜呼，为我们多灾多难的民族祈祷！

1994 年 12 月 28 日

游离价值规律之外的情况

劳动价值论的创立者是亚当·斯密。斯密断言商品的价值是由人类的劳动决定的。价值规律是谁发现的，我不甚明了，但我从教科书上学到了。其内容是：商品的价值是由生产商品的社会必要劳动时间决定，商品交换必须按照等价交换的原则进行。对于价值规律，不搞经济工作的人自然不十分清楚，即便搞经济工作的，也不一定个个都了然于心，“不识庐山真面目”者也不在少数。但价值规律不论你认识与不认识，承认与不承认，它都客观存在。其地位的重要，也是超出人们想象的，正如著名经济学家孙冶方所言，千规律，万规律，价值规律是第一规律。

价值规律有没有失灵的时候失准的地方？其涵盖面是否无所不包？我以为回答应当是：有游离价值规律之外的现象存在，因此价值规律不可能涵盖一切，而存在失灵和失准的情况。准确而详备的论证要靠经济学家去做，也只有他们才能做得了。我呢，只能乱侃一通自己的见闻以及表面、感性而粗浅的认识。

某些商品的价值，并不全是由生产商品的社会必要劳动时间决定的。比如一位山东农家姑娘干活时一锄头从土坷垃中刨出的那枚震惊世界、价值连城的常林钻石，如果只计算那位姑娘的那一锄头的价值，恐怕只值几分钱甚至可以忽略不计，视为“无价”。这里“忽略不计”与“价值连城”之间具有多大的差距，实在难以估算得清楚。再比如淘金者，如果运气好找准了地方，一把锹，一个淘沙板，一天就可以成为万元户。再比如狩猎者，如果碰上只鹿，或者狐狸什么的，只要食指一勾，就可以以一粒价值几角钱的子弹换得具有巨大价值的猎物。以上事例，用“社会必要劳动时间”似乎解释不通，属于普通中的特殊，一般中的个别。可不能不指出的是，这种“特殊”和“个别”仔细想来还为数不少。经济学是门大学问，价值规律是条大规律。从这条规律上找几条例外，可能对我们认识事物的复杂性极有帮助，对于我们建立多维的思维方式也极有帮助。经济生活乃至整个社会生活是极为复杂的，经济理论也五花八门，可任什么样的理论也不是十全十美的，与活生生的经济生活仍有一定的差距。对此，正在致力建立社会主义市场经济体制的中国人应当有比较清醒的认识，在处理经济生活中的各项事务时，也应当思路更宽一些，办法更多一些。

1996 年 1 月 25 日

垃圾社会学

社会学的分支很多，诸如城市社会学、妇女社会学、宗教社会学等等。我这里所说的“垃圾社会学”不知是否已成为一门独立的分支学科，但确知从垃圾入手考察社会的方法，在西方已很普通，在中国也已开始被引进和运用。这是我的理性的感受。

我感性的感知和感受是从聊天和看报中得到的。某天的某个场所，搞社会科学研究的一位朋友讲了一则真实的故事，说他所居住的楼上的清洁工常发牢骚，言这个由知识分子居住的楼上的垃圾大多是白菜叶与废纸，掏垃圾得不到实惠，而不像掏某些油水部门的住宅楼的垃圾箱，可以找到能卖得好价钱的易拉罐、罐头盒等物品。我的朋友调侃地说，听了清洁工的话，他更感到了自己的清贫身份，感到了自己居处“贫民窟”的地位。他说他见了那位清洁工，觉得怪对不住人家。这算得上垃圾社会学范畴的事。

还有一则真实的故事，若干年前，在中国西部的某座中小城市里，一位捡垃圾的老人从某铁路部门的家属楼下捡得一盒蛋糕，打开一看却是满满一盒钞票，老翁当时被吓蒙了，醒过神来后，他将这盒钱交给了派出所，由此挖出了一个特大受贿团伙。此案在全国引起了巨大的震动。这又是属于垃圾社会学范畴的事。

以上事例反映了垃圾的作用，也将又脏又臭的垃圾与社会学硬给拽到了一起。当然，这是非常皮毛而畸形的社会学，特别从垃圾上去发现贪赃枉法的蛛丝马迹，似乎与刑侦学接近，而与社会学距离较远。

虽然人们以妒忌的眼光看某些有特殊权力者的“肥”垃圾，以不满的口吻调侃自己的白菜帮子土豆皮等“瘦”垃圾，但人们潜意识里已体验到了垃圾的变迁与人们生活生存状况的变迁的关系。这变迁，不但有横向的差别，也有纵向的不同。如果稍稍留心一下，许多家庭的垃圾内容与以前已大不一样了。改革以来，人们生活水平不同程度地得到了改善。如果对垃圾进行定点定量的持续性研究，就会得出有力的数据证明。这门学问也许没有官方的统计报表那样辉煌，但却更为真实和详备。否则，西方就不可能有专门从事垃圾学研究的学者了。我们国家这方面起步较晚，几乎仍然可以说是一片空白，在市场经济体制逐步建立，我国的经济社会日益与西方接轨的过程中，我们应当逐步拓宽学术研究的领域，发展“垃圾社会学”。

我们还可以调侃自己穷酸的垃圾，嘀咕别人不大正常过于耀眼的垃圾，但最好还是更加理性一些，把垃圾与学术结合起来，以发现更为深奥一些的问题。

1996 年 1 月 18 日

权力的生育问题

权力会生育吗？没错！权力不但会生育，而且生育能力极强。权力的繁衍，是人类社会非常奇特的一种现象。奇特处在于，权力的怪胎和畸形儿比较多。在由传统社会向现代社会的过渡过程中，在历史的大变革时期，尤其如此。本文不是政治学论文，无意探讨正常的权力关系，只想乱侃权力的畸形生育。

权力可以生什么？权力可以生权力。

一是可以用自己的小权生自己的中权与大权。可以用自己手中的权力为上峰、为上峰的娘子、老子、少爷、小姐、小姨子、小舅子、七大姑八大姨办大的小的、这样那样、形形色色的事情，可以把下级孝敬自己的金子银子、稀世物品转而孝敬上司，可以利用自己的有利“地形”，有事没事与领导拉关系，套近乎。通过这些手段，以博得上峰的宠信，以求得上峰的提拔重用，以期掌握更大的权柄。

二是可以用自己的大权生别人的小权、中权乃至大权。那些以小权、中权生中权、大权者，必然挖空心思、想方设法托关系、找路子、走门子，巴结、讨好、贿赂手握重权者。为此，他们会使出浑身解数，会送上数不清的好处。在听够了阿谀奉承之辞、揣够了金子银子、吃够了营养品和滋补品、甚至获取了美艳之色以后，当大权者会对如蝇逐臭者们给予一定的回报，会发给他们一定尺寸的帽子，给他们一定的权力。

三是权力可以生自己权力以外的权力。本来权力呈链条式，每一个职位下的权力都有其独立的范围和限度，但畸形的权力却可以打破这些界限，向上或者向下延伸，以期获得更多更大的控制权。欲达此目的，必须懂得玩弄权术，会控制向下授权的节奏，会让自己以外的诸多权力相互制约，会让别人感到离开了自己这个上峰或者下属，就不好办事甚至办不了事。如此，就可以生出自己权力以外的更多更大的权力，可以办更多更大更精彩的事情，可以使自己的掌权生涯更加辉煌。

权力可以生财。当然，这种生财不是指因权力大职位高而得到的相应的货币报酬，而是指高收入以外的特殊收益。说得更加明白一点，即直接或变相卖权的收益。权力可以干什么，就可以得到什么收入。想当官的人要送钱，想升官的人要送钱，想从瘦差转为肥差的人要送钱；想端铁饭碗的人要送钱，想给子女安排理想工作的人要送钱，想调动工作的人要送钱。想出名的人要送钱，想出人头地的人要送钱。想护短的人要送钱，想逃避罪责的人要送钱……这么说吧，只要你想走歪道办事，或者想在正道上把事办得快一点，你就得送钱，而且还必须达到一定的标准，少了还不行。送的少了，等于没送，当然也等于白送。

权力可以生物。生物与生钱是一个路子，也可以说是一回事。但生物有生物的好处，生物比生钱更加方便，也更加安全，因为据说送物已不算行贿，可以免除许多的麻烦，可以免去许多的闲话，可以免受法纪的制裁。

权力可以生色。只要有了一定的权力，而且表现出对色的特殊兴趣，那色便会自动向掌权者靠近，并且最终达成权色交易。这其中的百般风情、百般滋润，会使当权者的生活为之大大增色添彩。

权力可以生智商，生才能，生水平。人一朝得权，立马就聪明了一大截，就比别人高明，就可以支使人、批评人、教训人、挖苦人。权力越大，智商越高。你随便说一句什么话，就可能成为至理名言，就可能成为别人遵奉的信条。

权力可以生脾气和尊严。权力越大，越有脾气，越有尊严。如果脾气太小，你的权力还可能遇到挑战，你的权力就可能贬值。

权力可以生情趣，生爱好。权力越大，情趣越高雅，爱好越广泛。当权者的情趣和爱好是权力生百物的中介，会为其带来难以计数的好处。

权力可以生青春。权力不但可以使人显得年轻，而且可以使人的年龄越来越小。只要掌握了一定的权力，档案还不是随便你更改！所以，有些领导十来岁甚至六七岁参加工作就不是什么稀罕事了。

权力可以生的东西很多，恕在下不能一一列举。好在留下一定的空间，可以任各位的想象力纵横驰骋。

1997 年 4 月 13 日

国货与超国货

出国的人，尤其初次出国，或出国次数较少的人，到了外面，于学习、参观、游览之余，总是要买不少的小工艺品、小纪念品之类，以便回来送领导，送同事，送朋友，送亲人。中国人出国，大多是公费，公费出国领导不同意你能出去吗？谁付银子？出国的名额有限，你出去了，别人出不去，你回来不有点表示？至于亲朋，你出国那可是大事，是极有面子的事，值得炫耀与纪念的事，带纪念品回来，天经地义。

买纪念品是件让人头疼的事情。出国的人，许多不是大款，尤其公务出国者，工薪阶层，兜里外汇有限，只有几枚从牙缝里抠出的美金欧元。这点钱，要买到有价值有纪念意义又便宜的小东小西，不费一番心思，不多跑几圈路是不行的。但令人尴尬的是，费尽了心思，买回的东西，亲朋一看：Made in China。中国造的，国产货。

出国的人不高兴，受赠的人不满意。大老远的，背回国产货，还好意思送人。即便自己要用，也觉得吃了亏。

我曾在挪威买过一个不锈钢的小烟灰盒，拿回来一看，国产的。我的一个朋友与我同行时，在哥本哈根赴奥斯陆的游轮上，为其侄女买了一只布艺唐老鸭，国产的。我在美国为儿子买的白线袜子，同样是中国生产的。

从国外买回国产货令人沮丧。但沮丧之余，我有了新的发现。为什么国产货在国内并不被我们看好，而到了国外，在各国商品之林中，我们会看上它？质优，价廉！中国人给外国人生产的东西，还是下了工夫的，不像随便凑合国内人的。而且，好多中国货在国外很多，在国内干脆没有。一些来料订货、来样订货、委托加工的商品，外商不许在中国销售。我的结论是，由于市场的原因，由于中国人外国人心理使然的原因，在国外所销售的中国货，已不同于在中国国内所销的国货，是超国货。这一发现，让人既兴奋，又沮丧。中国人拿外国人当人，拿自己人不当人。某些人，见了洋人腿就软腰就哈头就点，见了同胞则满不是那么回事，趾高气扬，鼻子不是鼻子，眼睛不是眼睛。给外国人造东西，也还是上心的，基本遵循市场原则，不像在国内，大搞制假售假，讹诈欺诈，坑蒙拐骗。为外国人特别是西方发达国家所加工生产销售的商品，质量是有保障的，已同国际接了轨。

因为上面的原因，我以为去国外买回中国造的东西，也遗憾也不遗憾。不遗憾的是，从国外买回的是国内买不到的超国货，其艺术价值实用价值不比外国货差。比如白线袜子，一双能顶国内买的三双五双，穿得很旧了也不破，不像在国内买的某些棉线袜子，穿三五次就破了。遗憾的是，没有买到所去国家产的纪念品，纪念意义大为降低；更遗憾的是，在国外发现了某些国人良心的错位与缺失，让我们的中华民族自豪感自傲感从根子上又打了不少折扣。

2007年8月13日

容忍别人爱国的方式

爱国是有多种方式的。比如1940年鸦片战争之后，中国被瓜分豆剖，被列强蹂躏。国难当头之际，有人主张武力救国；有人主张科学救国；有人主张坚决排除一切西洋的东西，美货、日货以及西方的体制与思想，认为“奇技淫巧，坏我民心”；有人主张“师夷长技以制夷”，至少要坚持“中学为体，西学为用”的原则。因为主张不同，孙中山、黄兴、宋教仁等发动起义，走武装救国的道路了；詹天佑、竺可桢、钱学森等致力探索，走了科学报国的路。前贤们走的路不尽相同，但却走的都是爱国、救国、强国、振兴的路。

对于中华民族，对于中国，历代以来，国人的态度也不尽相同。有致力歌颂的，歌颂山川、歌颂物产、歌颂历史、歌颂现实，字里行间，充满了挚爱，充满了自信，充满了自豪。中国文化积淀中汗牛充栋的历史典籍，从总体上讲是自我肯定、自我歌颂的文字。无疑这是爱国主义的体现与写照。歌颂之余，也有自我反思反省、自我审视、自我批评批判的。在查找传统文化的不足，查找民族不完善不完美的地方，查找来自民族精神内部有碍社会发展的阻力，以促成思想的解放，观念的更新，体制的变革，社会的进步。在此方面，将马克思主义引入中国，将马克思主义中国化了的陈独秀、李大钊、蔡和森、瞿秋白、毛泽东、刘少奇、周恩来、邓小平等等的人物，走在了最前列。

歌颂祖国、民族，是一条爱国的途径；歌颂祖国、民族的人，是爱国的。审视、批评乃至批判祖国、民族，同样是一条爱国的途径；审视、批评、批判的人，也是爱国者。

从某种意义上说，说几句笼统的不着边际的赞美的话容易，路子很熟，材料也现成，而要审视要找毛病要进行某些否定，却比较难。因为这需要顶住压力，需要进行纵向横向的对比，需要占有更多的材料，需要有独到的见解。

从实用主义的角度看，唱赞歌安全、实惠，提意见却要冒风险大风险。

从属性上看，杂文作者不是唱赞歌的人，他们是栽刺挑刺的，是对文化对社会指三道四，横挑鼻子竖挑眼的，是批评批判社会不良风气的，诚如哲人所言，到了天堂，他们也能挑出一堆毛病。但他们对民族、对祖国却是爱之极深的。因为爱之深，所以挑起毛病、分析起病象来，言辞就极为峻切，有时候，话说得不那么圆润、策略，说得刺耳，于是便会引起种种误解。一些不明真相，未做深入思考的人，会误会他们；一些别有用心，总在寻机整别人，企图踩着别人肩膀往上爬的人，则祭起“左旗”，搞无限上纲的那一套，为杂文作者罗织种种罪名。

一个民族，一个国家，一个社会，不怕唱赞歌的人不多，也不怕挑刺提意见的人多，最怕的，是那些别有用心，将缺点说成优点，将裸体说成皇帝新衣的人和行为。这种人多了，真正是民族的灾难，历史的灾难。

中共十一届三中全会后，中国的政治民主日益发展，中国的社会为国民提供了良好宽松的政治环境。正因如此，中国的杂文事业才有了前所未有的繁荣。古语说，“天下有道，庶人不议”，这话不错。而最有道的表现，是“庶人议”。因为天下有道，因为我们的民族我们的国家充满了自信，十分的大度，百姓们才敢议才愿议，百姓的政治智慧发挥出来了，国家民族的政治前途才更有保障。杂文作者议政，有时话说得不那么好听，甚至危言耸听，有时自我调侃自我批判得有些过火，有些“残酷”，但出发点是好的，所产生的震动效应也是正向的。

我敢说，那些动不动就想给杂文作者戴帽子打棍子的人，那些想封国民讲话之口的人，不是真正的爱国者，他们只爱自己，爱他们的既得利益，爱想得到的更大的利益。

爱国是件好事，只是希望人们能真爱国，并容忍别人爱国的方式。

2007 年 8 月 15 日

平壤可能要用手机了

手机，对于中国人来说，已经不是什么奢侈品，也不是什么身份的象征，不论达官贵人，市民百姓，还是贩夫走卒，甚或放羊的，捡破烂的，几乎人手一部。兜里包里装两三部手机的，不说大有人在，数目也不是太少。

中国电信业、移动通信的进步极快。20 世纪 80 年代末，手机还是凤毛麟角，只有那些做生意的个体户、款爷用那玩意儿。那时的手机不是数字的，是模拟的，手机似砖头般大小。提在手上，气魄是气魄，但不方便，有些沉重与累赘。再往后，手机有了改进，同时加进了传呼，传呼的寿命极短，数字显示与汉字显示两个阶段加起来，也就十几年时间。二十多年时间，中国的移动通信已规模巨大。移动公司每年挣多少钱不清楚，清楚的是，每个公务员每月的移动电话补贴就好几百，自己还要掏不少。一个春节，短信就几百亿条。所以说，离开了手机，中国人的生活不仅会有缺憾，而且还会感到极大的不便。

中国移动事业的肇始与发展，源于中国的思想解放，源于中国政治的民主化。如果没有政治上的民主，似“文化大革命”时怕人们互相联系，怕泄密，怕通敌，怕这怕那，那资本主义的移动通信技术是断然传不进中国的。

我们的近邻与主义兄弟朝鲜，时至今日仍没有进行有效的改革开放，他们国内的收音机，老百姓只能用中波的，收自己的电台信息。如果有人从国外带回了短波收音机，有关部门会动手术，拆除短波部分的零件。所以中国人给朝鲜友人与亲朋送收音机，为了不给他们添麻烦，就直接送中波的。如果送短波的，亲朋拿回了国内而又未被阉割，被人发现，会被治偷听敌台罪甚或里通外国罪。

手机在朝鲜是空白。听说前几年朝鲜发生了几起爆炸案，朝方称是手机引爆的。因此朝鲜彻底取缔了手机，外国团队及游客入朝，手机要交他们保管，离境时再予发还。至于朝鲜的老百姓，座机估计都没用上，就不要谈什么手机了。见过手机的人估计都不是很多。

忽然传来了好消息，朝鲜有望在 2008 年 4 月左右，允许在首都平壤使用手机。这与其说是朝鲜的科技进步，不如说是政治进步。

社会主义的生命力与活力在于解放思想，在于改革开放，中国的发展历程已充分证明了这一点。但愿朝鲜能紧随其后，做出更有力的证明。事实上，朝鲜有限度取消手机禁令的做法，从一种角度上，对中国的改革开放与政治民主进行了肯定。

2008 年 3 月 4 日

用鱼喂鸟的慈爱

生命是地球演化的必然结果。在一片爆炸、冷凝的惊天动地的动静之后，地球形成了，地球上有水有空气了，有单细胞了，有生命了。说时快，那时迟，经过了一个以亿年为时限的过程，地球上有了多元的多姿多彩的生命。

人是地球上生命的一种。人是怎么来的，比较流行的说法是人是由猿进化而成的。是不是呢？不好说。但正如恩格斯说的，人区别于其他生命其他动物的优势在于：直立行走，有语言，会思想。因此之故，人类成了其他生命的克星，成了地球的主宰。现在，人类正在向外星、向宇宙扩张。未来的岁月，有可能将星球大战从科幻变为现实。

人是靠地球产生、生存与发展的，但对地球却不感恩，不友善。人类自以为无所不能，无所畏惧，对地球所抱的态度，是无休止索取，是一味地征服。对于地球，考虑适应不多，考虑保护不多，考虑涵养更谈不上。突然有一日，人类感到大自然不那么驯顺听话了，而且震怒了，报复了。许多的自然灾害、水污染、大气污染，特别是臭氧空洞、温室气体、气候变暖、物种灭绝等等，几乎将人类逼到了绝望的境地、崩溃的边缘。于是乎，人类惊醒了，要保护自然，保护环境，要与所有的生命共同享有地球，共同生存与发展了。

人类保护自然的做法很多，收效也不能说太少。但人类在保护自然方面其实还有许多的误区。

前几天看到一个电视镜头，一座小城的不少市民，老少均有，他们站在城市水道的旁边，手里拿着小鱼，在喂鸥鸟。鸟飞人欢，画面十分的热闹，也十分的好看。这似乎是人类保护自然之举，爱护飞禽的慈爱慈善之举。可我看到那些被握在小男孩、小女孩、老翁、老妪手里的小鱼，不禁心生疑虑，人工捞鱼喂鸟，鱼不是生命吗？自然界有生物链，那是自然与合理的。“物竞天择，适者生存”，“弱肉强食”，都是自然法则，可人们根据自己的好恶，为了自己的某种理念，为了装点自己的门面，硬性勾勒人与自然的和谐图画，其实是弄巧成拙的。如果有人抓鸟喂鱼，你说这种举动是对是错？生命无所谓贵贱，要平等视之，平等待之。平等地看待自然界所有的生命，才能平等地对待人类自己。否则，三六九等的划分，就更加不可避免了。

为虎作伥不好，为鸟杀鱼也好不到哪里去。

2008 年 3 月 5 日

“鸡的屁”猛于虎

经济是要增长的，这不仅仅是经济本身发展的需要、国民生存的需要，也是“鸡的屁”（GDP）攀升的需要。

“鸡的屁”是个政治色彩、民族色彩、国家色彩极为浓厚的名词和数据。“鸡的屁”增长多少，是一位数还是两位数，“鸡的屁”排名世界第几，人均“鸡的屁”又是第几，关乎执政者的能力、关乎国家的形象。往大处说，还关系到崇高的主义，关系到制度优劣。对于“鸡的屁”，是万万马虎不得的。

提高“鸡的屁”，办法很多，其中一条就是由政府部门推动物价上涨。本来，物价波动很正常，它是受市场供求关系等因素控制的，是市场规律、经济规律作用的结果。但是，那只“看不见的手”似乎不知晓官员们的焦虑与渴盼，太科学太理性太刻板。物价上不去，“鸡的屁”增长就慢。怎么办？只好靠政府“看得见的手”来操纵与助推。

有一条手机段子，是说发改委“调整”油价的，录在下面，妙文共欣赏：“外交部声明：3 月 25 日，发改委上调油价，美军 F22 坠毁；6 月 1 日，发改委上调油价，法航巴西失事；6 月 30 日，发改委上调油价，也门航空科摩罗空难；7 月 15 日，发改委声明油价未到位，伊朗里海坠机；9 月 2 日，发改委上调油价，印度直升机坠毁；11 月 9 日，发改委宣布将上调油价，肯尼亚内罗毕飞机失事。针对国际社会对发改委的担忧，中国政府郑重声明，未来战争中，绝不首先动用发改委！”呵呵，发改委成核武器了，它让“帝修反”害怕，也让本国的老百姓提心吊胆。

提心吊胆的原因，不仅仅是油价以及与之相关的机票等等的涨价，还有不断攀升的房价以及电价、水价、煤价、米价、菜价、肉价等等。目前虽然未出现严重的通货膨胀，可各种名目各种形式的涨价，尤其是房价的连续上涨，教育、医疗费用的上涨，让人们觉得比通货膨胀严重时期还难熬，心理压力极大。

“鸡的屁”是国民创造的，可它的大小，它的增长百分比以及总量，似乎由不得百姓做主，而是由少数人为百姓操心，由“为人民服务”的人来决定的。因为如此，“鸡的屁”反过来捉弄它的创造者了。为了它的攀升与辉煌，老百姓的日子感觉似乎不好过了。比如说，一个农民如果要在北京买套房，需要不吃不喝存四五百年的钱。一个学子要在北京安家，需要他与他的爸爸、妈妈、爷爷、奶奶甚至于女朋友的爸爸、妈妈、爷爷、奶奶三代十口人共同出资才可以买一套小房。西部小城里，大学毕业生要买一套一百平方米左右的房子，凭他的收入，需要三四十年才能完成。

汽车降价了，汽车时代了，百姓高兴了。但油价几天一调。油价高过了发达国家，可收入只是人家的几十分之一。这日子，你不难过也得难过。上了贼船，你就听任人家摆布吧。你就是再拍胸脯，言“想不到俺宋江今日死在了这里”，“船小二”也绝不会纳头便拜的。因为你不是宋公明，即便你是，现如今也没人认了。因为你也不可能仗义疏财了，就你那点儿押司的工资，够买汽油就不错了。买不买得起房子，还在两下里呢。

馋人、诱人、恼人的“鸡的屁”啊！猛于虎，猛于发改委，也猛于原子弹。

2009 年 11 月 22 日

疗治百姓失语

百姓失语，不是说百姓丧失了语言的能力，也不是说完全丧失了表达意志的机会与权利，而是说，百姓因为说的话不管用，干脆懒得出声了。

西方政治学有一个术语，叫利益表达，即利益集团将自己的利益诉求通过一定的方式表达出来。只有有了各利益集团充分的利益表达，才能做好利益聚合，并在此基础上做出科学决策。利益表达在政治过程中起着至为关键的作用。

中国改革开放进行了三十多年，在政治、经济、文化等方面都取得了极为重要的成果。中国的进步，是有目共睹的。但在民意表达上，不能不说还存在着严重的不足。政治选举之类的事情就不去说，那有点儿敏感，也比较深奥，而国民在一些具体问题，如教育、医疗、社保、治安、公平等方面的一些看法与要求，也不知该怎么表达，找谁去说，如何说，如何说了有用，国民一头雾水。

因为没有很好的利益表达渠道，更因为说了也白说，起不了作用，国民在许多方面表现得消极与冷漠。对许多的问题，或三缄其口，或发几句牢骚，或冷笑苦笑两声。剩下的，就听凭事态自然发展了。你说医改是成功的，药品价格奇高是正常的，中国不存在看病贵的问题，我无话可说；你说教育收费正常，学生上学使千千万万家庭陷入债务与贫困没什么坏处，我无话可说；你说房价成了天文数字于国于民均为好事，显示了国家发展的高速度与社会主义的优越性，我无话可说；你说油价、气价、电价、水价轮番上涨是在与国际接轨，这是老百姓应当承受的痛苦与应当付出的代价，我无话可说；你说收入差距拉大到几百倍几万倍是正常的，必要的，必须坚持的，低收入者不但要容忍，而且要拥护，我无话可说。对于强权话语，对于强词夺理，对于愚弄民众之语，百姓们已懒得与之辩理。因为越辩百姓们越没了“道理”，窝心之外更添窝火。

古代的哲人说：“防民之口甚于防川。”现在看来，此话有点儿言过其实。以日下的情形看，以不搭理民言民意的方式来防民之口，是十分有效的办法。让百姓们去说，嘴说干了，嗓子说哑了也不管用，甚至说了比不说更糟，他们自然就闭嘴了，失语了。看来防民之口也极其简单。

从一定意义上讲，百姓失语是好事，少了或者没有了噪音杂音。那么，有不足、有缺陷吗？似乎也有。咽到肚子里的话有可能形成地火，无数的地火有可能形成井喷甚至导致火山爆发，可能造成难以预料的灾难。因此之故，似乎有帮助百姓提高说话积极性、疗治失语症的必要。诸位以为然否？

2009年12月2日

“小市民论”可以休矣

“民”以其境遇和地位分，有“选民”“弃民”“草民”“平民”“公民”之称；以其恭顺程度分，有“良民”“顺民”“刁民”之称；以其文明程度分，则有“乡民”“山民”“市民”之称。

在人类演进史上，城市的出现，是一次巨大的历史性跨越。城市者，乃人口集中、工商业发达、居民以非农业人口为主的地区。从历史学文化学的角度看，城市是近代文明与现代文明的摇篮。所谓市民，即城市居民。既然城市是社会发展进步的标志，以及人类向更辉煌的文明时代迈进的基点，那么作为市民，本身应引以自豪；作为乡民，也应尊崇钦慕向往市民之身份。市民意识便是工业意识商业意识竞争意识，市民精神便是开拓精神进取精神创业精神。市民文化更远离原始愚昧偏见封闭保守，更趋开放公正平和宽容进步。在如我国般落后贫困的国度里，城市不是太多而是太少，不是太大而是太小。市民数量之少说明我们离“工业化”还有漫长距离，市民之精神之意识的淡薄，更使我们离“现代化”遥遥万里。鉴于此，转化乡民为市民，培育市民精神，应是当前社会的迫切任务，似应受到全体国民的关注与支持无疑。

但是且慢，中国的事情别扭起来，令人始料未及，且让人不好理解，肠为之扭结。中国是个封建社会长达两三千年的国度，历史前进的每一步都显得十分沉重，文明的每一次分娩都十分艰辛。对于市民，不论统治者，还是农民牧民游民，均以斜眼视之。古代对于商人，就有不许穿戴华贵服饰，不许坐高级马车的规定；士农工商，工商作为“末业”，地位排在最后。近现代工商业者的路更充满了艰辛与屈辱，受洋人的气、同胞的气自不在话下，有的还落得悲惨下场，并累及子孙。工商业者一度便是原罪者，是戴罪字的奴隶。中国社会之所以落后，与中国人太注重政治、思想，太耽于权术、整人而轻视工商业、鄙夷市民阶层有重要而直接的关系。

历史自有历史的不幸，古人自有古人的不争。更为不幸的是，现实仍依历史的轨迹，今人重蹈古人的覆辙。目前对于工商业发展不利的意识和潜意识仍很浓厚，落后的思想观念如影随形般缠绕在现代化前进的身前身后。更严重的政策方面意识方面的现象不用去说，但就对“市民”的歧视而言，于今仍是一大沉疴。

中国人蔑视起人和事物来，可以说从里到外彻头彻尾。古之大圣人孔丘便有“登泰山而小天下”之气概。一个“小”字，三个笔画，活脱脱画出了人们的心态，不能不令人叹为观止闻止。

近人轻视市民，未用更多的贬义词，未着更多的丑化色彩，只在“市民”前面着一“小”字，鄙薄之情便已入木三分。

“小市民”的发明权，当在“大市民”。西方资本主义获得迅速发展后，出现了一批腰缠万贯百万贯千万贯的大亨，他们忘记了原始积累时的艰辛，抛却了发家创业时的节俭，淡化了成功前的竞争，于汽车楼房靓女美酒音乐宴饮旅行等物质精神享受之外，开始自我历史否定，并消遣城市中那些占有少量财富的居民。单从财富的占有量讲，以大亨“大市民”讥笑小商人小手工业者等“小市民”，应该说不足为奇，他们是有“资格”的。因为这里除了“剥削”因素，也包含不少的智力因素勤勉因素应变因素。

“小市民”之毁，在旧中国就已流行。上海十里洋场大亨中亨小亨们骂普通市民“小瘪三”“小市民”“小赤佬”是极为普遍的。解放之后，“小市民”一度为“阶级成分”之一，但人们对“小市民”的理解，并没有多少“阶级”色彩，并未因其是城市中的“贫下中农”而减轻对他们的轻蔑。尤其是后来入了城的乡民及其弟子，他们有些并未与工商业结缘，对于“小市民”的轻蔑却更进一步，更深一层。稍有不顺心，便骂别人为“小市民”。似乎此语一出，自己便立刻伟岸对方便立刻萎缩。这是中国一些人渗入骨髓的清高孤傲，是没有来头的狂妄自大。他们赋予“小市民”的含义，是“斤斤计较”“俗气”等等。实际上，在一个工商业不发达，物质极端贫穷的国度，除了达官贵人暴发户贪赃枉法者，一般人为了生存与繁衍，有谁能不“斤斤计较”，又有谁能彻底免“俗”。

实际上，乡民或其他什么民之计较等行为方式，比之“小市民”有过之而无不及。没有一点“市民”因子与气质，混迹于机关工厂但不懂现代城市生活的人们，又何尝不“俗”得令人难以忍受。

就以“斤斤计较”论，恐怕也比“彼此不分”的原始意识要进步得多，因而也高贵得多。因为它更符合人类社会进步的要求，也更适合商品经济要求的独立意识、公平意识和竞争意识，更富有理性色彩，更缺少虚伪性、懦弱性和落后性，因而更有利于社会的繁荣与进步。承认这点是痛苦的，但不承认可能会更痛苦。

让我们先做小市民、市民，等到全体国民的境遇彻底改善，素质大大提高之时，再来摒弃“小市民”吧。现在是提倡市民精神，提倡商品经济意识、竞争意识，加快城市化、工业化步伐的时期，一切轻视鄙视藐视“小市民”的论调可以休矣。

1992 年 3 月 21 日

蛇的休眠、树的休眠与社会休眠

自然界有一种动物的休眠现象。蛇、熊、青蛙等等，为了躲避冬天的严寒与饥饿，在秋天积聚充足的养分长足了肥膘之后，便钻进洞穴石缝或树洞中，进入睡眠状态。因为休眠中呼吸减弱，新陈代谢减缓或基本抑制，故这些动物可以不吃不喝，靠储存于体内的养分维持生命，直到气候适宜、食物充足时才出来活动，“重归”大自然。

自然界中还有一种植物的休眠，其机理不是因寒冷所致，而是对炎热以及酷暑的反应。盛夏时节，当气温升高到一定程度后，某些植物诸如小麦、花卉、树木等，便产生暂时性生长抑制，进入休眠状态。待到气温有所下降时，这些植物才能重新开始生长。

自然界真是神奇，但并非神奇无比。自然界动植物的休眠，对冷热适度的重要性做了生动诠释，但真正能对此机理做深刻诠释与剖析的，却是人类社会中的“冷热休眠”。

时势造英雄。春秋战国时期，政治较为清明，学界自由度大，因此产生了儒家、道家、阴阳家、法家、名家、墨家、纵横家、杂家、农家等众多的学术流派，各派互相切磋，互相辩驳，“百家争鸣”，有力地促进了学术思想、伦理思想及政治思想的繁荣与发展。这个时期可以说是中国思想史上最为辉煌最值得人们称道的时期。与此时期相对应，便有一个“文字狱”达到极盛的清代。清朝皇帝以整理古籍为名，大行删削销毁对其不利的文字之实，并且捕风捉影，动辄陷思想家文学家以缧绁。此时的政治，比之春秋时期，便是严酷的冬天，思想家要么压根儿就无法出现，要么即便出现了，也只能学狗熊样“冬眠”。有清一代，是中国思想史上的凋敝时期。与其说埋头故纸堆繁琐至极的考据学是清代政治的装饰，倒不如说是其黑暗与耻辱的标志。

现代史上，从1957年的推行“阳谋”反右扩大化，到“史无前例”的十年浩劫，政治的“寒潮”席卷中华大地，思想家有的在本行业的意义上“消失”了，去改事他业；有的虽仍有思想家的名号，但从事的却是比乾嘉学派等而下之的注解与诠释。谓其等而下之，因为乾嘉学派虽与经世致用有距离，但其考据本身是真诚的科学的，而此时所谓的思想家有时自觉不自觉地搞颠倒黑白那一套。最惨的，要数那些本来可以在思想界文化界脱颖而出但却被“冻”僵于“胚芽”状态的几代“苗子”。

以上情况，均可视为政治寒冷中的“社会休眠”，这是问题的一个方面。另一方面，政治高热下也有“社会休眠”。比如近年来在落实知识分子政策时，将一些知识分子捧过了头，让其疏离专业，去从事力不能及的领导工作。其结果工作受到影响，其作为思想家文学家的地位和声望也渐次失去，令人殊为惋惜。这是一种高热中的专业“休眠”与抑制现象。

纵观历史，横观列国，不论动物还是植物，不论自然界还是人类社会，均有对于过冷过热现象的条件反射，有两种对立前提下的共同结果，即“休眠”。对此，人类应当有所警觉，并在社会生活中予以避免。

1993年3月5日

不知如何写美好

读了《新消息报》上梁若远先生的一篇文章，突然感觉有些茫然失措。文章赞同贾平凹的观点，以为“作家们已经习惯于向外界倾诉苦难和丑陋”，“这如出售能源换取富裕一样，它不能保障长久的富裕和尊严”。文章以为，这是作家的恶习，作者号召人们多写美好的人和事。

我的茫然在于，写什么，怎么写，应当由作家根据自己的阅历、能力、爱好、价值取向等等来决定。一个作家，可以写展示、剖析、抨击、鞭挞假丑恶的东西，也可以写歌颂美好事物的东西；可以把主要精力、主要作品放在揭露上，也可以把主要精力和作品放在歌颂上。只有发自作家内心的东西，才是真情真性情的东西，才符合艺术与生活的双重真实，才对社会有益有用。不能对揭露、批评性文字抱有偏见，以为那都是在“出卖资源换取富裕”，我们这个社会绝对还需要批评的武器。不能要求作家个个只写歌颂性文字、每个作家一生只能写歌颂性文字。这种要求离了辩证法之谱，实践中也不可行。可是，在这样一个简单的问题上，怎么能再掀风波呢？

我的茫然更在于，如果现实中有太多的假丑恶，我们又怎能如孙犁写《山地回忆》般将丑恶的东西改写成人性之美、自然之美、社会之美呢？

比如我们写“反右扩大化”，写那五十四万九千九百零几名被错划为右派的人，以及他们遭株连的千千万万个家人、亲属，怎么写？写“引蛇出洞”光明英明，写这些人被打成右派后心里很滋润？写因为他们被打成了右派，被开除，被流放，被劳改，被折磨，是一种人生美好而特殊的历练，正因如此，他们成了材成了大材？写他们二十多年没领工资，最后补发，成了富翁富婆？

比如写“大跃进”，写“三年困难时期”，怎么写？写老百姓愿意挨饿，挨饿如气功的“辟谷”，对人身体大有好处？写饿死的那些人真幸福，提前进入了天堂，占据了天堂的有利地形与要害位置，个个在天堂当了大官成了富翁？写他们现在见了粮食就反胃，再投胎人家，喝西风饮甘露就可以生存？

比如写“文化大革命”，写全国的公民，不论官员，还是百姓，都特别喜欢政治运动？写“走资派”被戴上高帽子比戴顶戴花翎还舒服，坐“土飞机”比坐洋飞机还过瘾？写中国人民天天在盼“天下大乱”，在盼望每过七八年就来一次“文革”？

比如写就业难，写房价高，写看病贵，统统说，好，就是好来就是好？说正因为看病难、看病贵，人们不敢看病了，扛着拖着，人的抵抗力才更强了？说因为不敢看病，人们才注意锻炼了，奥运会上拿的金牌才多了？写住房贵美气，大家共处一室，社会才更加亲密和谐？写就业难好，孩子们没工作做，悠闲度日多好啊？

歌颂美好，将丑恶化为真善，将苦难写成琼浆，是件让贾平凹等人高兴的事，更是让某些过去的与现在的官员高兴的事，可如何歌颂，并不简单。谁人教我？

2009 年 11 月 17 日

也说用地价平抑房价

房价太高，而且在不断攀升，中国老百姓的居住问题越来越成为“问题”。如何解决这一难题，龙永图的主张是三分之二以上的住房由政府提供，房价自然就会得到抑制，趋于合理。有人以为此论不可行，言进行房改已多年，房屋已完全市场化，再退回去难以操作。他们的主张是，政府把地价压下来，为开发商提供低价土地，用地价平抑房价。

用地价平抑房价之论，令人颇为兴奋。如果各级政府采纳这一建议，土地不再天价，那房价自然就会降下来，杜甫所期盼的“风雨不动安如山”“大庇天下寒士俱欢颜”的局面就会出现，那是何等的好事美事啊！

在拍过了手跺过了脚欢呼完了之后，冷静一想，此论似乎仍然不可行。

本来，中国的土地价格没有那么高，因为一是土地国有，二是从农民手里“买”过来时价格也非常之低。从成本的角度看，以低价提供土地，完全可以做到，而且符合市场经济的规律。但如果如此地想问题，显然就是不讲政治，没有政治意识，没有大局意识，没有可持续发展的理念，就幼稚可笑了。

中国的土地，尤其是用于城市建设、住宅建设的土地，那就不仅仅是土地那么简单。是什么？是发展，是政绩，是形象，是官帽，是政府工作报告中令人骄傲的数字。

近几年流行一句经济学政治学术语，叫“经营城市”。如何经营？简单地说，就是把政府掌握的土地和从农民手中通过拆迁搬移等方式“买”到手的耕地，以比较高或者特别高的价格卖给房地产开发商，拿回大把的钱来，搞投资，搞项目，扩马路，建广场，搞各种各样的形象工程。这一切，如果用一个词表述，那就是“政绩工程”，简称政绩。哪里的政府，哪个官员不想捞政绩捞大政绩？不让高价卖土地，拿地价平抑房价，政绩拿什么去换？更为要命的是，许多地方许多官员为搞政绩，寅吃卯粮，花子孙的钱，欠下了数百亿数千亿的债务，高价卖土地，还可以还一部分。如果低价出让，债务怎么处理？债务处理不好，“政绩”就可能缩水，还可能引来更多意想不到的麻烦。这样的傻事，相信哪里的政府哪个官员也不会去做！因此之故，窃以为，在平抑房价方面，龙永图的办法不可行，批评龙永图者的办法也不可行，可能就没有解决这个问题的办法。从本质上讲，想办法解决高房价问题，就是不弘扬主旋律，不讲政治的表现。当前要做的，好像应当是封住那些乱讲房价奇高、要予以遏制者们的嘴。实际上，房价还远没有高到某些“肉食者”期望的数值。有人哀求，《求求你，别再预测房价了》，哀求有什么用，房价如芝麻开花，那是注定了的。

2009 年 11 月 19 日

收入差距控制不住，是谁无能?

中国目前可以说是有史以来国民收入差距最大的时期，“两极分化”，已从过去的政治担忧，变成了严酷的社会存在。

社会收入的差距到了什么程度?我手里没有精确的数据，但扑入眼中与灌到耳朵里的一些事例，经常撞疼人的神经。比如，某些企业高管的年薪已达到六千多万元，比如歌星影星球星们的收入，动辄几百万上千万，连踢不进球只会赌球的所谓球星们的收入也高得令人咂舌。比如一些垄断行业如电力、电信、石油等企业员工的收入远远高于其他行业的收入；比如房产大鳄、娱乐大亨等等的收入接近了天文数字。公务员呢?教师们呢?每年三四万五六万吧，超过十万的，不是很多。尤其在西部，超过十万的凤毛麟角。普通职工、农民工每年也就三四万两三万甚或一两万元的收入吧。农民呢，所谓人均五六千两三千元吧，那里面，还包括柴火、牛粪折算的钱。收入的差距怎么算，巨富们大亨们收入多少我说不准，就以六千万收入的企业高管为例，其收入是西部一个厅级干部的一千倍，是西部一个农民收入的两万倍。这位高管干一年，相当于一个农民干两万年。

时下的中国，说国内生产总值不算少，说财政收入也不算低，将国家的财富按人头平均似乎也不羞涩。但是，大量的财富，集中在少数人手中。绝大多数的人，因为收入有限，更因为奇高的房价，奇高的教育费用，奇贵的医药费等因素的影响，仍然过着一种温饱型生活，或者说残缺的小康生活。其残缺在于，因为收入预期不明确，更因为对社会保障心里没底，不得不咬牙存钱，日子过得提心吊胆、瞻前顾后、没着没落的。至于底层的市民与广大的农民，则处于文明成长的边缘，只能漫长地观望与期待。

绝对的平均主义不好，因为它不利于调动人的积极性，不利于生产力的发展。但收入差距拉得太开，拉到没谱的程度，恐怕也不是什么好事。社会上仇富仇官情绪的滋生、蔓延与膨胀，为稳定与发展设置了障碍，埋下了无穷的隐患。

那么，对于收入差距，进行控制了吗？控制不住，是谁低能或者无能呢？这个问题似乎太复杂。是不是现阶段还无须控制，甚至鼓励拉大差距，以培养出一批“先富”去带“后富”？或者是采取控制措施了，只是似我这样的国民比较驽钝，没有感知感悟到。那么如果采取措施了而又控制不住，大概是措施不当措施无效吧。那么是谁无能呢？可能不是一两个十个八个具体的人，我们的经济理论有漏洞，社会思想有偏移，时代脆弱，时代阴柔，时代无能。作这样的结论我心里不好受，但不好受它也是事实，是无法回避的社会现实。我想藏着掖着，我想粉饰或者“歪曲”，却难以做到。

2009 年 11 月 20 日

发展的目的是什么

山一座一座被炸开，地一段一段被掏空。矿石、煤炭被开采得日趋枯竭。中国遍地炮声遍地硝烟满目疮痍，中国许多的矿区在塌陷。

湖泊被一个个污染，河流被一条条污染，空气被污染，海洋被污染，山川被污染，鱼死了，虾死了，土地被污染，农作物不能食用，被污染水域的人们得上了各种各样的怪病。污染的目的是什么？是为了发展。

高速公路修了一条又一条，乡村的道路、城市的道路越来越宽，道路像蜘蛛网，爬满了大地。公路不能种庄稼，打不了粮食，更不能当饭吃。大修特修公路的目的是什么？是为了发展。

城市在臃肿在膨胀，楼房越来越高，楼群越来越多，农民的土地与他们的历史及梦想，被压在了混凝土的王屋山下。城市化楼房化的大潮如钱塘潮，汹涌地向周边推进。让楼房吃土地的目的是什么？是为了发展。

失地的农民、农村的青壮劳力被作为“民工”，作为廉价劳动力使用着，他们领着极低的工钱，大多数没有工伤保险、失业保险、医疗保险、养老保险，干着超强的体力劳动，吃着白水煮面条；他们的劳动保护很差，很多人中了毒致了残患了职业病，为了治病，不得不“开胸验肺”；他们的子女被称为“留守儿童”，被拐卖的有，失学的有，没有了亲情感觉的有。“农民工”被如此的使用，目的是什么？是为了发展。

发改委推动着电涨价、煤涨价、水涨价、油涨价、房地产涨价，这涨价那涨价，全然不顾普通百姓的实际收入，让百姓们成为房奴、车奴，让百姓们终日处在不断涨价的恐惧里。因为涨价，什么都想抢购，更因为对于收入预期不好，对命运的未知因素太多，又不敢乱花钱。痛苦之状，难以言表。俗话说，夜长梦多。对于中国的老百姓来说，夜长夜短，涨价的噩梦都多。所有关于涨价的听证会，不是讨论涨不涨，而是讨论涨多少。政府推动涨价，是为了什么？为了 GDP 的提高，为了发展。

官员的讲话中、报告里，政府的文件中、材料里，媒体的版面中、荧屏里，充斥着形形色色甚至声嘶力竭的发展之声。那么请问，发展又是为了什么？中国人的感觉是，发展是为了发展，为了某些官员的仕途发展，为了某些地方的 GDP 发展，为了与别人比较时的面子“发展”。发展对于老百姓是否有利，是否付出了太多的不该付出的成本与代价，发展是否使人类在异化，在将自己送往不可设想的诸如环境破坏、气候变暖、灾难频发、怪病丛生、道德滑坡、贫富悬殊、社会动荡等等境地，似乎并没有多少人真正予以关心。如此的发展，有可持续性吗？是真正的发展吗？会不会导致社会某种形式某种程度的异化与退步？如此的发展，是大多数中国人所期盼与需要的吗？我的脑海里满是糨子，我回答不了。

2009 年 11 月 21 日

个人财产的社会属性

对于美国宪法开宗明义保护私有财产，且宣布其“神圣不可侵犯”，我们并不奇怪，可以解释为是资产阶级意志的产物。可对于包括美国人在内有全世界一半以上的人口对于私人经济的肯定与迷恋，我们却一下子悟不透也解释不了。可以有千百条理由否定他们，也可以有千百条理由肯定他们。

解释这种现象，是政治家和理论家的事，对于我们来讲，这是一个比陈景润求解的“1+1”问题简单不了多少的问题。如果不自量力，想探求一下的话，也只能是臆测而已。

在一片姓“资”姓“社”的诘难声中，我有时便想，资本是否从头到脚流着血和肮脏的东西，私人财产是否真是万恶之源。若说不是，导师早有结论在，我辈岂敢与之相悖；若说是，又怎么解释发达国家的民族精神和其不断繁荣发展的事实！我想不清，于是便不敢往深处想。

不敢深思，不等于不思。肤浅的认识有时还是有的。窃以为，私有财产也有个质变问题，达到一定数量，便失去了其原本意义上的个人属性，而具有了社会性或曰公有性。这个度，便是财产拥有者及其家族生活的最高费用值。在此值之内，便是私人财产；在此值之上，便失去了私有性。举个例子，一个百万富翁与一个亿万富翁从表象上看，有贫富或大富小富之分，但实际上是一样的。因为亿万富翁能得到的物质享受，百万富翁照样可以得到。在此点上，几乎没有什么区别。至于传之子孙的，经过递增遗产税的征收，差距是有，但绝没有其生时的百与亿的悬殊，大体也差不到哪里去。

财产生不能带来，死不能带走。财产所有者投资社会的财产，生时在私有的名义下为公众所利用，造福民众与社会；其死后，大部分归社会所有，一部分转归子孙，其中除去子孙享用的，其余部分仍为公众所利用，实际上也为公众所拥有。

我不提倡私有制，但我提倡确立个人财产的法律地位，保护个人财产，并在相当一段时期保护私有财产，使其虽不神圣，但也不可侵犯。

写下以上文字，心中诚惶诚恐，不知所论是否尚有几分正确处？倘有，我想应当有助于我们消除怕个体经济和私营经济发展而造成的财产的个人集聚和个人所有一定会危害社会的疑虑，有助于打破“姓资”“姓社”的思维定势，有助于调动一切力量，发掘一切潜力来搞好国家的经济建设和各项事业。倘无呢，请诸位看官高抬贵手，权当这是鄙人在“解放思想”“胆子再大一些”的号召下脑袋热过了头的呓语，请不要送什么帽子给我。

1992 年 6 月 8 日

金条向鬼子们的怀里扔去

1995 年中国乃至世界有一件大事，那就是纪念世界反法西斯战争暨中国抗日战争胜利 50 周年。全世界数十亿人以各种方式举行了庆祝活动。中国 960 万平方公里的土地上，12 亿人为此举行了各种演讲会、座谈会、报告会和歌咏比赛等等。

时光一天天流逝，那么多活动在我脑际留下的印象日渐模糊，而奇怪的是，有一首歌却仍不时撞击着我的耳鼓，那就是《大刀向鬼子们的头上砍去》。歌中最让人振奋的是那句“看准那敌人，把他消灭，把他消灭，冲啊”。这首歌在抗战的年代确实激励了无数的爱国守土的将士，在和平的年代里也抚慰了国人许多的历史伤痛。

卢沟桥的枪声离今天已过于遥远，虽然日本的某些要人在不停地参拜靖国神社，在为自己推脱战争罪责，但对于中国人来说，历史的创痛感未必就很强烈。在发展经济的口号下，日本似已成了令国人崇拜与效仿的对象。在我的耳膜上，偶尔飘来的“大刀向鬼子们的头上砍去”的歌声，鬼使神差地会成为“金条向鬼子们的怀里扔去”的变奏，令人有几分毛骨悚然的感觉。

是的，中国人确实抡起大刀砍向侵略者的头颅，曾经砍得鬼子们喊爹叫娘，鬼哭狼嚎，抱头鼠窜，可中国人也确实大把大把地将不该扔的金条很随意地扔进了鬼子们的怀里。

扔进鬼子怀抱的一根大金条，是免除战争赔款。近代以后，中日两方多次交手，可大都以中方的惨败和屈辱的割地赔款而告结束，战争史上记载着惨烈，条约集中凝聚着屈辱。只有1931—1945年的抗日战争，中国人才算真真切切地赢了一回。原本该尝尝让侵略者战败者赔款的甜味了吧，但孰料由于国际环境的影响与国家的不统一等问题，中国人高姿态地向日本人表示放弃索赔要求，以德报怨，将金条轻易地扔进了曾揣满子弹手榴弹的鬼子们的怀里，让不少正义而善良的人为之扼腕叹息。

扔进鬼子怀里最大的金条还不是“赔款”，而是80年代末以来购买日本货的款项。眼下的中国，可以说日货充斥，街上跑着无数各色各样的日本车，楼里安着日本电梯，房间里摆着日本电视机、音响、电冰箱、吸尘器，甚至连剃须刀也成批地打进了中国的市场。在不少中国人的眼里，对改革开放的一个很深刻的印象是进口货尤其是日本货的涌入。“抵制日货”曾经是爱国之举，抢购日货，却成为今日开化开放进步的象征。时移事易，判若天壤。这里面存在历史的必然性和合理性，但似乎也有不那么必然和合理的一面。窃以为，世界大得很，除了日本，是否还有其他国家；日货很多，是否引进一些必要的技术和设备，而少引进一些消费品。

中国有金条，但金条并不很多；中国人的金条应该派上更大的用场，而不要轻易向什么人的怀里扔。从民族主义的立场出发，尤其不要往鬼子们的怀里扔。民族主义不全是错的，有它一定的道理在。从这个角度出发，我特别赞赏著名作家张贤亮的做法——不买日货。虽然这一举措与朱自清先生不吃美国面粉的行为不一定有同样的性质，但其历史感与未来感却是极其强烈的。从某种意义上说，我们应当学习张贤亮。

1996年1月20日

农民的收入在纸上翻番

中国太穷，要想在不很长的时间里摆脱贫困，向中等发达国家以至发达国家靠拢，在经济增长方面就必须有一定的速度，或者说是较快的速度。于是，在中国人的词汇里，就有了出现频率很高，不论各行各业、男女老幼均十分熟悉的词，叫“翻番”。比如国家的发展目标，就是经过翻几番，达到脱贫，实现小康，并于下世纪中叶达到中等发达国家的水平。这里的“翻番”，是指经济增长速度的几何级数增长。比如从“2”增长到“4”，从“4”增长到“8”，从“8”增长到“16”，依此类推。

中国的农村尤其穷，所以“翻番”的意义也尤其大。旧中国的农民世世代代大都不得温饱，在饥饿线上苦苦挣扎，这且不提。解放以后，在实行计划经济、吃大锅饭的年代，农民每天的工值不超过一元人民币，最少的只有两分钱（可买一盒火柴）。有些农民全部的财产不过几百元，少的只值不到十元。改革以来，农民的收入增长很快，大部分农民的生活水平翻跟头般增长，有些翻了几番。但是，中国这么大，农民这么多，自然发展十分不均衡。直到今天，仍有五千多万农民的人均收入未达到五百元，未达到温饱。还有不少的农民徘徊在温饱线上，随时可能返贫。即便是所谓摆脱贫困的农民，其收入也远没有有些人想象的那么多，生活也没有想象的那么好，不过粗茶淡饭，粗布衣裤，碳水化合物，不致冻馁而已。真正富裕的，为数不多。

遗憾的是，高估农民的人太多，打农民主意的人太多，在农民身上做数字游戏的人太多。特别是一些县乡干部，在此方面可谓动尽了脑子，使尽了手段。有些地方农民的收入长期上不去，但干部们却有本事让农民的收入在纸上在统计表上攀升，而且按照其个人愿望和仕途需要翻番。据中央电视台《焦点访谈》节目披露，有一个地方农民的实际收入只有九百元，但却被乡村干部虚报为两千多元。这样做的目的和作用有两个，一是用虚假的政绩，以农民的血泪染自己的红顶子；二是“加大”农民“收入”的基数，可以使自己的乱摊派乱收费变得合理合法，不突破中央规定的百分之五的限额。这些地方官真可谓用心良苦，聪明绝顶。

去年以来，中国在继续深化改革，扩大开放，发展经济的同时，还在做着一项重要的工作，那就是下大力气整治统计上的腐败现象，即整治统计方面存在的浮夸、虚假现象。这一活动成效不小，但假统计似难以统统消灭，尤其在农村，这样的问题就更多且更难以解决。

假统计是要死人的。回想1958年之后的“三年困难时期”，回想“红海洋”的“文化大革命”，写在纸上的农业形势和农民收入是何等喜人，然而又实实在在饿死了多少人！现在如果不切实杜绝农民收入只在纸上翻番的现象，就难以避免再上演无以数计的人间悲剧。这个问题，单靠《焦点访谈》靠舆论监督是难以解决的，最能解决问题的，应当是“有关方面”与“有关部门”，它们似应有所作为。没有大作为，有小的作为也凑合吧。

1998年10月25日

自信地犯错误或者自信地犯罪

某天上午，在下正在办公室为写不出文章而发愁犯困，忽有一久别的友人来访。此公刚参加完某一级别的公务员考试，谈及面试，他说特紧张。与笔试不同的是，面对考官，面对众多的旁观者，答题很慌乱。答错了，不自信；答对了，也不自信。不像笔试时，面对试卷，可以自由酣畅地发挥，犯错误（答错题）也是自信的。朋友的一席笑谈，为鄙人引出了一个杂文题目。

是的，犯错误犯罪时的心态有多种多样，有胆战心惊的，"做贼心虚"的，但确实也有充满自信，"胜似闲庭信步"的。

法盲犯罪是自信的。他们可以胡作非为，可以为几句口角一个眼风，为鸡毛蒜皮，为小得不能再小的事动嘴动手动刀子，将人打伤打残以致打死。他们可以恣意地损害国家利益和他人利益，可以危害社会的安定和公众的财产和生命安全。为什么这些人如此狂妄？原因是他们对自己的势力自己的拳头自己的刀子充满了自信。自信可以为所欲为，自信别人奈何不了他们。他们从来没想过自己与手铐与监狱与刑场与铁蚕豆有什么关系。

有些青少年犯罪是自信的。青少年与“法盲”二字联系较紧，但并不等同于法盲。有些青少年多少还是懂得一些法的。青少年犯罪自信，除了法律知识欠缺，还有一点是心智尚未成熟，还缺乏判断是非的能力，缺乏自我控制的能力，还不能理智地对待各种人和事，不能理智地处理突发事件，还不能有效地控制自己的思维、情绪和行为。他们的犯罪带有天真任性的成分。

虽说当今的社会青少年犯罪的不少，但再不少，也多不过成年人。而且就犯罪的性质情节后果等方面论，青少年犯罪与成人犯罪比，可以说是小巫见大巫，不足挂齿。

成年人犯错误犯罪自信的第一种情况，是自以为高明，别人发现不了。不论贪污的受贿的盗窃的绑票的剪径的，还是欺蒙的诈骗的纵火的杀人的，均以为自己很聪明，手段很高明，别人识别不出，发现不了。以为能识别他发现他犯罪的人还没有生出来，以为他有神灵相庇祖宗相佑，能够逢凶化吉遇难呈祥，能够一次次从政纪法网中脱逃。

成年人犯错误犯罪自信的第二种情况，是以为自己的所作所为是正确的。有些人主观武断，刚愎自用，拍脑袋决策，致使决策失误，动辄给国家造成几百万几千万几亿元几十亿元的损失，致使他所在的地区部门单位工作出现一团糟的局面。这类人在犯错误时，并未意识到自己可能出错甚至犯罪，往往以为自己在创业绩创政绩，在为民谋利为地区部门和单位求发展。还有一些人，是非观念倒错，把错的也当成对的去干。比如南方某市鼎鼎大名的副市长马红妹，连自己穿的衣服用的化妆品卫生纸也用公款报销。她的逻辑是，副市长是人民公仆，公仆的一切费用当然要由公家报销。虽然马红妹的辩词是狡辩，但是非观倒错的人尤其是公仆级的大有人在。

成年人犯错误犯罪自信的第三种情况，是认为错了别人也没法追究。可谓“坏事我自为之，他人（包括法纪）可奈我何”。他们懂纪，但不遵纪；懂法，但不打算守法。有的公仆的子弟，公仆的三亲六戚七大姑八大姨，公仆的秘书司机佣人，公仆的同乡同学老上级老部下知心朋友，背靠大树好乘凉，干了什么缺德的事没屁眼的事乱纪的事违法的事，甚至干了论罪当入狱当诛杀的事，也可以大事化小，小事化了。于是乎，有了这衙内那衙内，有了老恶棍小恶棍。个别公仆自己呢，当然更无所顾忌了，动辄受贿几千万赌掉几千万，不在话下，小菜一碟。他们以为，不拿白不拿，拿了也白拿，没什么成本，没什么值得害怕的。他们以为，即便犯了错误犯了罪，在此地做不了官，可以到别处去做；做不了这个官，可以去做那个官；最不济不再做官，可以下海去经商，发更大的财；或去做寓公，去尽情享受荣华富贵；再不济，还可以像原广西副主席徐某一样，说出如“拿了那么多钱，看来官是当不成了，请政府给我 40 亩地，我用科学方法去种田”这样轻飘飘的话来，为自己的人生涂上最后一笔油彩。徐某人未能如愿，但事闹得比徐某人大，结果比“种 40 亩地”还好的并不是没有，一点皮毛也未被碰的犯罪公仆为数大概也不会太少。

成年人犯错误犯罪自信的第四种情况，是社会角色意识的倒错。当警察的，以为自己就是法律；搞金融的，以为管的就是自己的钱；当官掌权的，以为收受的贿赂是从祖父祖母那儿收来的压岁钱。当今的社会是复杂的，复杂的社会往往使一些头脑简单的人不知姓什么，更不知该如何活着。于是乎，便有了许多有悖政纪法纪的人和事。

自信地犯错误或者犯罪，是一种历史现象。相信随着中国社会的进步，此类事情会逐渐减少。

2000 年 11 月 13 日

另一部分人怎么富起来

中国历来有“为富不仁”的铁定观念，也有“杀富济贫”的壮举义举。在诸多的原罪意识中，富裕即罪恶，虽然世界各国人们的头脑中都有，但尤以中国为甚。这是我们从浩如烟海的文化遗存中感觉到的。

改革开放以来，人们的观念发生了深刻的变化，其中变化较大甚至可以说最大的，是对“富裕”的认识。在中国，“富”不再同“不仁”“剥削”“暴虐”“丑恶”等等的词相连，而是同“文明”“勤奋”“进步”“安定”等等的词联系了起来。

过去是越穷越光荣，现在是越富越光荣，世界整个地来了一个大颠倒。这种颠倒真好，让大多数的中国人高兴与开心，也让处在温饱线两旁的人们为之向往。

从为“富”平反并定位以来的近二十年中，中国的经济发展惊人，中国的国力增强迅速，中国的现状是，在近十三亿的人口中，除了七八千万贫困人口，其他的处在温饱、小康和富足三个层次。中国已有了一大批十万富翁、百万富翁、千万富翁以至亿万富翁。有人说中国有了一个中产阶级，这话不一定对，但确实有了一个富裕阶层，这是不容否定的。

致富，全民致富，是党的政策的重要组成部分。在社会主义初级阶段，在中国发展战略的三个步骤中，致富便是其核心的内容之一。对于致富，一般的表述是，允许和鼓励一部分人先富起来，带动其他人走致富之路，最终达到共同富裕的目的。

在贯彻党的富民政策的过程中，有一部分人依靠智慧和勤劳，领先一步走上了致富之路。这部分人虽说数量不算太少，但在十三亿人口的国家，其比例还是太小。现时中国有一大批的半温饱、温饱的人们有这样一个疑问或曰诘问，另一部分人何时富起来？如何才能富起来？

贫富差距在中国是一个世纪难题，造成这种差距的原因，有地域差（即东西部差距），有政策差（优惠与否），有时间差，有智力差。这些差别，改革以来日趋明显。那么要让这为数庞大的人们也富裕起来，就必须对症下药。

在诸多的差距中，首先要消除的是政策的差距，或者说从一极向另一极的回拢、校正和偏移。要给西部以政策的支持、资金的支持、技术的支持。其次，要适当地限制一下地区间、行业间过于悬殊的收入差距，在财力允许的前提下，提高收入太低的人们的收入。再次呢，国家要有一盘棋的全局意识，必要的时候，也不妨适度地均衡一下贫富，以富济贫，适度地吃一下大锅饭。

一部分人已经富起来了，这让我们欣慰；另一部分人或曰另外的大部分人怎么富起来，我们似乎还无高招。也许只能随时间的流逝熬下去吧，到了一定的时间，大家就有可能都富裕起来。这一点，我们不必过于担心。我们所希望的，是国家拿出较好的办法来，让这另一部分人富裕得稍微快一点。我想，这个要求不算过分吧。

1997 年 8 月 24 日